Über dieses Buch Während in Deutschland zu Beginn der fünfziger Jahre das ›Wirtschaftswunder‹ erste Früchte trägt, ist der Alltag im Nachkriegsitalien von hoher Arbeitslosigkeit und krassen sozialen Gegensätzen bestimmt. Dennoch träumen deutsche Illustriertenleser wieder von ›Bella Italia‹. Die junge Journalistin Bettine wird im Auftrag ihrer Zeitschrift mit der Kamera auf die Reise geschickt – ins Land der Sehnsucht aller Deutschen –, um »in spritzigen Feuilletons« von den Stätten italienischer Kultur und heiteren Lebensgenusses unter dem ewig blauen Himmel des Südens zu berichten. Die Reise führt sie von Venedig über Florenz und Rom bis nach Palermo. Was ihre Auftraggeber nicht wissen: Bettine hat in den letzten Kriegsmonaten an der Seite italienischer Partisanen in den Bergen gelebt und reist nun auch auf den Spuren ihrer eigenen Vergangenheit. In Bologna trifft sie Romeo, ihren Liebhaber aus den Tagen des gemeinsamen Partisanenkampfes, der nun mit dem Lastwagen durch die Lande fährt und streikende Arbeiter und Arbeitslose mit Lebensmitteln versorgt. Bettine begleitet ihn – zu den Elendsvierteln von Neapel, nach Apulien und Calabrien bis nach Sizilien, wo die Fahrt bei den berüchtigten Schwefelgruben von Lercara ein jähes Ende findet und Bettine ihre letzte Nacht im Gefängnis der Questura verbringen muß.
Dinah Nelken hat ihre eigene Reise ins Nachkriegsitalien zu einem Roman verarbeitet, der – Liebesgeschichte und Sozialreportage in einem – in der Intensität seiner Bilder an die neorealistischen Filme von Rosselini und de Sica erinnern.

Die Autorin Dinah Nelken, 1900 in Berlin geboren, begann schon früh zu schreiben. Zusammen mit ihrem Bruder gründete sie das Kabarett ›Die Unmöglichen‹, wo u. a. Werner Finck debütierte; es wurde nach wenigen Monaten von den Nazis wieder geschlossen. 1936 emigrierte sie, zunächst nach Wien, wo sie den Briefroman ›Ich an dich‹ (1938) schrieb, der ihr den ersten größeren Erfolg brachte, später nach Jugoslawien und Italien. Die Romane ›Geständnis einer Leidenschaft‹ (1955) und ›Addio Amore‹ zeugen von dieser Zeit. Seit 1950 lebt Dinah Nelken wieder in West-Berlin. 1954 wurde sie auf Empfehlung Bert Brechts in den PEN aufgenommen.
Im Fischer Taschenbuch Verlag erschienen außerdem folgende Titel von Dinah Nelken: ›Das angstvolle Heldenleben einer gewissen Fleur Lafontaine‹ (Bd. 8078), ›Geständnis einer Leidenschaft‹ (Bd. 8079), ›Die ganze Zeit meines Lebens. Geschichten, Gedichte, Berichte‹ (Bd. 8086).

Dinah Nelken

Addio Amore

Roman

Fischer Taschenbuch Verlag

Ungekürzte Ausgabe
Veröffentlicht im Fischer Taschenbuch Verlag GmbH,
Frankfurt am Main, April 1985

Neuausgabe im Taschenbuch mit freundlicher Genehmigung der Autorin

Umschlaggestaltung: Rambow, Lienemeyer, van de Sand
Umschlagabbildung: Pepi Merisio
Gesamtherstellung: Clausen & Bosse, Leck
Printed in Germany
980-ISBN-3-596-28140-7

Benvenuto! Willkommen,
ein herzliches Willkommen den Erinnerungen, die mich zurückführen an die Stätten meiner ersten abenteuerlichen Italienfahrt!
Die Begeisterung meiner zwanzig Jahre im Herzen, den Baedeker in der Hand, folgte ich in jenen Nachkriegsjahren den Spuren klassischer Kultur durch die Museen, Kirchen, Klöster des Nordens bis zu den düsteren Abenteuern im Mezzogiorno mit seinen Millionen Arbeitslosen.
Wie ich diese Fahrt erlebte, erlitt, erzählt auf diesen Seiten, in diesen Bildern die junge Journalistin Bettine Schmidt, die im Auftrage ihrer Zeitung »Die Mondäne Welt« von Venedig über Florenz und Rom nach Palermo fährt. Durch das Land unserer aller Sehnsucht ...
Wir wünschen ihr »Gute Fahrt«,
unseren Lesern für diese Reise durch Licht und Schatten
des Südens viel Vergnügen
ein wenig Nachdenken,
ein wenig Kummer
und viel Liebe!

Herbst 1984 Dinah Nelken

I

Buon Giorno, Venezia!

Als Bettine Schmidt in Venezia aus dem Bahnhof tritt, schließt sie einen Atemzug lang die Augen, geblendet vom Licht des hohen Himmels, benommen vom singenden, klingenden Lärm der Straße, dem Tuten der vaporetti, dem Radiogedudel der Bars, und geht dann entschlossen zwischen Kindern, Andenkenhändlern, facchini hindurch zum Canal Grande – eine jener deutschen Reisenden, die etliche Jahre nach dem Kriege das lockende und nie gewonnene Land wieder unter die Füße und beutegierig in ihre Hände nehmen. Diesmal ohne Gewehr. Aber mit der Kamera. Und im Falle der Bettine Schmidt für die »Mondäne Welt«, fünfzigtausend Abonnenten und die zu berücksichtigenden Reisebüros.

Am Billettschalter der Motorboote schickt sie das Gepäck voraus und wandert durch die Gassen, über Brückchen und Kanäle, an bunten Buden, Aranciateständen und Madonnenschreinen vorbei durch die wasserfaulig warme Luft, durch Ausrufergeschrei und Sandalenklappern zum Markusplatz.

Dort, an der Merceria, findet sie ein Zimmer, das nach hartem Handeln billig wird, da es im vierten Stock liegt, drei Betten und keinen Tisch hat, dafür aber den Ausblick auf die aus Meeresbläue aufschwebende Piazza San Marco. Ein Märchen. Ein Foto: der weitgespannte Platz, seine großflächigen schwarzweißen Steine, seine schattenden Galerien, seine jählings in flatterndem Flug aufschwirrenden Taubenschwärme, der Domkuppeln himmlischblaue Mosaiken, die einsame Anmut des Campanile ...

Wie sie nachher die Stadt durchquert, Fäulnis und Romantik der Kanäle atmet, im flinken Blick Glanz und Elend antiker palazzi zwischen Oleanderbäumen, fällt ihr blondes Haar auf, das blaue Auge und daß sie – eine Fremde, guarda! – in einer rosticceria vor des Colleoni marmornem Standbild zur pasta Wein ohne Wasser trinkt, mittags.

Denn jetzt wird es heiß. Die Hitze läßt sie aufblühen, macht sie schön und schön gespiegelt in den Augen der Männer, die, Hände in den Taschen, Zigarette an der Unterlippe, an ihr vorbeigehen – langsam wie gehalten –, indes sie ihre Aufnahmen macht:

Auf der Piazza San Marco, Venedig

Die Scuola di S.Rocco innen mit den Tintorettos und die Scuola außen mit den Touristen, die Kirche Santa Maria della Salute und die Scala del Diavolo, die Ponte di Rialto, den Canal Grande inklusive vaporetti, Gondeln und gondolieri, und immer wieder die piazza mit Tauben und ohne Tauben.

»Auf der Piazza San Marco«

überschreibt sie auch ihren ersten Artikel für die »Mondäne Welt«. Schreibt ihn im karnevalsbunten Treiben des abendlichen Corso, im goldenen Glanz der Fackeln um den festlich erhellten Platz, im Strahlenkranz der Männerblicke, im fernen, verlorenen Sternenschein vor dem Café Florian ...

»... wo einst George Sand und Alfred de Musset saßen und von Liebe sprachen, so wie heute die möndäne Welt aus Paris, Berlin, London, New York in dieser zauberhaften Dekoration mit den Principi und Marchesi der alten venezianischen Dogengeschlechter flirtet. Nackte Schultern mit fürstlichem Schmuck im Kerzenschimmer, schwingende Röcke über Goldsandalen, raschelnde Spitzenschleppen auf dem schimmernden Parkett dieses Ballsaales aus Marmor und Trachyt vor den weiß angestrahlten Domkuppeln – ein unvergeßliches Bild internationaler Eleganz, wie es einem wohl nur noch bei der morgigen Strawinski-Premiere im Teatro la Fenice auf den Zweitausend-Lire-Plätzen geboten werden dürfte.«

Die Berichterstatterin Bettine Schmidt hat keine zweitausend Lire für einen Platz im traumschönen Theater des Palladio. Aber sie hat die Gabe der Rede, blondes Haar, das, was sie in ihrem munteren Neuhochdeutsch ›Drangang‹ nennt, und sitzt also am nächsten Abend in einer Loge, an deren rosenbekränzter Brüstung vergoldete Tauben mit Papageien schnäbeln. Da aber, während sie gespannten Auges und Ohres blickt und lauscht, sieht und gesehen wird – che bellezza, quella bionda! –, schmucklos zwischen all dem Schmuck, doch leuchtend von Haut und Haar, da entdeckt sie in der ersten Reihe einen süßen Kinderkopf mit hochgesteckten Locken und hochgestelltem Näschen. Und entsinnt sich auch schon des Namens: Liliana Bracci, ja, Liliana Bracci, die Tochter des Hoteliers Bracci vom Lago Maggiore. Neunzehn Jahre alt war sie und wohnte damals mit Bettine in der Pension der Signora Rossi in Padova.

Bettine schließt die Augen: Es ist die Springflut der Erinnerung,

die sie fortträgt, zurück nach Padova in der Witwe Rossi enges Zimmer, durchwogt vom Flüstern und Lachen, vom Kichern und Schwatzen der Kleinen da vorn, die sprach und erzählte, nächtelang. Von zu Hause, von Vater und Mutter, die vor Scham weinte, als sie die Tochter gebar – die sechste und also noch eine femminuccia im Weiberstall der Töchter, Mütter, Großmütter, Tanten und Schwestern, ein Fresserchen mehr mit dauergewellten Locken und Madonnenbild am Spatzenhälschen. Aus dem Luxushotel in Meina schickte sie der Vater nach Padova an die Universität, wo sie Bettine traf, Studentin wie sie, arm wie sie, doch gieriger, gründlicher als sie, die nie anderes lernte, als Begehren zu wecken. Vom Krieg und seinen Leiden begriff sie nur, daß er ihr die Freundin nahm, und hatte beim Abschied Tränen in den schwarz getuschten Wimpern wie Spiegel, in denen sich Bettine später manchmal im Traum erblickte. So daß sie jetzt ihr Herz freudig aufschrecken fühlt und ungeduldig die erste Pause erwartet.
Beim Erhellen des Zuschauerraumes, im schnell aufkommenden Stimmengewirr, treffen sich die beiden Frauen: Der Kuß, mit dem sie sich die Schminke auf die Wangen drücken, löscht zehn Jahre aus.
»Per amor di Dio, Bettine! Madonna mia, schön bist du, schöner als damals! Wo kommst du her?«
»Und du, lebst du hier? Hast du dein Haus hier, einen palazzo am Canal Grande?«
»Macchè? In dem Nest? Am Lido sind wir, mein Mann hat da zu tun, geschäftlich ...«
»Dein Mann? Erzähle, wer ist es? Der Junge, wie hieß er, dein Verlobter, der Student in Padova? ...«
Liliana hebt die Hand mit den Brillantringen, zwei übereinander, Verlobungsringe also nach italienischer Sitte. »Der«, sagt sie, »ist von Amedeo, meinem fidanzato damals in Padova, und der –« sie läßt den Ring aufflammen, einen goldgefaßten Stein, zu schwer für die Kinderhand – »von meinem Mann, dem Marchese.«
Die beiden Frauen – Bettine im weißen Abendkleid, die Marchesa della Cioppa in schwarzen Spitzen – gehen nach der Vorstellung in der Flut des jetzt, bei nächtlicher Kühle, erwachenden Lebens zur Taverna la Fenice. Unter rot verhüllten Lampen wählt Liliana den Wein, die Languste, schnell, leicht, eine verwöhnte Frau, die lacht, als Bettine sie reich und glücklich nennt.
»Oh, Dio mio, reich! Heute ein neues Auto, morgen kein Geld für

die donna di servizio! Cara mia, man lebt eben, wie es heute geht!«
»Gut, wie ich sehe. Auf jeden Fall besser als damals – damals mit Amedeo! Was hat der schon gehabt, das Abitur und schöne Augen, samtbraune, perlmuttschimmernde«, erinnert sich Bettine nun, da sie zurückspäht in die nächtlichen Gassen Padovas, wo sie gingen, umschlungen, der Knabe Amedeo, schön aber arm, das Mädchen Liliana im schimmernden Schmuck der Begierde und eines, des kleinsten, des billigsten Brillantringes. Hinter ihnen der Schatten ihrer Umarmung, das Echo ihrer flüsternden Stimmen...
»Deiner hieß Romeo«, sagt Liliana. »Partisan war er, ein Narr, bloß hübsch, sehr hübsch. Erinnerst du dich?«
Bettine senkt die Lider über die blauen, goldgefleckten Augen, sie horcht. Denn da ist der Name, den sie begraben hat unter den Trümmern eines Krieges und der sie nun anruft, Widerklang holden Lebens und süßer, berauschender Todesnähe. Da ist er, ein Junge wie gemalt, schwarzer Engel mit stahlfarbenen Augen, der behutsamen Schrittes aus der Vergangenheit auf sie zukommt, wie seinerzeit Romeo in den verdunkelten Straßen Padovas aufzutauchen und in das Mondlicht zu treten pflegte. Um sie dann in die Arme zu nehmen, stürmisch und zärtlich...
»Romeo«, sagt sie. Und leise, wie aus einem Traum, der also nie endete: »Ja, ich entsinne mich. Ich dachte, ich hätte ihn vergessen... Aber jetzt erinnere ich mich. An alles. An Romeo. Und Padova. Und wie der Duce abgesetzt wurde und wir hörten – am Radio und bibbernd, weißt du noch? –, daß der Krieg weitergehe. Und die Deutschen marschierten ein, und die Italiener sollten wieder kämpfen und wollten nicht und gingen los. In den Wald. Oder sie versteckten sich bei der Tante oder der Großmutter. Und bei meiner Wirtin – die dicke Signora Amalia, du entsinnst dich? – saß eines Morgens ein junger Mann mit Plüschaugen, schön wie ein Gott, und es war nicht Aldo, ihr Sohn – der saß in Bologna bei Romeos Mutter –, sondern Romeo, ihr Neffe aus Bologna. Damit fing es an, damit fing er an...«
»›Bella bionda‹ sagte er zu dir, oder auch... ja, jetzt weiß ich: ›Mia bella nemica!‹«
»›Meine schöne Feindin!‹ Aber da waren wir schon dicke Freunde, und ich machte mit, was er machte, die tollsten Dinge... Weißt du noch, der Überfall damals auf der Straße Bologna–Padova? Danach kam er nachts zu mir aufs Zimmer mit einem Loch im Kopf und

ganz dreckig, und ich verband ihn, und die Flugblätter hab' ich ihnen übersetzt, und wenn ich erfahren hab', daß Razzien gemacht würden ...«

»Telefoniert haben wir«, sagte die Marchesa aufstrahlend. »Ich auch. ›Che brutto tempo, schlechtes Wetter heute, laßt die Männer nicht hinausgehen!‹ Und die Straßen waren leer, die Bars wie gefegt! Mein Gott, wie jung wir damals waren!«

»Ja, jung und leichtsinnig und ...«

»... verliebt warst du – in Romeo.«

»Nein, ich war verliebt in Italien, das war es. Das ist es, noch heute. Meine große Liebe. Zu Hause die Nazis konnte ich nicht leiden und wollte weg, mein Alter gabs Geld, und ich fuhr los und war selig und wollte hier bleiben, immer und ewig. Dann mußte Romeo fliehen, ich natürlich mit, zuerst nach Bologna zu seiner Mutter, der Signora Padala in ihrer Cucina Bolognese, und dann weiter nach Rom, den Alliierten entgegen. Wochenlang waren wir unterwegs, in Omnibussen und Güterwagen und immer in Angst – und dabei war's schön. Es war einfach schön und wild und verrückt und verliebt. Gelacht haben wir, und gesungen hat er, immer dieses blöde Lied, weißt du noch: ›Addio amore, lebewohl Liebe, amore mio, niemals vergesse ich dich ...‹ Und wie er wegging nachher aus Rom mit den Partisanen, hab' ich geheult wie ein Schloßhund. Und dabei war gar nichts gewesen, bloß Küsse und so, gar nichts Richtiges ...«

»Du lügst«, sagt Liliana. »Das ist doch nicht möglich! Küsse und amore und nicht wirklich ...«

»Bei mir doch! Ich weiß, was ich will. Und das wollte ich nicht. Das habe ich mir aufgespart.« Bettine lacht und erschrickt – welche Bitterkeit, wieviel ungewußter Zorn, was für ein unbekannter Schmerz! »Für einen Idioten, mit dem ich dann in Berlin im Bombenkeller hockte, auch bibbernd, und der mir imponierte, weil er Rilke las: ›Wer spricht von Siegen, überstehn ist alles.‹ Und wirklich, wir überstanden – aber wofür? Für die Hungerjahre und die Schieberei. Er schob mit Schnaps, und ich fuhr mit dem Fahrrad durch die Trümmer, tauschte Schnaps gegen Schuhe und klaute Brot für ihn.«

»Taci!« sagt Liliana. »Schweig! Man sagt so was nicht! Man muß anständig sein, onesto. Es schickt sich nicht.«

»Nein, es schickt sich nicht.« Dennoch erzählt Bettine weiter, nun aber mit Vorsicht, also – wie sie denkt – ohne die Rosinen im Kuchen, der übrigens meist bitter gewesen war. Oder hatte es ihr geschmeckt, das Jahr unter Bomben und Granaten, im Luftschutzkeller, mit abgebrochenen Nägeln, leerem Magen und Holzklotzen an den Füßen? Und die Ehe, mit der sie sich herauszuretten suchte, um noch gründlicher hereinzufallen? Die ›Paketehe‹, so nennt sie das Abkommen, das den Leutnant Albrecht Schmidt mit Liebesgabenpaketen und sie mit einer Rente versorgte, bis sie sich nach dem Kriege vor dem Landgericht I in der endlosen Reihe der Scheidungssüchtigen anstellten. Dies aber übergeht sie wie manches andere im Ablauf eines Lebens, das ihr selbst im Glanz dieser Nacht so seltsam dürr erscheint: Baum ohne Blüte und Frucht zwischen Trümmern. »Es geht mir gut«, sagt sie daher trotzig. »Ich verdiene Geld, hab' eine Wohnung in Berlin W, Neubau mit allem Komfort, und einen Freund, Scholtis heißt er, macht eine Zeitschrift, die, für die ich reise, eine Damen-Illustrierte. Er hat mir den Italien-Auftrag zugeschanzt.«

»Du liebst ihn?« Bettine schweigt; sie überlegt und beginnt dann ein bißchen zu schummeln. So nämlich nennt sie, was aus dem Redakteur Gaston Scholtis den Herausgeber der Zeitschrift »Mondäne Welt« macht und aus den Abenden bei Kaviar und Sekt – ›Iß, Bettine, ich setze es von der Steuer ab!‹ – das zaghafte Erwachen einer Liebe. Wobei sie lächelt, kühn die Nase hoch, kühn das Blau des Auges, Amazone mit Fotoapparat und Blitzlicht auf erfolgreicher Menschenjagd.

»Che brava!« sagt die Marchesa denn auch. »Aber daß du geschieden bist! O Dio mio, che disgrazia! Welch ein Unglück!«

»Ein Glück! Es gibt genug Männer ...« Bettine zögert, Lust kommt sie an, aufrichtig zu sein, zugleich mit der tieferen, zu weinen, wie manchmal in den Nächten, da sie, ermüdet vom Trinken und Reden und Lachen, heimkommt in ihre Neubauwohnung, die 120 Mark Miete kostet und kalt ist von Einsamkeit. »Es liegt am Krieg«, sagt sie dann. »Die Männer meiner Generation sind entweder totgeschossen oder verheiratet.« Und nach einer Pause grob: »Du hast doch auch einen Freund gehabt, damals in Padova.«

»Sprich nicht so unmoralisch, so senza morale! Amedeo war mein fidanzato, wir waren verlobt.«

»Bei uns nennt man so was Freund und tut das, was ihr tut, ohne Verlobungsring. Denn geheiratet hast du doch nicht deinen Amedeo, sondern den Marchese.«

»Si capisce«, sagt Liliana. Ja, es versteht sich, wie der Brillantring zur Verlobung – ›der größte ist von meinem Mann‹ –, wie das mit Lippenrot und Wimperntusche ins angstvoll Leere gemalte Lächeln, wie der auf hohen Hacken zierlich von Armut zu Reichtum, vom verschwiegenen Dunkel der Padovaner Liebesnächte ins Hell der Piazza San Marco tänzelnde Schritt, mit dem Liliana nun neben der blonden Freundin davongeht, um vor dem Café Florian noch einen Vermouth zu trinken. »Was hätte ich tun sollen? Amedeo war arm, Student und Partisan.«
»Was ich getan hab': mit ihm gehen, sogar in den Wald«, sagt Bettine laut in die Musik, die mit Donner und Blitz von einer Militärkapelle in der Mitte der piazza zu den kalten, hochmütig im Scheinwerferlicht verblassenden Sternen emporstürmt.
»Und dann? Was wär aus mir geworden, mit Amedeo bei den Partisanen? Brutta figura hätte ich gemacht und heiraten hätte ich ihn müssen, nachher. Aber wovon? Er war arm, ich war arm, ich hab' nichts gehabt, keine Mitgift, keine Aussteuer – und dabei wär' ich beinah reich gewesen, beinahe! Wenn das geklappt hätte, das mit dem Schmuck ...«
»Mit welchem Schmuck?«
»Dem von der Signora Grandi aus Prato, Schmuck für Millionen, für eine Milliarde ...«
»Ich versteh' kein Wort«, sagt Bettine. »Warum hast du Amedeo nicht geheiratet, und was ist mit den Milliarden? Erzähle!«
Die Kleine beugt sich vor, nackte Schultern, nackte Blicke, trunken vom klebrigen Vermouth in ihrem Glas oder dem eines bitteren, unbegriffenen Schmerzes.
»Ich möchte nicht«, sagt sie flüsternd. »Ich sprech' nicht gern davon. Aber weil du mich gefragt hast nach Amedeo ... Du darfst es nur niemals jemand sagen, auch nicht Gigi, vergiß es nicht! Es ist mein Geheimnis, es ist mein Leben, verstehst du, ich wäre eine glückliche Frau geworden, wenn ...«
»Erzähle!«
Die Frau öffnet den Mund, holt Luft, den strömenden Atem des Meeres; und während sie schnell, gestoßen und getrieben, zu sprechen beginnt, verstummt das Lärmen der Militärkapelle, die Menge versickert durch die galleria in die Seitengassen, und auf der piazza bleibt die von Fackelschein bekränzte Nacht – eine dunkle Bühne im bunten Rampenlicht um die Bilder lange vergangenen, nie vergangenen Geschehens.

II

Die dreißig vom Lago Maggiore

»Du weißt, daß ich damals zurückfuhr, nach Hause, in unser Hotel in Meina. Mein Vater hatte mich gerufen mit einem Telegramm, und ich fuhr, und als ich kam, sah ich die Maschinengewehre vor dem Hotel und . . .«

»Halt!« Bettine hebt die Hand. »Wann war das? Dreiundvierzig, nicht wahr? Du warst neunzehn damals wie ich.«

»Ja, ich war neunzehn wie du, aber ich war viel dümmer. Ich saß im Zug und weinte, weil ich wieder nach Hause mußte und Amedeo bei den Partisanen war, und weil ich nun also doch keinen Mann hatte, denn wozu war ich schließlich nach Padova gegangen, studieren? Wir waren sechs Mädchen zu Hause, das Hotel ging ja, aber mein Vater war verrückt, er hatte sich den Commendatore gekauft, so'n Titel kostet Geld, sag' ich dir. Also wie ich heimkam an den langweiligen See, heulte ich, aber jetzt aus Angst, denn da standen vor dem Hotel Maschinengewehre, und deutsche SS-Soldaten hatten es requiriert. Die hatten kurze Hosen an und Revolver auf den nackten Schenkeln. Und in der Halle kam mir mein Vater entgegen und war weiß wie die Wand. ›Wir haben dreißig Juden im Haus‹, sagte er, ›Emigranten aus der Türkei, aus Griechenland und unsere aus Milano. Sie glaubten, die Deutschen würden ihnen nichts tun und sind geblieben.‹ Und ich ging zu Mama und sagte: ›Die Juden bleiben, wir wollen weg.‹ Aber sie wollte nicht. ›Die Möbel‹, sagte sie, ›und das Haus und der neue Flügel in der Halle!‹ Und nun saßen die SS-Jungen in der Halle, und ein Leutnant, ein schlanker, blonder, spielte Beethoven und sagte: ›Gnädigste müssen bleiben und uns rauhen Kriegern das Leben verschönern.‹

Und ich verschönerte! Was sollte ich machen?

Heimlich aber bin ich hinaufgegangen zu den Juden in den vierten Stock, denn da hatten sie sie hingebracht aus ihren Appartements, und von da holten sie sich das Geld und die Wertsachen aus den Kabinenkoffern und den Schmuck von den Frauen. Die Frauen weinten, wenn ich ihnen brachte, was ich aus dem Ort an Nähgarn oder Wolle besorgt hatte, und einmal kam eine – so eine dicke, die

Signora Grandi aus Prato von den Tuch-Grandi – und weinte und küßte mich und beschwor mich, ich solle ihren Schmuck retten. ›Per l'amor di Gesù Cristo, bellezza mia, meine Schöne, Gute, damit mir etwas bleibt für nachher!‹ Madonna mia, was für ein Schmuck! Brillanten, zehn-, zwanzigkarätig, eine Perlenkette, die fischte sie sich aus dem Busen, Smaragde von der Großmutter, der geborenen Vanzetti von den Genuesern, groß wie Taubeneier, Schmuck für Milliarden, ti giuro, für Milliarden!
Und ich nahm sie, nahm die Milliarden, steckte sie mir hier oben rein und saß abends neben dem SS-Leutnant und fühlte das Säckchen auf der Haut, schwer wie ... wie eine Milliarde eben. Ich war reich, verstehst du, reich fürs ganze Leben!
Und für ihn. Ja, ich hab' an Amedeo gedacht! Und daß wir jetzt heiraten könnten ...«
Liliana verstummt; die Frauen sehen sich an, rot vor Erregung, heiß von der Hitze, die des Tages Schwüle jetzt aus den Mauern atmet. Die Steine dampfen; in den rotgoldenen Logen der Bars unter den Lichtgirlanden klingt es und singt es aus Lautsprechern und Gitarren und trunkenen Mündern: »O sole mio ...« O laue Nacht, o süße Nacht, o schluchzendes, feuriges, feiles Venezia!
»Daher also hast du ihn«, flüstert Bettine und beugt sich über den Tisch zu der Kinderhand mit dem Brillanten. »Daher also ...«
»Macchè, daher! Einen Dreck habe ich daher! Weißt du, was ich getan habe am nächsten Tag? Hinaufgerannt bin ich, fünf Treppen rauf wie eine Irre, rein in das Zimmer, wo die Frauen saßen, hab' sie rausgeholt, die Signora Grandi, und gebettelt: ›Nehmen Sie ihn wieder, per l'amor di Dio, ich hab' Angst! Wenn die ihn bei mir fänden – o Madonnina mia!‹ Auf den Knien beinahe hab' ich sie gebeten, daß sie den Schmuck nur nimmt!«
»Und sie, figurati, ja, stell dir vor, sie wollte nicht! Sie hielt ihn in der Hand, ganz offen, und sah mich an mit einem Blick, einem schrecklichen – da hat sie's geahnt, glaube ich, alles. Und dann lief ich, froh, daß ich das los war, die Treppe hinab, die breite Hoteltreppe, auf der sie herunterkamen, in derselben Nacht, in Schlafanzügen und manche mit nackten Füßen, so wie man sie geholt hat, aus den Betten ...
Ich hab' im Salon gesessen, der Leutnant hat gespielt, Beethoven, aber ich hab' das Laufen gehört auf der Treppe und eine Stimme, die weinte. Und ich hab' die Männer gesehen im Schlafanzug und die Frauen halbnackt und durch die Glastür ein Gesicht, ganz weiß

und mit offenem Mund. Aber sie schrien nicht, sie liefen, die stießen sie ja. Sie liefen, und von draußen kam das Motorenrattern von den Autos, und darüber immer das Klavierspiel, Beethoven, und einmal ein Schuß oder auch zwei, ich weiß nicht, ich hab' geglaubt, ich sterbe. Sie haben auch nicht viel geschossen, sie haben sie erschlagen, in den Booten auf dem See. Und haben sie versenkt, alle.«

»Dreißig Menschen ...«, sagt Bettine leise aus einem schlimmen Traum. »Dreißig Menschen erschlagen und versenkt ...«

»Schlecht versenkt hatten sie sie. Manche kamen wieder rauf, die Hände hoch, so als wollten sie sich wehren, die Armen, und lagen auf dem Strand – der alte Benjamin, der gesagt hatte, sie tun ihnen nichts, und die Signora Grandi, die mit den Perlen. Ich hab' sie gesehen.«

»Und was hast du gemacht? ...«

»Zuerst habe ich geheult, tagelang. Sie haben mir leid getan – aber ich hab' mir auch leid getan. Ich wäre reich gewesen, ich war reich, einen Tag lang. Es war die Chance meines Lebens. Ich hätte vielleicht wirklich Amedeo geheiratet, wenn er gekommen wäre. Aber der ist nicht gekommen; es hätt' ja auch keinen Sinn gehabt, so, ohne Geld. Gigi ist gekommen.«

»Dein Mann?«

»Ja, mein Mann.«

»Und er ist reich?«

Die kleine Frau lächelt, als ginge die Sonne auf, jetzt in der Nacht.

»Nein, er ist ein Marchese. Aber die della Cioppa sind arm, sie haben nichts als ein bißchen Land unten in der Sila. Da siehst du, wie gut er ist, ein gentiluomo: Er hat mich genommen ohne Mitgift, ein armes Mädchen – das beinah ein reiches Mädchen gewesen wäre. Aber ich hab' es ihm nicht gesagt, nichts von dem Schmuck, nichts von der Milliarde! Figurati, was er hätte machen können mit dem Geld! Den ganzen Schwarzmarkt allein! Und so hat er mit nichts angefangen, mit nichts als einem Waggon Mehl, damals, als die spaghetti aus Sand gemacht wurden.«

»Aber du hast ihn geheiratet – trotzdem.« Bettine ist müde, schwindlig von allzuviel Glanz und dem fauligen Dunst der Tiefe unter den Steinen. So fragt sie eigentlich nur mehr aus Höflichkeit: »Bist du glücklich?«

»Glücklich? Wer ist schon glücklich!«

»Und wie ist er – dein Mann? ...«

»Ach, Gigi! Oh, er ist wundervoll! Wie ich ihn kennenlernte in Stresa, beim Tanz auf der Isola Bella, hab' ich gedacht, ich sterbe. Einen weißen Anzug hat er angehabt und die Haare glatt und blank und schwarze Wimpern, die so langsam hochgehen, daß einem das Herz stillsteht ...«

»Du liebst ihn ja«, sagt Bettine erstaunt. Und während sie an einen denkt, der auch die Haare so glatt trug – ›spina di pesce‹ nannten sie es – und langsam die Lider hob von den schimmernden Wassern, in denen man versinken und ertrinken konnte: »Wir müssen gehen.«

Denn jetzt kommen die Leute aus den Kinos und stehen an den Bars vor den Tafeln mit den Toto-Resultaten; mählich verstummen die Lautsprecher in den Palmen, unter denen die Hochzeitsreisenden sitzen und atemlos vor Gefühl die angestrahlten palazzi und die leeren Tomatenbüchsen an den Kaimauern bewundern, bevor die vaporetti sie in die stickigen Hotelzimmer-Kästen schütten. Liliana della Cioppa nimmt eine Gondel zur Anlegestelle an der Riva degli Schiavoni und bettelt so lange, bis Bettine sie begleitet, schwelgerisch genießend, was sie nichts kostet: das sanfte Gleiten durch die Kanäle, über die ein verspäteter Lautsprecher seinen Zucker spinnt. Blaß steht die Mondsichel neben den großen Silbersternen; manchmal schwimmt eine Gondel an ihnen vorbei; in einer sitzt ein Liebespaar, umschlungen, die zurückgelehnten Köpfe von Sternenlicht verklärt wie von Liebe.

»Was hast du?« fragt Bettine, denn die Frau neben ihr packt ihre Hand.

»Ich hab' gedacht, das ist ... Gigi, hab' ich gedacht!« sagt Liliana mit klappernden Zähnen. »Ich kann nicht ... ich kann nicht ohne ihn leben!«

»Mußt du ja nicht, verlangt ja keiner«, sagt Bettine. Und schweigend fahren sie weiter über das Wasser, das still geworden ist, getröstet von Nacht, gesäubert von Unrast und Lärm seines mühevollen Tagewerks.

Am Lido muß Bettine mit hinein in das Hotel – einen palazzo mit dem Aussehen einer byzantinischen Bierbrauerei –, um in der Halle, den Zimmern, an den Spieltischen der Salons den Marchese zu suchen. Der kommt, eine halbe Stunde später, von einer Besprechung, lügend ohne Mühe, lächelnd ohne Verlegenheit aus spöttisch zärtlichen Blicken, in deren Feuer Liliana erblüht.

Als Bettine ihn sieht, stockt ihr der Atem. Apollo! Apollo im weißen Smoking, nein, Narziß, lässig über sein Spiegelbild in den verschwimmenden Augen der Frauen gebeugt, in denen es lebt, Widerschein so edler, so ganz in sich versunkener Schönheit. Die langen, veilchenblaue Pupillen beschattenden Wimpern, der leuchtend rot in bräunliche Wangen gezeichnete Mund, die weich in eine glatte Stirn fallenden blauschwarzen Haare – sie schüttelt den Kopf und flüstert auf deutsch:

»Mein Gott, wie schön!«

Worauf Apollo lächelt, wie Götter lächeln aus Wolken gewohnten Weihrauchs. »Ich sage dasselbe: Mein Gott, wie schön!«

»Sie sprechen deutsch?«

»Ein wenig. Ich habe gelernt, im Krieg, von meinen Freunden und Feinden. Ja, so ist es bei uns Italienern: mal Freunde, mal Feinde. Und jetzt, ich bin sehr froh, weil ich sagen kann: Sie sind wunderbar. Willkommen! Benvenuta di tutto il mio cuore!«

Im Speisesaal – einem silberweißen Präsentierteller kostbar enthüllten Fleisches an damastgedeckten, blumengeschmückten Tischen – trinken sie ein Glas Sekt, der Marchese sichtlich entflammt, Liliana wachsam, Bettine müde. So daß sie bald erklärt, fort zu müssen, da es weiterginge, schon morgen.

»Nach Bologna« – sie spricht es aus, während ihr der Gedanke kommt –, »zu einem alten Bekannten.«

Worauf Liliana die Brauen hebt, verblüfft, und Gigi sagt:

»Vorsicht, cara mia! Unsere giovanotti sind gefährlich – besonders für die deutschen Damen.«

»Für mich nicht. Ich kenne die italienischen Jungen.«

»Und wie sie sie kennt!« Die Marchesa ist lustig geworden, lustig über einem Grund von Angst, ausgelassen von zu schnell getrunkenem Sekt, zu schwer geschluckten Tränen. »Sie hat eine Romanze gehabt, damals in Padova, Romeo hieß er, seine Mutter hat eine trattoria in Bologna. Und da will sie hin!«

»Ja«, sagt Bettine. »Da will ich hin.«

Der Marchese schweigt. Er blickt Bettine an, die weiß, daß er sieht, was sie vergebens zu verbergen sucht, die zarten Falten in den Augenwinkeln ihrer dreißig Jahre, das Erröten der blassen Haut, das ihre blonde, blauäugige deutsche Schönheit leuchten läßt, kühl und doch wohl unter südlicher Sonne leicht zu erwärmen von jedem, der süßer zu sprechen, heißer zu lieben versteht als im Norden üblich. Vielleicht von dem Jungen in der Cucina Bolognese, sicher aber von dem Mann, der jetzt zu siegen beschließt, wie einst während seiner geheimnisreichen Tätigkeit hinter der Front des Krieges: mit List, mit Vorsicht, mit Schläue, mit heimlicher, tief verborgener Leidenschaft für seine Opfer. Und unbedenklich – da ja Bedenken oder gar Bescheiden dem Marchese della Cioppa nicht ins löwenköpfige Wappen geschrieben sind.

Als Bettine geht, bringt Gigi sie zum Tor, wo er sie festhält und mit leichtem Griff zu sich herumdreht. Seine Stimme ist sanft, leise, bestimmt.

»Cara Signora Bettine«, sagt er. »Sie sind eine wunderbare, eine großartige Frau, aber machen Sie keine Dummheiten hier in Italien! Und dieser Besuch in Bologna ... Was, sagten Sie, haben die Leute? Eine trattoria? Cara mia, ich bitte Sie!«

»Ich habe dort gewohnt damals, man hat mir geholfen ...«

»Nun gut, schenken Sie den Leuten was, aber zeigen Sie sich nicht mit ihnen. Oder gar mit ihm – Ihrem bellissimo! Mit so was muß man vorsichtig sein. So einer ist gut zum Koffertragen ... oder für einen kleinen Flirt im Mondschein. Aber mehr? Gewiß, Sie sind eine emanzipierte Frau, eine Deutsche. Aber das verzeihen Sie sich nie! Und er Ihnen auch nicht. Außerdem – es gibt mehr schöne Männer in Italien.«

»Ich sehe es«, sagt Bettine. Dann sprühen die Goldpunkte in ihren Augen auf. »Ich habe es schon vorhin gesehen ... auf dem Kanal ... in der Gondel ...«

So erkennen sie sich. Er hebt ihren Arm und legt seine Lippen langsam, genußreich, in ihre Handfläche.

»Sie haben mich erkannt, ohne mich zu kennen! Das nenne ich Liebe auf den ersten Blick!«

»Nein, Freundschaft. Denn Liliana hat Sie auch erkannt. Aber ich habe es ihr ausgeredet.«

»Grazie, grazie infinite! Ich sehe, wir verstehen uns ... und wir werden uns noch besser verstehen. Und darum werden Sie jetzt eine brava ragazza sein, noch zwei Tage hier in Venezia bleiben, fotografieren, was Ihnen gefällt – mich zum Beispiel vor dem Dogenpalast, eine blendende Aufnahme aus dem mondänen Venezia! –, und in drei Tagen fahren wir nach Rom! Abgemacht?«

»Ich denke nicht daran. Es fällt mir nicht ein, zu tun, was Sie wollen!«

Der Mann im weißen Smoking lacht laut heraus. »Nichts habe ich gewollt, gar nichts! Ihr Deutschen wollt – wir Italiener kriegen. Ich habe selbstverständlich gemeint: *Wir* werden Sie abholen, wir, meine Frau und ich, da wir sowieso in den nächsten Tagen nach Rom fahren. Und deshalb habe ich Ihnen, einer alleinreisenden Dame, unsere Gesellschaft und unseren Schutz angeboten, aus cortesia, senza complimenti.«

»Grazie, mille grazie«, erwidert Bettine. »Aber auch, wenn Sie und Liliana sowieso nach Rom fahren, muß ich auf Ihr freundliches Anerbieten verzichten. *Ich* fahre nach Bologna! Und daher sage ich Ihnen jetzt Lebewohl! Und Dank für den schönen Abend, Marchese.«

»A rivederci«, sagt der Marchese. »Ci vediamo!«

Was übrigens heißt: Wir sehen uns wieder!

Gefährt mit Reisarbeiterinnen

III

Giulietta e Romeo a Bologna

Am nächsten Morgen fährt Bettine weiter. Durch Mestre und vorbei an Hafenanlagen, Fabrikgebäuden, Ortschaften, in denen augenscheinlich das Volk lebt, Maschinen bedient, Lasten trägt, Spitzen klöppelt, Glas bläst, über Landstraßen zwischen weißgekalkten, flachdachigen Häusern, so unversehrt, als hätten die Bomben des Krieges sie überflogen, um sich, feuerspeiende Vögel, auf die Marktplätze der Städte niederzustürzen.

Sie hat Glück. In Padova findet sie Bild und Stoff für einen Artikel über des Galilei Auditorium; in der Nähe von Vicenza entdeckt sie das castello Romeos, darin der unsterblichen Liebesgeschichte zärtlicher Held lebte, und in der Zeitung eine Notiz: ›Zweihunderttausend Reisarbeiterinnen beginnen in der Po-Ebene mit der Reisernte.‹ Ihnen fährt sie auf einem Lastwagen nach, im Dunst von Schweiß, Benzin, Knoblauch neben dem Fahrer, einem Kerl wie ein Baum im weißen Wolleibchen mit feurigem Blick im hitzeroten Gesicht. Der macht ihr in einer trattoria unter Weinlaub eine Liebeserklärung, beim risotto einen Heiratsantrag, beim espresso ein Geständnis und erzählt von seinen vier Kindern: »... das letzte hat der Pfaffe nicht taufen wollen, weil sein Vater ein Roter ist. Macchè, wer ist nicht rot hier in Italien!«

Später wechselt sie hinüber auf ein Gefährt mit Reisarbeiterinnen, in einen Haufen singender, schnatternder Mädchen mit ölgefetteten Locken, und sucht zu erfahren, was sie gelesen hat und die Leserinnen der »Mondänen Welt« lesen wollen: von dem leichten Verdienst, den leichten Mädchen, der leichten Arbeit unter der goldenen Sonne des Tages, den leichten Vergnügungen unter der silbernen Fackel des Mondes mit den Burschen in Hecken und Höfen um die steinernen Weiberhäuser der Cascinen.

Dann aber vergeht ihr das Lachen. Dafür gehen ihr die Augen auf: Sie sieht Schlammfelder, schwitzende Frauen im quaksenden, fauligen Wasser, in Fieberdunst und Mückenschwärmen, dunkle Ställe voller Weiber auf Strohsäcken, den geschnürten Bauch einer Schwangeren über aufgetriebenen Schenkeln in schwarzen Strümpfen, die von der Reiskrankheit geschwärzten Beine einer

Zweihunderttausend Reisarbeiterinnen beginnen in der Po-Ebene
mit der Reisernte

Alten, die für einen arbeitslosen Sohn schuftet, die Dürftigkeit einer Sechzehnjährigen, die für sechs Geschwister und den Sack voll Reis in den Reis geht. Für die Kohlen im Winter. Für das Ehebett. Für die Schuhe und den Mantel und das Brot der Kinder daheim, le mie povere creature, Signora!
Und hier, bei den Mondinen der Po-Ebene, ahnt Bettine zum erstenmal den Schatten vor der Sonne, das Dunkel unter dem Licht, das Weinen hinter dem Lachen, den Hunger inmitten der Fülle. Zweihunderttausend Reisarbeiterinnen für ein paar Wochen Arbeit im Jahr; jahrelanger Kampf um den Arbeitskontrakt und doch keine Arbeitslosenunterstützung; Millionen Doppelzentner jährlicher Reisernte, Milliarden Lire jährlicher Gewinne und für diese hier ein paar soldi, der Rheumatismus, die Holzpritsche in der Baracke, der Topf Bohnen mit Reis zu Mittag und das Sumpfwasser, in dem sie arbeiten, Fetzen um die geschwollenen Beine und singend. »Wir sind die Mondinen, wir arbeiten für eine Handvoll Reis, wir wollen Frieden und nie wieder Krieg!«
Am nächsten Tag schießt sie ein paar Bilder zu einem Artikel »Die Lieder der Mondinen«, den sie in Ferrara im Hotelzimmer schreibt, ohne Schwung, trotz der Mondfackel über der cascina beim Sonntagstanz, den sie sich aus den Fingern saugt. Sie ist müde – auch von der Hitze, die aus der rosticceria unten im Hause in ihr Fenster schwelt, zusammen mit den Gerüchen nach Öl und Fisch, mit den Stimmen der Frauen vor den gestreiften Vorhängen in den Türen und dem Geschrei der Männer, die Morra spielen, mit den Fingern knallend. »Uno ... tre ... quattro ... sette ...«
Das flache Land streckt sich zur Ruhe, während sie weiterfährt; als vor dem verdunkelten Himmel die Türme Asinelli und Garisenda, die Wahrzeichen Bolognas, auftauchen, ist es Nacht. Dennoch erkennt sie die Straßen wieder, die damals im Krieg und in der Verdunkelung nur ein blasses Abbild der menschen-, lärm- und lebensvollen Stadt boten. Mit unbewußter Sicherheit schlägt sie den Weg zum Municipio ein, um dann wirklich unter den Arkaden die Cucina Bolognese der Signora Padala zu entdecken.
Und genau wie damals, zehn Jahre zuvor, findet Bettine den weißgekachelten Raum voller Männer, das Herdfeuer im Hintergrund mit roten Flammen die weißen Wände bemalend, und vor der Theke die dicke Mamma Rosina, die pasta e fagioli auf Teller füllt. Sie blickt auf, als Bettine hereinkommt, und während diese lang-

sam nähertritt, fallen der Frau fast die Augen aus dem Kopf und die fagioli vom Teller. Dabei schreit sie auf, hoch, gellend: »La Signorina! La nostra Signorina!« Und noch lauter: »Romeo! Die Signorina Bettine ist wieder da!«
Es wird still. Langsam erhebt sich ein Mann von einem der Tische. Bettine fühlt plötzlich ihr Herz: Es ist nicht der Jüngling, der einstmals in den Straßen Padovas aus nächtlichem Dunkel auftauchte, ein leichtfüßiger, blutbespritzter Gott; es ist ein Mann mit breiten Schultern, wachsamem, sich jählings erhellendem Blick, der die Dame auf sich zukommen läßt und erst Auge in Auge mit ihr seine Erinnerungen beschwört.
»La bella bionda«, sagt er mit tastender Stimme. Und dann: »O Dio mio! La mia bella bionda! Ritornata!«
Und nicht nur Rückkehr, Heimkehr scheint, was sich nun zwischen den Kachelwänden abspielt an freudiger Begrüßung mit weinfeuchten Küssen auf Mamma Rosinas fleischige Wangen, mit Händedrücken, Schulterklopfen und feierlicher Vorstellung der Stammgäste, des Schusters von nebenan, des Kellners Angelo, der Nachbarn Cesare, Tito und Carlo, die, sich verneigend, ihre Gläser heben:
»A la sua salute, Signora! A la vostra! Benvenuta!«
Beglückt stößt sie mit jedem an, genießt Triumph und Verbrüderung einer hellen, helläugigen nordischen Göttin mit dem dunklen, nachtäugigen Süden, bis sie, berauscht von Wein, Gesang und Gelächter, erhitzt vom Blick des Mannes neben ihr, mit ihm hinaustritt auf den Hof.
Hier ist Kühle, der süße Duft des struppigen Oleanders in den Holzkübeln, auf denen sie damals saßen, wie sie jetzt dort sitzen, von Erinnerung und Hoffnung, von Mondlicht und Sternenglanz zueinandergeführt. Sie spricht es aus, sie bekennt:
»Es war so schön – und es ist immer noch schön! Alles ist, wie es war. Da oben habe ich gewohnt. Und hier«, sie lacht, wieder neunzehn Jahre alt, »hier hast du dein Rad umgebaut, weißt du noch, als die deutsche Kommandantur bloß Geschäftsräder erlaubte und du dir aus deinem Zweirad ein Dreirad basteltest, mit einem Rädchen an einer Strippe zum Raufziehen und Runterlassen. Ach, warst du frech!«
»Ich war nie frech«, sagt Romeo. »Ich war's nicht und ich bin's nicht. Ich bin sanft und bescheiden wie wir alle, ich hab' nie etwas Verbotenes getan ... leider nicht.«

»Nur hier, in den Oleanderbäumen, hattest du die Revolver versteckt und da drüben unter den Palmenkübeln die Flugblätter. Und weißt du noch, wie eines Nachts die deutschen LKWs hier raufkamen, und die SS ging auf Razzia ...«
Wieder entschwindet der Himmel hinter den großen silbernen Sternen in eine unendliche Höhe voll Stille, Sanftmut und den schwachen feuchten Düften der Nacht; wieder scheinen sie mit angehaltenem Atem das Näherkommen des Wagenrollens, der hallenden Soldatenschritte, der tödlichen Gefahr zu erwarten. Doch jetzt ist es nicht die Angst, die sie verstummen läßt und in eine schnelle, stürmische Umarmung wirft.
Sie küssen sich im Finstern ...
»Nein«, sagt die Frau dann, flüsternd. »Laß es, wie es war, damals. Es war doch schön.« »È vero, es war schön. Aber nicht schön genug. Ich bin ein dummer Junge gewesen damals. Jetzt bin ich klüger, naturalmente nicht so klug wie ihr Deutschen.« Er lacht, dunkel, spöttisch, zärtlich, hält sie mit sanftem, geschicktem Griff. Bis sie sich ihm entzieht – wie damals, denkt sie – und plötzlich weiß: Es war mir zu gefährlich gewesen, er hätte mich gekriegt mit Leib und Seele, und er wäre mir entwischt, wie sie einem immer entwischen, die Italiener.
Ihr Körper in seinem Arm wird steif, ihre Stimme hoch.
»Was soll daraus werden?«
»Ah, ihr Deutschen! Gründlich seid ihr, gründlich! Leben muß man, verstehst du, einfach leben, lieben muß man, so wie jetzt...«
Mit zurückgebogenem Kopf sieht sie ihn an, sein blankschwarzes Haar, die geschwungenen Augen, die vollen Lippen – süße, lokkende Frucht. »Ich kenn' euch doch, euch ragazzi! Wo ist sie denn, die Braut? Oder die moglie, die Frau mit den drei Kindern? In Roma, in Napoli, in Palermo?«
»Nirgends, ich schwör' es dir! Santa Madonna! Allein bin ich, frei wie der Vogel in der Luft. An dich hab' ich gedacht, immer, von dir geträumt, il mio sogno d'amore!«
»Gut, ein Traum – lassen wir's dabei!« Sie lacht rauh, das Herz im Hals, an dem sie seine Lippen auf dem Weg zu den ihren fühlt.
»Bleib bei mir, diese Nacht ... alle Nächte ... bis du wieder heimgehst in dein kaltes Land. Oder fahren wir weg ... morgen ... nach Roma, Capri ... Denk dir, Capri, das Meer und wir beide ...«
»Capri!« Sie nickt mit geschlossenen Augen. »Du fährst mit mir nach Capri? Schwörst du's?«

»Ti giuro!«

»Abgemacht«, sagt sie und erhebt sich.

Als sie in die trattoria zurückkehren, ist der Raum leer, das Herdfeuer erloschen, die Mutter neben der Theke eingeschlafen. Im weißgekalkten Gastzimmer wartet das eiserne Ehebett der Witwe Padala auf Bettine, die erschöpft von allzuviel Chianti, allzuviel Lebenslust, Liebeslust den Schlaf sucht und endlich im Traum findet, was sie entbehrte: Italien, Sonne, ein schwarzer Blick, ein so leicht zum Küssen, zum Singen, zum Lachen zu bringender Mund, die tänzerische Anmut breiter Schultern über schmalen Hüften, das Abenteuer der leichten Zärtlichkeit bei Wein, Musik, Romantik – warum nicht, warum nicht?

Am Morgen trifft sie Romeo in der trattoria beim Frühstück – es ist sein zweites nach dem espresso in der Frühe.

»Ich will alles sehen hier in Italien«, sagt sie, während sie vor den breiten Schalen mit Milchkaffee sitzen. »Ich will darüber schreiben, weißt du, über die Kunst und die Schönheit, und dazu fotografieren. Damit verdien' ich mein Geld, mit Berichten aus Italien und Bildern von den Sehenswürdigkeiten.«

»Sissignora«, sagt Romeo. »Das haben wir massenhaft hier, Schönheiten, Sehenswürdigkeiten, wenn ihr nicht alles schon wegfotografiert habt, ihr Fremden. Ich nehm' dich auf meinem Lastwagen mit, ich fahr' sowieso runter nach Napoli.« Und während er auf der feuchten Marmorplatte die Reiseroute zeichnet – Firenze, Siena, Perugia: »Bloß mit einem kleinen Umweg, rauf nach Reggio Emilia. Ich hab' da was hinzubringen, Lebensmittel für die Reggiane. Ist auch nicht uninteressant für dich, eines unserer größten Industriewerke.«

Der Schuster am Nebentisch hebt den ersten grappa zum Mund: »Chi è Italiano salvi le Reggiane!«

»Wer Italiener ist, rette die Reggiane?« fragt Bettine. »Was heißt das?«

Aber Romeo ist schon aufgestanden, er geht an die Arbeit; Bettine bleibt in der Küche bei Mamma Rosina und läßt sich erzählen, wie gut Romeo ist, wie brav, wie treu. Und daß er heiraten müßte!

»Was wollen Sie, Signora Bettine, es ist Zeit für eine Frau, für Kinderchen, viele liebe, kleine Kinderchen! Aber wie kann ein Mann heiraten, der nichts im Kopf hat als Politik? Ma cosa fare! Ich trockne meine Tränen und denke mir: Siamo patrioti, noi Italiani, mein Vater hat unter Garibaldi gekämpft, Garibaldi, l'eroe immortale!«

Eine Stunde später fahren sie ab, Bettine neben Romeo im Führersitz, der Lastwagen voller Kisten und Säcke. Und während sie auf der Straße Bologna-Reggio der blauen, goldgeflammten Ferne entgegeneilen, beginnt Romeo zu erzählen, um sich und der Frau die Zeit zu vertreiben. Nein, um Rechenschaft zu geben über sein Leben.

Ein Leben in dieser Zeit, das des Romeo Padala, der mit dem Lastwagen der Transportfirma Baldassare Figli zusätzlicher- und verbotenerweise eine Fracht gesammelter Lebensmittel des Solidaritätskomitees in Bologna zu den streikenden Arbeitern der Reggiane bringt.

IV

Il Sangue di Modena

»Ich bin nicht aus Bologna, ich bin Römer, da geboren, wo die echten Römer herkommen, in Trastevere«, beginnt Romeo und hält die Augen auf der Straße, das linke Bein an Bettines Schenkel, ach, ist es heiß hier drinnen! »Als ich vierzehn war, konnte ich Gitarre spielen und Zigaretten in der Hand drehen und lieben, fare l'amore, wenn ich Wein rüberbrachte in die casa delle persiane chiuse. Das Haus mit den geschlossenen Fensterläden war gegenüber von unserer trattoria; morgens holte ich den Mädchen den Wagen, in dem sie spazierenfuhren, und dann half ich meinem Vater und spülte die Gläser und aß minestrone abends und minestrone mittags und nur sonntags pasta. Wir waren arme Leute; und als der Krieg ausbrach, gingen wir Burschen hinauf in das Haus und schrien: ›Evviva il Duce‹ und ›Scheiß auf den Krieg!‹, und ich weinte, denn mein Bruder Peppino war in Abessinien gefallen und mein Vater hatte nie eine Lizenz für ein eigenes Lokal bekommen, weil er ein Roter war. Und weil er kein Geld hatte, um die Polizei zu bestechen, und keinen Verwandten im Vaticano. Va bene.«

»Nicht gut«, Bettine betrachtet die Landschaft, in ihr Herz gemalt mit träumerisch gewellten Hängen, ergrauten Bauernhäusern unter rosigen Ziegeldächern und stolz am Horizont entlangschreitenden Zypressen-Alleen. »Aber ihr beklagt euch nur immer und tut nichts als auf den Straßen stehen, die Hände in den Taschen, und singen.«

»Du weißt nicht, was wir tun«, sagt Romeo mit Würde, legt ihr aber – wohl zur Begütigung – die Hand auf das Knie. »Du weißt nicht, wie wir sind. Wir sind lustig auf der Straße, aber wenn wir in der trattoria vor unserem Wein sitzen, weinen wir, weil die Herren die soldi des Volkes fressen und wir immer zu schwach waren, sie ihnen in den Bauch hinabzustoßen. Ich weiß, daß es keinen Ausländer gibt, der uns Italiener nicht verachtet – aber es gibt auch keinen Italiener, der die Italiener nicht verachtet.«

»Ich liebe dich«, sagt Bettine munter, und Romeo lacht auch und bringt es fertig, ihr seine Lippen auf das feuchte Gesicht zu drükken, wobei sich der Wagen in einer hübschen Kurve dem Feld nähert, das eigentlich ein Garten ist, sauber bestellt und bekränzt von doppelt durch die Obstbäume gezogenen Weingirlanden. Er lenkt ihn zurück, leicht, lässig, und sagt liebenswürdig:

»Schäm dich nicht, cara, alle lieben mich. Und warum nicht? Ich bin ein hübscher Junge, sie haben mich sogar geliebt, als ich eine Uniform trug, und du weißt, hier bei uns verachtet man die poliziotti.«

»Du lügst, du warst nie ein Polizist.«

»Ich lüge manchmal, doch das jetzt ist kein Grund zum Renommieren. *Nachher* war ich es. Nach dem Krieg. Es war nie geschehen, daß ich eine Uniform trug, es wird auch nicht wieder geschehen, ich habe es meiner mammina vor der Madonna del Carmine geschworen. Damals kam ich aus dem Wald zurück, und bei der Befreiung saß ich in Milano auf dem Wagen der Partisanen, das Gewehr auf den Knien, das rote Tuch um den Hals, und schrie vor Glück und sang die ›Bandiera rossa‹, bis ich heiser war und das Mädchen neben mir die Beine voll blauer Flecke hatte, so habe ich sie gekniffen. Ach, es war der schönste Tag meines Lebens! Dann aber ging ich nach Roma, und Mamma fiel mir um den Hals und weinte: ›Dein Bruder, wo ist dein Bruder Carletto, il piccolo?‹

Und drei Monate später zeigte man ihr auf der Questura in Roma ein Stückchen Stoff aus einer Hose. Das hatte man in den Fosse Ardeatine aus einem Haufen Dreck und Asche gebuddelt, und solche Stückchen Stoff aus alten Hosen war alles, was übriggeblieben war von dreihundertfünfunddreißig Menschen, die die Nazis in den Fosse Ardeatine erschossen hatten. Und meine Mutter lag drei Tage lang auf der Erde und schlug mit dem Kopf auf die Steine und schrie: ›Mio piccolo, mein Kleiner, o mio bambino innocente.‹

Ich wußte, daß er unschuldig war. Er hatte nichts zu tun mit der Aktion gegen die deutsche Feldgendarmerie in der Via Rasella, und wenn er was gemacht hatte, so war es das in der Via Capo le Case gewesen. Denn nachher hatten mir meine Turnschuhe gefehlt, und man braucht Turnschuhe, um auf das Dach in der Via Capo le Case zu klettern und eine Flasche mit Sprengstoff auf einen deutschen Militärwagen zu schmeißen. Das Feuer hatte wie eine Flammenwand in der Straße gestanden, und wie mein Bruder nach Hause wollte, kriegten sie ihn, und er saß in einem blutbespritzten Kellerloch bei der Gestapo in der Via Tasso, bis der Überfall in der Via Rasella geschah und sie ihn zum Erschießen abhol-

ten, als Geisel, zusammen mit anderen dreihundertvierunddreißig Italienern, darunter zweiundsiebzig Juden, die sie aus Versehen mit umbrachten.
Als ich das erfuhr, ein Jahr nach dem Krieg, und als ich in den Fosse Ardeatine zwischen den dreihundertfünfunddreißig Särgen stand – kein Mensch ahnt, wieviel Särge dreihundertfünfunddreißig sind, so viel, daß man fürs ganze Leben genug hat von Särgen! –, und als ich wieder auf der Straße lag, denn Arbeit gab es nicht und gelernt hatte ich nichts, bloß schießen und Auto fahren – aber das kann hier jeder Junge –, da ging ich zur Polizei. Aus Not. Und aus Wut. Und aus Wut ging ich auch wieder weg. Denn da war die Sache mit Modena. Ja, il sangue di Modena.«
»Dort vor uns liegt es«, sagt der Mann und zeigt auf die Biegung der Landstraße hinter den sanften Hügeln lauterer Lieblichkeit. »Du hast vielleicht davon gehört – oder? Das Blut von Modena. Im Jahre neunundvierzig, als die Orsi-Werke in Modena ihre Arbeiter aussperrten und die Werke stillegen wollten. Damals in Modena war es das erstemal – und das einzige Mal, ich schwöre es dir! –, daß ich mit den poliziotti war, denn ich gehörte zur Celere, zur Regierungspolizei, und wir standen vor den Fabriktoren und saßen auf den Dächern und in den versteckt wartenden Panzerwagen. Und dann kamen die Arbeiter, die Ausgesperrten, uns entgegen, langsam und schweigend in einem dunklen Haufen, und ich wußte: Das sind die von den Orsi-Werken, und das ist Modena, wo ich Fußball gespielt habe und Freunde habe, und die wollen in ihre Fabrik und an ihre Maschinen und an ihre Arbeit und ...«
»*Das* ist Modena«, sagt Bettine, denn jetzt fahren sie durch die geraden Vorstadtstraßen, dann vorbei an der piazza mit Dom, Tankstelle, Bar, Kriegerdenkmal, Barbier, und weiter an den niedrigen Häusern mit den hohen Fenstern entlang, vor denen damals mit einem Ruck die Holzläden zuflogen. Es klang wie das Echo knallender Schüsse ...
»Und ich dachte, daß Carlo dazwischen war und Giulio ...«, sagt Romeo, während er über die Stelle fährt, auf der damals noch tagelang die Blutlachen zu sehen waren, an der Bar vorbei, in die sie zuerst die Toten schleppten und auf den Boden legten, unter die Espresso-Kaffeemaschine, die die ganze Zeit über den Dampf ausstieß und heulte wie ein Kind, spitz hinein in den einen, den großen, den nie endenden Schrei, der ganz allein in der Straße stand.
»Ich glaubte sogar, es hätte gar nicht geknallt, und dabei habe ich

Trauerzug nach der Erschießung der Streikenden in Modena

die Schüsse gehört und den Schrei. Sonst war es plötzlich ganz still. So still, als wenn alle tot wären.«
»Wer hat geschossen?« fragt Bettine.
»Wir«, sagt Romeo. Und heftig: »Wir haben geschossen, ich auch, in die Luft natürlich. Oder denkst du, daß ich im Ernst auf Leute schieße wie Carlo und Giulio, die einfach ankommen und nichts wollen als ihr Recht und ihre Arbeit?«
Das schreit Romeo, und Bettine schrickt davor zurück: Da ist eine Hand, die sich nach ihrem Herzen ausstreckt. Sie sagt schwach: »Und ich dachte immer: Italien, das ist Sonne und Frieden und Schönheit ...«
»Wieso dachtest du das? Du bist mit mir in Padova durch die Straßen gelaufen, als die Nazis uns jagten.«
»Das war Krieg. Und sie waren Feinde.«
»Jetzt ist auch Krieg. Und sie sind Feinde«, sagt Romeo still. »Es ist egal, ob mir ein Ausländer das Land nimmt und das Brot und das Leben, oder ob es ein Landsmann tut, ein Italiener wie ich – nein, es ist noch schlimmer, und man muß sich wehren. Das hatten sie tun wollen bei ihrem Streik, und ich hatte auf sie geschossen. Und als wir zurückkamen in das Commissariato, habe ich den Schrei gehört, obwohl es ganz still war, und da hab' plötzlich *ich* angefangen zu schreien und hab' mein Gewehr auf den Boden geschmissen und geflucht wie ein Verrückter auf die Madonna und den Tenente und den König und den Papst, figurati, auf den Papst, und die Tränen sind mir runtergelaufen auf die Uniform, ich habe geschluchzt wie ein Kind: ›Porca Madonna! Hol' euch alle der Satan!‹ Und: ›O Giulio, Carlo, perdonatemi! Verzeiht mir!‹, bis sie mich untergekriegt haben.«
Romeo verstummt in diesem lange verhallten Schrei der Empörung; seine Lippen zittern. Und mit zitternder Hand greift er in das Fach neben dem Schaltbrett unter den Talismanen, die dort hängen, das rote Ochsenhorn und das blaue Glasauge gegen den malocchio, den bösen Blick, die Heiligenbildchen und die Santa Madonna del Carmine, und holt ein Foto heraus: Da schreitet hinter sechs Särgen unter roten Fahnen in einer schwarzen Menschenmenge Romeo Padala, das schöne Gesicht streng und stolz erhoben, den Trauerflor am linken Arm.
»Sie haben mich einen Kranz mittragen lassen, ein ganzes Stück lang«, sagt er leise. »Und in unseren Zeitungen hat gestanden: ›Romeo Padala, Partisan und ehemaliger Polizist der Celere, aus-

gezeichnet in den Kämpfen des Widerstandes und ausgestoßen aus dem Polizeidienst, folgt den Särgen der sechs Toten von Modena bei der Trauerfeier der Dreihunderttausend.‹«
Die nächsten Kilometer der Staatsstraße legen sie schweigend zurück. Bettine hat die Augen geschlossen – er sieht sie an, und ohne die Lider zu heben, sagt sie leise, hilflos:
»Sprich weiter. Erzähl was ... irgendwas ... Aber was Netteres, wenn ich bitten darf! Das eben hat mir gelangt, bei Gott! Das ist ja ... Nein, red von was anderem ... von dem, was nachher war.«
»Sissignora«, sagt Romeo gehorsam. Und berichtet also das Nettere aus den Jahren des Nachkriegs und der fiebernden Geschäftigkeit, mit der er Brot für Moral und Ehre für Zigaretten getauscht hatte, Gelegenheitsarbeiter, Gelegenheitsverdiener bei den Amis, beim Schwarzhandel, beim Weinpantschen in Frascati, wo er Wein col bastone – mit dem Stock – aus Wasser und sauren Trauben gemacht hatte, schlau und hübsch wie er ist mit seinen Mandelaugen und dem schön an der niedrigen Stirne über der griechisch geraden Nase angesetzten Lockenhaar. Und tüchtig also auch im Frieden, der kein Frieden wird, tüchtiger aber noch – dies sagt er mit Stolz – im Krieg, der nicht endete und ihn immer von neuem, ja auch heute, jetzt, zu dieser Stunde, unter die Waffen ruft. Oder richtiger: auf den Lastwagen, mit dem er irgend etwas irgendwohin fährt.
In diesem Fall also Lebensmittel für die Reggiane, begreift Bettine.
»Für einen Streik, wenn ich richtig verstanden habe, was ich aber nicht verstehe. Denn für wen bringst du Lebensmittel in eine Fabrik im Streik?«
»Viertausend Mann sind da, in den Reggiane. Sie sind nicht herausgegangen, sie sind drin geblieben und arbeiten weiter.«
»Ich denke, sie streiken?«
»Nein, sie haben die Reggiane besetzt, damit sie nicht geschlossen werden.«
»Aber warum sollen sie denn geschlossen werden?«
»Weil, weil ...«, Romeo stottert. »Weil die großen Trusts, die italienischen und die amerikanischen, die Preise diktieren wollen, und darum behaupten sie, daß der italienische Markt unsere Produktion nicht aufnehmen könne, und ... man müsse unsere Fabriken schließen ... und die Arbeiter auf die Straße werfen. Aber die gehen nicht, die bleiben, die sitzen da und ... Da sitzen sie«, sagt er und deutet in das Land, wo jetzt das Gelände der Reggiane

Streikposten vor der »Reggiane«,
der großen italienischen Maschinenfabrik in Reggio, die sieben Monate lang von der Belegschaft besetzt wurde

beginnt, weite, flache Ebene, aus der Maschinenhallen, Schornsteine, Baracken aufragen und allenthalben längs der Mauern seltsame Gebilde aus Eisen und Stahl vor Schildern mit dem Satz: »Chi è Italiano salvi le Reggiane!«

»Die da drauf sind Arbeiter von den Reggiane, die passen auf, daß man ihnen nicht die Maschinen abholt. Und drinnen sind viertausend Mann, seit neun Monaten.«

»Doll!« sagt Bettine. »Das muß ich mir ansehen, das muß ich fotografieren. Junge, gibt das einen flotten Artikel!«

Sie holt die Kamera heraus, stellt sie ein, knipst die Wachtposten auf den Türmen, die Wachtposten am Eingang zu den Reggiane und das, was Romeo »l'ora della sua gloria« nennt – die Stunde seines Ruhmes –, da er nun Kisten und Säcke voll Nahrungsmittel ablädt, stolz auf sich, auf Bettine, la bella bionda, und auf die Reggiane. In deren mächtigem Gelände führt er sie umher, über die Betriebsstraße, leer und sonnenglatt in der Mittagshitze, durch die sauberen Hallen, die Gießereien, zu den Schildern: »Man hat uns das Gas abgeschnitten, aber wir arbeiten weiter! Wir arbeiten für den Frieden!« Und auf der Werkstraße fotografiert sie den »Garanten des Sieges«, wie Romeo sagt: eine Gulaschkanone, aus der das Essen verteilt wird – Essen für 4000 Mann!

»Alles aus freiwilligen Spenden! Dreiviertel Jahr lang werden die Reggiane jetzt vom Volk ernährt. Allein aus der Provinz Reggio haben wir Hunderte von Zentnern Mehl und über eine Million Lire bekommen. Alle geben, die Fleischer, die Bäcker, die Bauern, die Arbeiter, ganz Italien!«

»Stell dich da drüben hin«, sagt Bettine, »damit ich den Wachtturm mit draufkriege, tesoro mio ...«

»Für einen Kuß.« Er blinzelt in die Linse der Kamera und drüber weg in die Sonne, zu einem Mann; der kommt – schwer, breit, gewichtig – näher, blickt auf die Frau, fragt:

»Was machen Sie hier?«

»Das geht Sie gar nichts an«, sagt Bettine, so freundlich sie das in Italienisch kann.

»Perdoni, Signorina, das geht mich schon an, wenn Sie, eine Fremde, hier herumlaufen und fotografieren, per far la spia.«

»Um zu spionieren?«

Der Mann, der auf schweren Schultern den niedrig-gestirnten, breiten Kopf eines Bauern trägt, eine Narbe auf der braunen Wange hat und eine seltsam abwartende Art des Blickes, wird ru-

Arbeiterwache vor der »Reggiane«,
unter der Gedenktafel für ihre im Kampf gegen den Faschismus gefallenen Kollegen

higer, je lauter die Frau mit ihrem hellen, harten deutschen Organ spricht. Doch dann zuckt er die Achseln, faßt Bettine am Arm – übrigens nicht grob, nur bestimmt – und dreht sie zum Tor, wo die Arbeiter in Gruppen stehen, wie hier wohl auch sonst in der Mittagspause.

»Loslassen!« sagt Bettine wild. »Sie können sich wohl nicht vorstellen, daß ich hierher komme bloß so ... aus Freundschaft ...«

»Onoratissimo! – Hochgeehrt! Aber hier stehen viertausend Menschen im Kampf, seit neun Monaten, hier haben wir aufzupassen, daß sie uns nicht die Maschinen wegholen und den Betrieb zumachen – von dem lebt nämlich die Stadt. Das ist unser Brot und unsere Arbeit und unser Leben und kein Rendezvous-Platz für hübsche deutsche signorine.«

»Ich werd' euch was abgucken«, sagt Bettine wütend. »Oder wegtragen. Ihr müßt ja doch rausgehen eines Tages ...«

»Ja, gewiß werden wir rausgehen eines Tages«, sagt der Mann so ruhig, als wüßte er heute schon, wie die 4000 Mann der Reggiane eines Tages herausgehen werden: unter dem Jubel von 50000 Menschen, unter Blumen und Fahnen, begleitet von Fanfarenmusik und stolzen, mit bebender Stimme gesprochenen Worten des Sieges.

Bettine tritt zum Tor; im Augenwinkel nimmt sie das Bild des Mannes mit, der gleichmütig hinter ihr den Rauch seiner Zigarette in die Luft bläst; ein Ochse, denkt sie, ein Bulle, der stur auf alles losgeht, die Füße auf die Erde gestemmt, die er mir wegnimmt, die er besetzt und aufteilt wie das Brot der Bäcker, das Fleisch der Schlächter, das Gut der Herren!

»Ciao«, sagt sie zu Romeo. »Ich gehe. Und du? Fahren wir zusammen weiter, oder bleibst du hier bei deinen Freunden?«

»Sie haben Traktoren gebaut«, murmelt Romeo unglücklich. »Ohne Gas und ohne Ingenieure und ohne Lohn. Es ist ein Kampf ...«

»Es war auch damals Kampf, und ich hab' euch geholfen.«

»Bleib, bleib, einen Moment noch. Ich werd's ihm erklären. Er ist Gewerkschaftssekretär, ist von Salerno hergekommen, er hat die Verantwortung ...«

»Das will ich nicht wissen. Ich weiß bloß, man ist nicht auf der Welt, um zu kämpfen und sich herumzuschlagen.«

»Ti voglio bene«, sagt Romeo leise.

Indem tritt der Mann zu ihnen – Fabrizio heißt er, ist Leiter des Unterstützungskomitees und für Romeo augenscheinlich wichti-

ger als Frau Bettine Schmidt aus Berlin –, und *er* spricht jetzt, nicht Romeo, der gesenkten Auges an seiner Zigarette kaut.
»È permesso, Signorina, nur ein paar Worte für meinen Freund Romeo: Er kann wirklich nicht fort – wenigstens nicht heute –, wir brauchen ihn hier, und dann muß er runterfahren nach Sicilia zu den Schwefelarbeitern. Aber vielleicht können Sie sich für später verabreden?«
»Nein, danke«, Bettine geht zum Tor – ihre Stimme ist heiser vor Erregung: »Addio, Romeo. Es ist wirklich besser, daß wir uns schon hier trennen. Es wäre ja sowieso nicht gegangen ...«
»Bleib, Bettine«, Romeo fleht beinahe. »Man muß etwas tun, auch für die andern, und dann kann man wieder fröhlich sein und singen. Paß auf, wie schön es wird in Perugia, in Roma – da ist unser Fest, das Fest von Trastevere ›Nojantri‹, da gehen wir hin, tanzen, singen. Wir haben doch Zeit. Es ist immer Zeit für die Liebe.«
»Du hast Zeit, ich nicht. Ich hab' was zu tun, ich will was werden.«
»Du bist schon was, du bist die schönste Frau der Welt, la mia bella, bellissima bionda! Was willst du mehr?«
»Ach geh, laß mich in Ruhe! Ihr habt keine Ahnung, ihr Italiener, vom Leben!«
»Nein, aber ihr, ihr Deutschen!«
Da dreht sie sich auf dem Absatz um und geht fort. Sie wendet nicht einmal mehr den Kopf, obwohl sie weiß, daß Romeo hinter ihr in der Sonne steht, schwarzäugig, breitschultrig, schmalhüftig, ein schönes Bild der Erinnerung für eben diese Erinnerung und den Verkauf an eine Zeitschrift mit weiblichem Leserpublikum. Und daß er ihr nachblickt. Aber sie bleibt nicht stehen, auch nicht, als er ihr folgt.
»Vergiß es nicht – la festa ›Nojantri‹ in Roma! Ich werde dort sein!«
»Ich nicht«, sagt Bettine und geht.

TELEGRAMM

MARCHESA LILIANA DELLA CIOPPA
HOTEL EXCELSIOR LIDO VENEZIA
ERWARTE EUCH HOTEL TERMINI PERUGIA
BETTINE

Schöne, wunderschöne Toscana!

Von unserer nach Italien entsandten Korrespondentin Bettine Schmidt

Welche Anmut der sanft geformten Hügel! Wie klar die Landschaft mit ihren Gärten in Lorbeerhainen und Buchsbaumhecken! Wie schlicht das helle Steinhaus zwischen Reben und silbern schimmernden Olivenbäumen vor dem hohen, des Abends blau und rosig erlöschenden Himmel! Maßvoll und liebenswert scheint alles, was mir hier an Mensch und Natur begegnet, die Sprache das reinste Italienisch und seine Musik die schönste Begleitung vollendeter Harmonie.

Beglückt gehe ich durch die Straßen von Firenze, erhoben von Würde und Schönheit der Stadt, wandere über die Arnobrücken durch die Gassen der Borgo Sant' Apostoli mit ihren Häusern aus dem 13. und 14. Jahrhundert und stehe andächtig in der Sakristei von San Lorenzo vor der »Nacht« von Michelangelo auf dem Grabmal des Lorenzo il Magnifico.

Ja, die Toscana ist das Kulturland Italiens, und die Geschichte ihrer Kunst auch die ihrer Menschen oder gar der Menschheit schlechthin. Denn hier in der Toscana sind nach den Worten eines ihrer Großen der Begriff und die Tatsache entstanden, die wir Humanismus nennen. Und hier lebt der Toscaner, wie die Inschrift an einem Haus in Florenz auf der Piazza dei Mozzi besagt: »con civile modestia«, also mit anständiger Bescheidenheit und dem Bewußtsein um die Bedeutung seines Landes für die europäische Kultur.

So daß auch heute noch, im Zeichen des Fremdenverkehrs, das berühmte »Palio« in Siena, den alten Traditionen getreu, bleibt, was es seit Jahrhunderten ist: ein echtes Volksfest auf dem herrlichen Campo, bei dem ein Pferderennen um eine Fahne zu Ehren der Madonna ausgetragen wird. Inmitten einer festlich erregten Menge genieße ich das bunte Bild der mittelalterlichen Trachten zugleich mit Licht und Weite des herrlichen Platzes und verbringe einen Tag reiner Freude beim Durchwandern dieser so schön erhaltenen Stadt, um mich nun heute, vierundzwanzig Stunden später, in San Gimignano ganz in das Mittelalter zurückversetzt zu fühlen.

Denn die Stadt der dreizehn Türme bewahrt in ihren gotischen Bauwerken den Geist einer Epoche, die wir aus den Werken des hier in der Nähe, in Certaldo, gestorbenen Dichters und Humanisten Giovanni Boccaccio kennen. Und angesichts der Zeugnisse antiker Kunst und zünftigen Handwerks, zwischen den meterdikken Mauern der Türme, in denen sich die Bürger San Gimignanos vor den Schrecken des Krieges verbergen konnten, fühle ich mich ergriffen vom Geist seiner uns Heutigen nach allem Erduldeten gar nicht so mittelalterlich erscheinenden Zeit.

V

Die Heiligen von Assisi und die Mörder von Viterbo

Bettine durchwandert Perugia, den Fotoapparat in der Hand, die Kunstgeschichte im Kopf. In der Università per gli stranieri hört sie einen Vortrag über Perugino und verbringt Stunden in der Kirche S. Pietro dei Cassinensi vor dem Ausblick über das weite, in der schonungslosen Sonne ergrauende Tal, daraus schwarze Zypressen feierlich hinüberweisen zum Schwesterstädtchen Assisi. Das liegt über Weinfeldern auf dem hübsch mit Burg und Dom bestückten Hügel unter einem offenen Himmel, der gegen Abend die goldfarbenen Schatten der Ebene spiegelt. Geruch nach Holz, Pergament, Weihrauch, von Flüstern durchwogte Stille. Und vor dem Collegio del Cambio, zwischen Bauernwagen und Omnibussen, steinerne Heilige, die marmorne Tiaren auf das Brunnenwasser zu ihren Füßen neigen – Bettine sammelt Eindrücke und Fotos. Doch was sie wirklich genießt, ist der Lärm des Marktes mit seinen bunten Obstbergen, ist die Kellerkühle der Trattorien in der Altstadt mit ihren tintig roten Weinen während der Hitze: der ergibt sich Bettine in den Mittagsstunden, nackt auf ihrem Bett liegend, gleich einer Umarmung.

Sie ist entschlummert, hinabgesunken in die dumpfe Tiefe des Scirocco-Schlafes, als sich die Tür öffnet und Liliana eintritt. Hinter ihr, die den Raum mit dem Gezwitscher ihrer Vogelstimme erfüllt, steht Gigi, den schwarzen Blick auf Bettine gerichtet, lächelnd, da sie sich das Laken über den nackten Körper reißt. So empfängt sie seinen Handkuß und Lilianas geschminkten Mund auf ihrer Wange. Und bereits eine Stunde später fährt sie mit ihnen weiter nach Assisi. Im Grand-Hotel nehmen sie Wohnung und das Abendessen auf der Terrasse: eisgekühlte Feigen mit Schinken und Wein mit Wasser, der sie erfrischt und heiter macht. Mit einemmal ist das Leben leicht, auch bei 36 Grad Hitze, belebt vom aufmerksamen Blick des Mannes ihr gegenüber, dem hellen Geplauder der Frau, die ihr erzählt, was eine Reporterin der »Mondänen Welt« vom mondänen Leben Italiens zu hören habe. Den Klatsch also aus Venezia, Roma, Napoli und als Letztes, Neuestes die skandalöse Geschichte vom

Attentat auf den Prinzen Torlonia. »In der Kirche! Scandaloso!«
»Nun ja, immerhin war der Verwalter dreißig Jahre bei ihm im Dienst. Und dann plötzlich auf die Straße gesetzt werden ohne einen centesimo ...« Der Marchese zuckt die Achseln. »Dabei weiß jeder Mensch in Italien, daß der Prinz Torlonia pro Tag fast eine Million Lire Rente von seinen Latifundien hat, das schreiben sogar die Zeitungen. Aber Sie, Bettine schreiben Sie nichts darüber, kümmern Sie sich nicht um diese sozialen Geschichten! Ich bin schon froh, daß Sie ihren romantischen partigiano fallengelassen haben – denn das haben Sie doch, nicht wahr?«
»Ich glaube, er hat eher mich fallengelassen.«
»Auch gut. Denn glauben Sie mir, cara amica, Ihre Leserinnen interessieren nur die Sonnen-, nicht die Schattenseiten unseres Landes. Erzählen Sie von unseren eleganten Frauen, schauen Sie Liliana an, das Kleid ist von Mafaldi in Firenze, neunzigtausend Lire, ein Modell, von dem Ihre Leserinnen mehr haben werden als von sämtlichen Domen Italiens. Und machen Sie Bekanntschaften, wir werden Sie Ihnen vermitteln. Jetzt gerade sind hier Amerikanerinnen, da drüben sitzt Mistreß Wilson, die ist jedes Jahr hier. Wollen Sie sie kennenlernen?«
Im Garten des Hotels, der sich in die umbrische Ebene öffnet, werden die Tische zusammengerückt, dort sitzen sie während der Stunden, die Bettine den Giottoschen Fresken bestimmt hatte. Der Marchese hat seinen Arm auf Bettines Sessellehne gelegt; sie verteidigt Italien und das, was ›wir Europäer‹ unter Kultur verstehen: die Fresken, die Kirchen, die schwarz-weißen Dome der Toscana, die Türme von San Gimignano, indes sich die Amerikanerin rühmt, Firenze und Perugia in zwei Tagen gemacht zu haben.
Später, bei Langusten und Sekt, gedämpftem Jazz und abendlichem Glockenklang über dem himmlisch blau verblassenden Tal, besiegt Amerika Assisi, übertönt der Yankee-doodle die Litaneien des frommen Ortes. Mrs. Wilson – gut gekleidet, schlicht geschminkt, mit schwerem Schmuck und frisch gelifteten Wangen unter hungrigen Augen – findet, wozu jährlich Hunderttausende von Bürgern und Bürgerinnen der USA über den Ozean kommen: auf klassischem Boden ein echt italienisches Abenteuer in echt italienischer Gesellschaft mit heimlichen Umarmungen, unheimlichen Rechnungen, mit Tanz und Gesang: »O sole mio ...«
Bettine wird still; vor ihren Augen reißt der Schleier der Nacht

und enthüllt unter Kirche und Konvent des heiligen Franziskus von Assisi den sumpfigen Grund eines verkauften Landes, dessen Erde den Dreck der Welt, ihre leeren Coca-Cola-Flaschen, fortgeworfenen Konservendosen und ausgespienen Genüsse trägt. Es stinkt widrig nach Wein und Weihrauch.
Später findet sich noch ein Gast ein, Fotograf seinem Beruf nach oder auch – wie er der deutschen Kollegin heiter erzählt – Schwarzmarkthändler mit Fotoapparaten und Reporter, Spezialität: Mörder und Heilige. Das Wunder Assisis, die augenrollende Madonna, behauptet er schon im Kasten zu haben, schildert talentvoll Gier und Rausch der knienden, in Orgelklang und Glokkenschall stöhnenden Menge und endet mit Gelächter:
»Das ist Italien! Das sind die Italiener: stehlen und holen sich beim Pfarrer Absolution, morden, beichten und morden wieder, kaufen sich bei der weisen Frau einen Zauber gegen das malocchio« – hier berührt er flink das rote Ochsenhorn, das er neben dem Madonnenbild am Goldkettchen um den Hals trägt – »und glauben daran. Narren und Närrinnen ...«
»Weiber!« sagt der Marchese. »Sie, Bettine, Sie lachen darüber, aber unsere femminucce – was können sie anderes tun als Kinder gebären und zu Don Peppino in den Beichtstuhl kriechen! Wie der Papst gedroht hat, daß er die Kommunisten exkommuniziert, damals vor der Wahl – die Männer haben gelacht, aber die Weiber geweint. An die Madonna glauben sie wie an das malocchio. Sie sehen es ja, Hunderttausende kommen hierher, weil die Madonna die Augen verdreht.«
»Ich dachte, weil Giotto hier gemalt hat.« Bettine seufzt.
»Surely, wir Amerikaner kommen wegen Kunst, it's so nice, isn't it? Aber wir haben ein bißchen Angst, there is a lot of communists, isn't it? Und wir haben soviel Geld hierhergeschickt, such a lot of money!« »Und damit«, sagt der Fotograf, »haben die Italiener weiße Farbe gekauft, um an die Wände zu schreiben: Via gli Americani! Weg mit den Amerikanern!«
Am nächsten Morgen erhandelt Bettine für Mrs. Wilson handgeschmiedete, antik nachgemachte Leuchter, dann besichtigen sie die Giottoschen Fresken, eingekeilt in eine Herde Eindrucksuchender. Doch ermüdet vom Lärm des Besichtigungsbetriebes, vom Trab durch Kloster und Dom, Gasse, Haus und Stall, in denen der Heilige Francesco und die Heilige Chiara geboren wurden, findet sie sich bald bereit, mit den anderen weiterzufahren – nach Roma mit

Aufenthalt in Viterbo beim Prozeß gegen den Mörder Giulianos, seinen Luogotente Pisciotta und dessen Bande.
Als Bettine die beiden Namen hört, weltbekannt aus den Zeitungsberichten vom sensationellen Prozeß in Viterbo, erwacht sie zu der Geschäftigkeit, mit der sie ihre Pflicht tut und jetzt zu erfahren sucht, was der Fotograf – Spezialität: Heilige und Mörder – vom großen Banditen Giuliano und seinem Mörder Pisciotta weiß. Er erzählt es mit witz- und redesprühender Lippe, während der weiße Lancia des Marchese mit seiner Überfracht an Menschen und Koffern über die sanft durch das Land geschlängelten Straßen fährt.
Die führen sie zuerst nach Gubbio, wo Bettine Einträgliches zu sehen und zu fotografieren findet: das Fest der Kerzen in einer im erdentrückten Rausch religiöser Trunkenheit tanzenden Prozession. Sie knipst aus dem Auto heraus, an den Marchese gelehnt, der die Gelegenheit nutzt: Während der Fahrt zu den berühmten Weinen Orvietos bleibt Gigis Bein an das ihre gepreßt und das edle Profil ihr nah, die langen Wimpern, die geschwungenen Lippen, die ihr hin und wieder ein Wort zuflüstern – auf deutsch.
»Ich liebe dich!« Oder: »Ich bin glücklich, weil du bist hier ...«
Keine Antwort; einmal sagt sie leise:
»Bringen Sie mich in Rom in ein Hotel; ich werde nicht bei euch wohnen.«
Aber er lacht nur, gibt Gas und fährt mit hundert Kilometer in Viterbo ein und vor die Kirche S. Maria degli Scalzi, seit Monaten Wallfahrtsort für Tausende von Neugierigen, Sensationslüsternen, Presseleuten aus aller Welt, sizilianischen Bauern und Damen der guten Gesellschaft.
Bettine stockt der Atem, als sie den Ort des Gerichtes betritt: das feuchtkühle, dämmrige Kirchenschiff, düster, kahl, verwittert und grau, doch pomphaft befleckt vom Gold und Rot der Roben, der Fahnen hinter dem Richtertisch, der Draperien um bunte Uniformen und schwarze Talare, von Kerzenschimmer und Scheinwerferlicht, das grell auf zwei große Käfige zu seiten des Richtertisches fällt. Darin sitzen vierzig Männer in Ketten, vierzig sizilianische Landarbeiter, Nachkommen jener Leibeigenen des Mittelalters, die die Äcker ihrer Herren bestellten und in ihrem Auftrag raubten und mordeten. Für das trockene Brot und den Galgen, zu dem man sie auf Ochsenkarren führte, die schönen, unwissenden Köpfe bekränzt mit Laubgewinden.
»Warum in Käfigen?« flüstert Bettine dem Journalisten zu, wäh-

rend sie die Kamera auf Pisciotta richtet, den Bandenführer und Mörder Giulianos, den engelhaft schönen im blauen Anzug und weißseidenen Hemd mit der perlblassen Haut des Tuberkulösen, dem spöttisch verträumten Lächeln hinüber zu den Damen, zu den Bäuerinnen in ihren schwarzen, nach sonnenverbrannter Erde riechenden Röcken. »Und warum gefesselt, in Ketten! Sind es denn Tiere?«

»Es sind arme Menschen, haben nicht genug zu fressen gehabt, haben die Flinte vom Nagel genommen, das Schnupftuch vor die Nase gebunden, sich auf die Landstraße gestellt, erpreßt, gemordet, geraubt. Und eine Erste-Mai-Demonstration überfallen, es gab Tote, Verletzte. War von der Mafia bestellte Arbeit, damals nach den Wahlen siebenundvierzig, Abschreckung, Politik.«

»Signori ... Hohes Gericht ...« Der Verteidiger spricht, wirft sich in die Brust, daß die Goldverschnürung auf dem schwarzen Talar im Aufflammen des Blitzlichtes funkelt. »Gloria ... Passione ... Ehre der Nation ...«

Und leise ertönt dazwischen das Klirren der Eisen. Denn leise erhebt sich von Zeit zu Zeit einer der Männer, leise löst ihn der Polizist von den Handschellen seines Gefährten, legt ihn an eine lange Kette und führt ihn hinaus zu dem einzigen Vergnügen, der einzigen Abwechslung, dem einzigen Recht der Gefangenen. Das aber nehmen sie sich mit sanfter Bosheit so oft, daß ständig ein leises Kommen und Gehen, ein leises Klirren und Klingen den hübschen Zeitvertreib begleitet, aus dem Pisciotta ein Spiel spöttischer Überlegenheit macht, lächelnd unter dem Schatten des Todes, der ihn an einer unsichtbaren Kette führt.

»Was wollt Ihr, Locullo?« Der Vorsitzende fragt, denn jetzt steht einer im schwarzen Umhang der sizilianischen Bauern hinter den Eisenstangen des Käfigs auf.

»Ich will«, übersetzt Bettine sich seine ungefügen Worte, »wenn es wahr ist, daß es so ein Mittel gibt – so ein siero della verità, das die Wahrheit sagen macht, wie der Herr Avvocato erzählt –, daß auch ich darauf ein Recht hab'! Und ich verlange es.«

»Anche noi, anche noi! Auch wir, auch wir!« Die Fesseln klirren, die Glocke klingelt, aus der Menge ertönt ein Murmeln wie der Widerhall unterdrückter Seufzer ...

»Me ne vado«, sagt Bettine, »mir reicht's.« Und drückt sich hinaus, benommen noch auf der Straße. Neben dem Auto wartet sie,

ungeduldig, von dumpfem Zorn erfüllt, auf die anderen, die ihr – auch sie betreten und verwirrt – folgen.
»It was so interesting! Wasn't it?« Die Amerikanerin ist zu aufgeregt, um zu lächeln. »And what nice boys, these gangsters!«
»Cafoni«, berichtigt der Fotograf. »Bauern. Arme Leute. Ein armes Land, dieses Sizilien!«
»Ein reiches Land«, hört Bettine sich sagen, bockig und böse.
»Warum arbeiten sie nicht?« fragt die Amerikanerin. »Sie könnten doch arbeiten.«
»Macchè, sie wollen nicht arbeiten.« Der Marchese lacht. »Meine Vettern, die Ruspoli, haben hundertvierzigtausend Hektar Land, also für alle cafoni Siziliens genug.«
»Und viel zuviel für die Ruspoli.« Der Fotograf sitzt schon im Wagen, raucht, grinst. »Sind doch nicht dumm, kostet doch nur Geld, das Land bestellen, genügt doch, was sie so an Renten bekommen. Läßt man's eben liegen, das Land, unser Volk ist es gewohnt, zu hungern. Und wenn er nicht mehr hungern will, der Rosario oder Turiddu, stellt er sich mit dem Gewehr auf die Landstraße, kommt schon einer, der Geld hat, piff, paff, da liegt er.«
»Sono banditi, tutti i nostri! A me fanno schifo! Ekelhaft«, sagt der Marchese. Bettine schweigt, in ihre Ecke gedrückt. Einmal bittet sie, schneller zu fahren. »Ich habe in Rom zu tun.«
»Ich denke, Sie reisen zu Ihrem Vergnügen, Bettine?« sagt der Marchese. »Oder zu dem Ihrer Leser.«
»Das dachte ich auch. Aber jetzt ...« Sie wendet sich um, sie sieht ihn an; sie weiß nicht, daß sie in diesem Augenblick so schön, so stolz, so kühn aussieht, wie sie am Ende ihrer Reise sein wird. Und laut, hart, wild sagt sie: »Jetzt will ich wissen, warum in diesem fruchtbaren Land, in dem es zwei Ernten im Jahr gibt und Öl und Wein und Weizen und Reis und Schwefel und Salpeter, die Menschen morden, stehlen und betteln müssen! Ich bin neugierig geworden.«
»Ich auch.« Der Marchese drückt seine Schulter an die ihre, leicht, unauffällig, vorsichtig. »Auf dich.«
»Machen Sie keine Witze«, sagt Bettine wütend. »Mir ist nicht mehr nach Witzen; ich find's scheußlich hier in Italien!«
Hinter ihr ist es still geworden, Liliana lauscht – vergebens, da sie nicht deutsch versteht –, die Amerikanerin schläft; dann beginnt der Fotograf etwas Unanständiges zu erzählen, und alle lachen. Auch Bettine, die weinen möchte.

VI

Salve, Roma!

In Rom findet Bettine einen Jugendtraum erfüllt: Die della Cioppa wohnen in einem palazzo, der mit meterdicken Mauern, kunstvoll vergitterten Fenstern und Fackelhaltern an der schöngegliederten Fassade seine glanzvolle Vergangenheit beweist.
Die Gegenwart scheint weniger romantisch: Im ersten Stock sitzen in Büroräumen mit gemalten Decken dreißig Mädchen in schwarzen Bürokitteln und schreiben Prospekte für die »Banca Industriale« des Marchese della Cioppa, in denen Pächter, Lehrer, Krämer und Bürgermeister süditalienischer Städtchen aufgefordert werden, ihre Ersparnisse in Aktien anzulegen. Die Briefe tragen das Wappen des Marchese della Cioppa, nicht das seiner stillen Teilhaber, zweier älterer Herren aus Berlin, Bleibtreustraße 16, wo die Brüder Neumann früher ein Bank- und Kommissionsgeschäft betrieben. Die Wohnung im zweiten Stock, durch die Liliana Bettine führt, wird gebührend bewundert: weiße Wände, weißseidene Couches, schimmernde Glastische, auf denen gläserne Kornähren aus Kristallvasen wachsen und auf weißlackiertem Büfett rosiger Likör in silbernen Gläschen vertrocknet – alles sehr teuer, sehr blank, sehr neu.
»Ja, alles, seit wir die Neumanns kennen«, erklärt Liliana, »die haben den palazzo hier gemietet. Sie haben Gigi gebraucht, nicht bloß wegen des Namens, aber er hat Beziehungen, und manchmal fährt er selber zu den Leuten, die die Aktien kaufen sollen, du kennst ja seinen Charme, seine Schönheit . . .«
Die Frauen sitzen im salotto; Bettine fühlt die Müdigkeit der Reise, Mißtrauen, Kälte, obwohl die Sonne lastend auf den Glasplatten liegt. Sie möchte schlafen, aber das Fremdenzimmer ist eine Kammer voll Gerümpel; es gilt also, Liliana anzuhören, eine Liliana im tea-gown mit hochgedrehten Haaren und dick eingekremtem Gesicht, die pausenlos von Gigi erzählt.
Der kommt – ausnahmsweise und zu Ehren des Gastes – zum Abendessen. Wieder der weiße Anzug zum schimmernden Schwarz der Haare, wieder der Kuß auf die Wange neben die Lippen, denen sein starker Mund heimlichere und bessere Entzük-

Wohnungselend

kungen verspricht. Indes Liliana, nun im weißen Kleid und roter Stola, stiller wird bei jedem Wort, bei jedem Lachen der beiden, die mit dem ersten Kognak Brüderschaft trinken.
Im Kuß, der sie besiegelt, schließt Bettine die Augen, während Liliana die ihren offenhält; später, allein mit Gigi, sagt die Blonde heftig: »Gib es auf, es hat keinen Sinn. Ich bin nicht hierhergekommen, um Dummheiten zu machen!«
»Alle Frauen machen in Italien Dummheiten, du auch. Und dann schon besser mit mir als mit deinem cafone.«
»Romeo ist kein Bauer; er ist ein einfacher Mann, ein italienischer Arbeiter wie alle, anständig und ...
»... rot wie alle. Also ein Gauner, ein Aufwiegler, ein Hetzer. Weißt du, wie viele wir heute von denen haben, eingeschrieben in ihrer verfluchten Partei? Zweieinhalb Millionen! Und täglich werden es mehr. Weißt du, daß wir bei der letzten Wahl sechseinhalb Millionen kommunistische Stimmen hatten, bei der nächsten aber vielleicht neun? Und daß drei Viertel aller Arbeiter in der CGIL sind, der roten Gewerkschaft, zu der auch deine Brüder da von der ›Camera del lavoro‹ gehören, jawohl! Die aber ist nichts anderes als die Partei, denn die steckt hinter allem, hinter den Streiks und den Besetzungen und den Kämpfen, das ist die Macht – und was für eine! Und mit solchen Leuten läßt sich eine Frau wie du ein, eine Signora, eine Dame!«
»Was geht das mich an! Es interessiert mich nicht mal. Wenn ich das wollte, hätt' ich bei mir zu Hause genug zu tun, bei Gott! Nein, ich bin ein unpolitischer Mensch und bleib' es. Aber ich sehe doch, was hier los ist, ich hab' doch Augen im Kopf ...«
Da ist seine Hand, da ist sein Mund, schnell und gierig an ihren Lippen, die sie wegdreht, da ist seine Stimme, rauh vor Begierde: »Welche Augen! Die schönsten der Welt! Blau und Gold. Mach sie zu, du wirst sie zumachen, nachher, wenn ich dich küsse. Und laß die Tür auf zu deinem Zimmer ...«
Als Liliana mit dem Kaffee kommt, sitzen sie wieder in den weißen Sesseln, und Gigi erzählt – ein strahlender, ein heiterer, ein immer siegreicher Held in jedem Kampf, dem um Liebe, um Geltung, um Geld.
»Gegen das, was ich heute mache, war das damals leicht. Denn die, mit denen ich jetzt kämpfe, sind meine Leute, das sind Italiener, die können's so gut wie ich oder besser. Und sie machen alle dieselben Geschäfte mit allem, was nach dem Krieg hier geblieben ist,

Jeeps, Waffen, Flugzeuge. Aber jetzt hab' ich die beiden gefunden, die Neumanns, pardon Newman; ein ganz seriöses Geschäft, heute kaufen, in drei Monaten bezahlen, so daß der Käufer schon vor der Bezahlung Gewinne einstecken kann.«

»Ein Wohltätigkeitsunternehmen also«, sagt Bettine milde. »Und den letzten beißen die Hunde.«

»Sprich nicht so mit mir, das gehört sich nicht, nicht für eine Frau – und schon gar nicht zu einem Mann, wie ich es bin, die della Cioppa sind tausend Jahre alt. Ich helfe der Wirtschaft, der italienischen Wirtschaft. Ich bin Offizier, hab' im Widerstand gekämpft ...«

»Ich auch.« Bettine ist gereizt. »Ich war auch versteckt, hier in Rom. Es waren Hunderttausende, die auf die Alliierten warteten. Die spielten in Anzio Fußball, und wir hockten in der Pension der Signora Rinaldini, unangemeldet, und lasen zähneklappernd die Verlautbarungen: ›Vor ein deutsches Kriegsgericht kommt, wer einen Fremden länger als vier Stunden unangemeldet beherbergt.‹ Das heißt: ich bibberte, Romeo lachte, er wußte, daß sie bei den Italienern auf Granit beißen, nee, auf Gummi. Und holte Kommißbrote von den Deutschen, die ihre eigenen Magazine beklauten und ganze Hammelherden verscheuerten und Fässer voll Wein bei den Bauern organisierten, bis sie abzogen mit Lastwagen voll Beutegut. Ich hätte mit ihnen gehen müssen, heim ins Reich, aber ich blieb bei Romeo in der Bruchbude der Signora Rinaldini, die sie die ›Camera degli eroi‹ nannten, weil da die Helden hausten, ein versteckter Finanzer, zwei getürmte carabinieri, ein deutscher Jude und Romeo. Aber der ging dann wirklich weiter nach Norden, und *der* hat gekämpft.«

»Vielleicht, vielleicht auch nicht. Aber ich hab' ein diploma d'onore, daß ich partigiano war, partigianissimo, gerahmt und unter Glas!«

»Das ist toll! Bei euch hat man Diplome dafür ausgegeben, sozusagen Ehrenurkunden? Die möcht' ich sehen, zeig sie mir.«

»Du wirst sie schon sehen, bei Gelegenheit«, sagt Gigi sanft. Und als Bettine später ihre Fremdenkammer aufsucht, entdeckt sie die Ehrenurkunde für den partigiano Colonello Marchese Luigi della Cioppa in dem Raum, der hinten am Flur der Wohnung liegt und in diesem Lande »gabinetto« heißt.

Sie versucht zu lachen, aber es gelingt ihr erst, nachdem der partigiano Colonello Marchese Luigi della Cioppa gegen drei Uhr morgens lange und erfolglos an ihre verschlossene Tür geklopft hat ...

Fontana di Trevi, Rom

Am nächsten Morgen feiert Bettine ihr Wiedersehen mit Rom. Sie begrüßt es vom Pincio hinab, mit Rührung, mit feuchtem Blick und winkender Hand:
»Salve, Roma! Geliebtes, schönes Rom, sei gegrüßt!«
Und auf ihrer Wanderung durch die ewige, ewigjunge Stadt besucht sie die Stätten ihrer Erinnerungen: den »Moses« in der Kirche S. Pietro in Vincoli, der damals hinter Sandsäcken schlief, den Verkehrsschutzmann vor dem Colosseo, der damals vermutlich in einer anderen Uniform steckte, den Palatin, in dem sich damals die Flüchtlinge verbargen und heute die Fremden ergehen, und die Via dell'Oca, wo sie und Romeo damals Obdach fanden und heute eine Familie von Obdachlosen die Not der senzatetto zur Schau stellt.
Dennoch scheint es Bettine, wie sie dann neben der Signora Rinaldini auf der Terrasse des Hauses Via dell'Oca 40 steht, als sei sie niemals fortgewesen. Noch immer wandern dort drüben die steinernen Heiligen um die Kirchenkuppel, grüßt des Pincios vielfarbiges Grün zu den Tomatenpflanzen der Gärtchen auf den Hausdächern hinüber, tönt aus der Straßenschlucht das Schnattern der Frauen vor den Haustüren empor und hier neben ihr der signora bewegte, bewegende Klage. Die hat früher eine trattoria gehabt, dort drüben an der Piazza del Popolo, das Lokal ist verkauft, der Mann gefallen, die Söhne haben in allen Kriegen nichts gelernt als schießen – nun sitzt sie in der Küche und näht für ein paar soldi.
»Es ist immer Krieg für arme Leute«, sagt sie. »Siamo disgraziati, Gott hat uns die Augen zum Weinen gegeben! O Dio mio, ich weiß noch, wie Sie geweint haben, des Nachts, als Sie bei mir versteckt waren. Und ich hab' Ihnen nicht sagen dürfen, daß noch zwölf Mann hier im Hause saßen, unten bei der Signora Melinda allein drei carabinieri und zwei vom Zoll.«
»Und ihr habt sie alle ernährt, ihr Braven!«
»O nein, sie hatten Lebensmittelkarten, echte auf falsche Namen und Adressen.«
»Ich auch«, sagt Bettine stolz. »Meine lautete auf Signorina Paola Mazzotti, Via Mario de' Fiori siebenunddreißig.«
»Pst!« macht die signora da und legt die Hand auf die Lippen. »Nicht so laut! Mario de' Fiori siebenunddreißig – das ist doch ...«
Sie lachen, sie freuen sich: eine signorina allein – welcher Aufenthalt wäre unverdächtiger gewesen als der in einer casa delle persiane chiuse! Und sie erinnern sich stolz der munteren Listen, die

Dioskurenbrunnen (Teilansicht), Piazza del Quirinale, Rom

Elendsquartiere in den antiken Thermen des Caracalla, Rom

sie durch Monate der Angst und der Gefahr bis zu dem Abend gebracht hatten, da sich die jahrelang verdunkelten Fenster öffneten, in den finsteren Straßen die Lichter aufstrahlten wie die eines Freudenfeuers und die Stadt erwachte von einem tausendfachen Schrei: ›Arrivano! Arrivano! – Sie kommen, sie kommen!‹ Auf diesem Dach hier hatten sie die erste jubelnde Begrüßung der Freiheit erlebt; und die Hausbewohner und ihre Gäste, die Versteckten und ihre Beschützer hatten Romeo herumgereicht wie einen Becher Wein, den sie mit ›all' eroe! – dem Helden!‹ an ihre Lippen setzten. ›Che gioia! Viva la patria! Viva Italia!‹
Bettine ist still geworden und geht still, die Nachbarn zu begrüßen, durch das handtuchschmale Haus voller Kinder, Betten, Heiligenbilder, blanker Töpfe in engen Küchen an schmalen Balkonen, auf denen man während des Krieges ein Huhn an der Leine hielt und Salat zog, im Blumenkasten neben dem Aborthäuschen. In einer dieser Küchen hat sie damals englische Nachrichten und Code-Mitteilungen für die Partisanen gehört: ›Carlo hat kein Papier ... Die Blätter fallen ... Schuhe haben Sohlen.‹ Das Eisengeländer der engen Treppe ist feucht in ihrer Hand wie an den Scirocco-Tagen, wenn Romeo leise die steilen Stufen hinauflief; und fast mit Erstaunen sieht sie die Zigarettenstummel auf der Straße, die niemand mehr aufhebt – damals hat sie die cicche für Romeo gesammelt.
So wird ihre Rückkehr Heimkehr in die Vergangenheit. Nicht anders als früher trinkt sie ihren espresso in den winzigen Bars um die Via della Croce und ihren Wein in der Trattoria di Flavio, bei dem man damals die Bestecke zuzüglich eines Flugblattes bekam; hier findet sie auch den Maler wieder, der auf der Terrasse seines Ateliers in der Via Margutta auf einer unter Blumenrabatten versteckten Druckpresse besagte Flugblätter herstellte. Ihn begrüßt sie, und er lädt sie in die Villa Massimo ein, die in jenen Tagen von einem deutschen Museums-Rechnungsführer verwaltet wurde.
In seinem Atelierhaus unter Eukalyptusbäumen empfängt er sie vor der noch feuchten Leinwand seines Gemäldes ›Die Landnahme‹. Und behält auch den Pinsel in der Hand, während sie sprechen – von jenen Tagen der Gefahr, von jenen Nächten des Kampfes, unvergeßlich und also unvergänglich.
»Eine schöne Zeit«, sagt er, den Blick auf der Leinwand, über die Männer, Frauen, Kinder unter roten Fahnen auf das eroberte Land ziehen. »So schön wie jede Zeit, in der etwas geschieht.«

»Also auch die heutige«, Bettine lacht, das Schälchen mit bitterem schwarzem Kaffee in der Hand. »Ich glaube, Sie sind einer der wenigen Menschen, die Kampf und Gefahr schön finden.«
»Schön und notwendig. Ich bin Italiener, Sizilianer, und ich kenne eigentlich nichts anderes. Sehen Sie, schon bald nach dem Krieg, sechsundvierzig, als unsere armen Landarbeiter auf die unbebauten Felder ihrer Herren hinauszogen, bin ich mit ihnen gegangen. Seit dieser Zeit stehen die Landarbeiter ganz Italiens im Kampf um die Erde. Tausende von Hektar in Calabria, Sicilia, Emilia, in der Lucania haben sie okkupiert, unter den Flüchen, unter den Schüssen der carabinieri – in einem Jahre wurden allein in Sizilien sechsunddreißig Landarbeiter getötet –, haben geackert, gegraben, auf der nackten Erde geschlafen, Erde gegessen und trockenes Brot, um einmal später für ihre Kinder Kartoffeln zu haben. Auch heute wieder ziehen hier in der Campagna romana zehntausend Landarbeiter-Familien auf das Land hinaus, zehntausend von Hunderttausenden, denen morgens nach der legge stralcio, einem neuen Gesetz zur Aufteilung des Bodens, das Land und seine Früchte gehören werden.«
»Sehr interessant«, sagt Bettine höflich. »Ich hab' auch schon von diesen Landbesetzungen gehört. Aber ich hätte gerne von Ihnen etwas gewußt, Maestro, von Ihrer Kunst, von Ihrem Leben ...«
»Meine Kunst?« Der Maler nimmt ein Heft vom Tisch, Zeichnungen sind es von sizilianischen Landarbeitern. »Nehmen Sie es. Sehen Sie sich an, was meine Kunst ist und mein Leben – ein Teil ihres Kampfes. Ein Künstler lebt in seiner Zeit, mit seiner Zeit. Wo ist denn heute der ästhetische Mystizismus Winckelmanns, der die Antike als den Inbegriff der Kunst schlechthin vergötterte? Ja mir scheint, als wären gerade jetzt alle Vorraussetzungen gegeben zu einer neuen Kunst für eine neue Welt – eine Welt, von Menschen für Menschen erbaut.«
Bettine überlegt, fragt: »Gibt es eigentlich heutzutage jemand in Italien, der nicht von Politik spricht, nicht an Politik denkt?«
»Nein«, sagt der Maler. »Niemand. Nicht, seit das Volk am Ende des vorigen Krieges sein Schicksal selbst in die Hand genommen hat.« »Ja, es scheint so. Aber andererseits – Italien ist doch ein reiches Land!«
»Italien! O Signora mia, machen Sie nicht den Fehler, von einem Italien zu sprechen! Es gibt Norditalien mit Industrie, gehobenerem Lebensstandard und Arbeit, wenn auch nicht genug, denn das

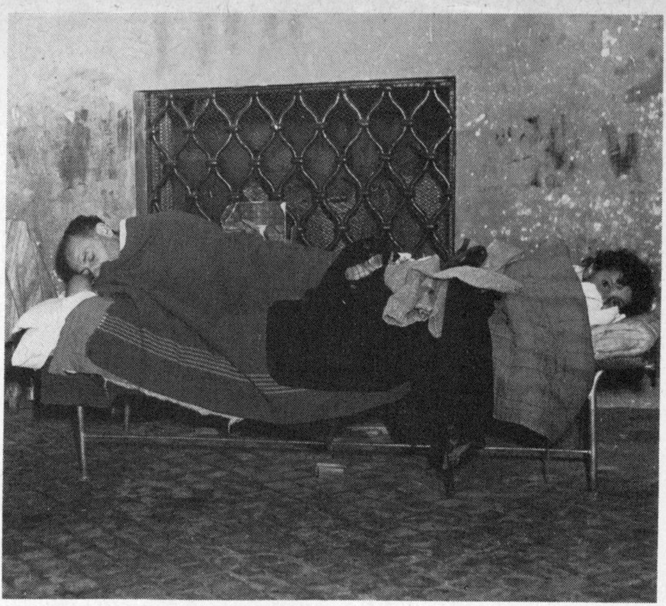

Obdachlose auf einer Straße in Rom

glückliche Italien hat heute zweieinhalb Millionen Arbeitslose. Es gibt Mittelitalien mit dem System der mezzadria, der Halbpacht – der Besitzer gibt Boden, Saatgut, Wohnung, der Pächter die Arbeit –, das ermöglicht, vom Ertrag dieser Arbeit gerade zu leben. Und es gibt den Süden, den Mezzogiorno, wo es keine Industrie gibt, das Land kaum bebaut ist und der Landarbeiter hungert.«

»Aber was geht das die Menschen an, die hierherkommen, um Italien zu genießen! Und was geht es Sie an! Sie, der Sie doch für die Kunst, für die Schönheit leben sollten? Sie nehmen uns sogar die Freude daran ...«

»Ach, wenn ich sie euch doch nehmen könnte! Euch, die ihr es euch leisten könnt, euch die Kunst hier im großen Freilichttheater Italien vorführen zu lassen! Mit Vergnügen nähme ich sie euch – auch Ihnen, mia bella bionda, obwohl Sie eine so schöne Frau sind, ja, reizend, trotz eurer etwas vehementen Zielstrebigkeit, ihr deutschen Damen!«

Dabei begleitet er sie durch den Park, die Zypressenallee hinab zum Tor, den Blick an ihrem gerade, ein wenig steif erhobenen Kopf – Amazone mit scharfem Näschen, glatter Stirn unter ordentlichen blonden Locken, kaltflimmernden Augen, Amazone auf der Flucht vor sich selbst. Denn schon jetzt scheint das nordisch helle Gesicht verdüstert von den scharfen Schatten der südlichen Sonne und seine Heiterkeit überdeckt von der Ahnung eines Leides, das diese Frau eines nahen Tages überfallen wird mit dem Aussatz der schwarzen italienischen Traurigkeit. Die wird sie frösteln lassen im Licht und weinen machen, während sie tanzt ...

Indem hört er sie sprechen; sie sagt zögernd:

»Entschuldigen Sie, eine Frage. Erinnern Sie sich noch, wer mich damals zu Ihnen brachte? Es war ein junger Mann aus Bologna; wir waren zusammen hier versteckt ... er heißt Romeo Padala. Und er wollte nach Rom kommen ... zu einem Fest ... in Trastevere ...«

Ja, Bettine fragt und errötet dabei; sie verrät sich und das, was sie gesucht hat während ihrer Wanderungen durch Rom: die Wiederkehr eines Tages, den sie mit Romeo in den Fora verbrachte, einer Nacht auf der Spanischen Treppe, da sie auf der Schattenschleppe des Mondes saßen, Hand in Hand, Mund an Mund.

»Nojantri!« Der Maler lächelt; er sagt – mit cortesia, mit gentilezza, mit italienischer Liebenswürdigkeit: »Oh, Giulia, Giulietta, suchet und Ihr werdet ihn finden, Euren Romeo! Und ganz bestimmt in Trastevere.«

VII

»*Nojantri*«

la festa popolare di Trastevere

Am Sonntagabend fährt Bettine nach Trastevere hinüber zum »Nojantri«, dem Fest der Trasteverianer, die sich »Noi altri« nennen, also: ›Wir, wir anderen, wir besseren, wir einzig echten, einzig wahren Römer!‹ In den engen Straßen unter bunten Papiergirlanden, Fahnen und Lampions, im Licht rot und grün bemalter Lampen drängen sich Tausende zwischen den hohen Häusern mit ihren weit offenen, dichtbesetzten Fenstern, sitzen mit den Bewohnern Trasteveres bei der abendlichen pasta, vor den Bars bei den Wettbewerben der »stornelli« – der aktuellen Vierzeiler – oder an den grünbekränzten Lastwagen der Sänger und Tänzer. Und in Wogen von Lärm, Hitze, Staub, Gelächter, Geschrei, Gesang schiebt sich Bettine von Stand zu Stand, von Tisch zu Tisch, von den Bänkelsängern zu den Ständen mit Schweinebraten und Melonen, von den Wagen mit Heiligenbildern und Gipsfiguren zu den Weinzelten, angehalten von Blicken, Griffen, Rufen: »Ah, che bellezza! Venga qua, kommen Sie hierher, bella Signorina!« und kehrt immer wieder zurück zu dem Thespiskarren, von dem herab Verdi geschluchzt wird. Da steht sie zwischen Mädchen und Burschen, Müttern mit Säuglingen an der Brust, Männern mit der Zigarette im Mund, die Köpfe emporgewandt zu dem schillernden Glanz höheren, schöneren Lebens dort oben, und späht inmitten der vielen nach dem einen aus, der ihr sagte: ›Ich bin ein echter Römer, ich bin aus Trastevere!‹

Vielleicht ist es sinnlos, zu tun, was sie nicht lassen kann, zu suchen, wen sie nicht finden wird – dennoch tut sie es. Sie glaubt nicht an ein Wunder – dennoch geschieht es. Geschieht, als sie schon nichts mehr erhofft, sondern nur noch – wie im Traum und mitgenommen von der Flut – durch die Gassen treibt; da wandelt sich schon der heiße Tag in eine sanfte Nacht. Allein ist sie inmitten der Menge und einsam zwischen den Fröhlichen, fröstelnd vor Müdigkeit, geschlossenen Auges, verschlossenen Herzens – bis sie eine Stimme, ein Schrei aufschreckt: »Bettine!«

Ihr Blick fährt herum und trifft ein strahlendes Gesicht; sie sagt leise, in einem erlösenden Seufzer:

»Romeo! Endlich!«

Und schon ist alles wieder wie eh und je: Nähe und Wärme, Freude und Heiterkeit, Leben und Lust.

»Bella! Bella bionda! Hab' ich dich doch gefunden!«

»Du hast mich doch nicht gesucht!«

»Und wie! Madonna mia, wie ein Narr bin ich hier rumgelaufen und hab' dich gesucht! Oh, anima della mia anima, meine Seele ist dir nachgefahren auf dem Lastwagen, und wo sollte sie dich finden, wenn nicht hier.«

Arm in Arm gehen sie weiter, dem leichten Rausch einer Nacht entgegen, die anders ist als bisher alle in Bettines Leben. Sie nimmt sie wie ein Geschenk, wie Gabe und Gnade, erlöst von Einsamkeit; sie tanzen, ein Liebespaar, unter Weinlaub und Rosen aus Papier, und sitzen endlich umschlungen an einem der langen Holztische im flackernden Schein der Windlichter.

»Salute! A la vostra!« Die Nachbarn stoßen mit ihnen an; es sind – so scheint es Bettine – hier, in der Straße der Zeitungen mit den Karikaturen des »Paese«, des »Avanti« an den Mauern, Leute vom Fach, Zeichner, Journalisten.

»Kollegen also, Intellektuelle«, sagt Bettine leise zu Romeo. Und ein wenig lauter: »Komisch! Ich habe gedacht, bei einem solchen Volksfest träfe man nur das Volk, Angestellte, Arbeiter ...«

»Ich bin ein Arbeiter.« Der Herr neben ihr lacht. »Oder sehe ich aus wie ein Nichtstuer? Da hängen meine Zeichnungen – die im ›Paese‹ – und da bin ich. È permesso? ...« Er stellt sich vor, auch die anderen nennen ihre Namen; so kommt es zu einem Gespräch.

»Wo sollten sie denn sein, unsere Intellektuellen?« fragt Romeo nämlich Bettine. »Bei uns natürlich! Auf der Linken, in der Partei, im ›Comitato della Pace‹. Sie sind doch nicht so dumm, sie wissen doch, was los ist hier in Italien ...«

Der Zeichner unterbricht ihn, er erklärt: »Ich zum Beispiel, wenn ich einen Menschen sehe, der auf der Straße vor Hunger zusammenbricht, so sehe ich zugleich die Hand, die ihm das Brot wegnimmt. Ich zeichne also den Hunger und seine Ursachen – den Hungernden, das Brot, die Hand, und lasse mich diese Hand viel Geld kosten. Dabei geht es mir besser als den anderen Künstlern, denn der Kunsthandel ist tot, der Unterstaatssekretär verleiht Preise und der Papst Aufträge für das, was Kirche und Staat gefällt. Gewiß gibt man auch private Aufträge. Aber nicht an die

Künstler, die einen neuen Rhythmus, einen neuen Ausdruck suchen, sondern denen, die Abstraktionen für die Reichen der Via Veneto und die Amerikaner malen.«

»Macchè, Amerikaner kaufen nicht, Amerikaner verkaufen!«

Der Mann, der jetzt spricht, hebt sein Glas gegen Bettine, durch die goldgefaßte Brille lächelnd: »Die Amerikaner sind gute Menschen; sie überschütten uns mit Wohltaten, darunter sind jährlich vierhundert amerikanische Filme. Da unser Markt aber höchstens dreihundert aufnimmt und auch in unseren großen Kinos amerikanisches Kapital steckt, können wir unsere eigenen Filme in unserem eigenen Land nur schwer zeigen. Wir sind also auf die Straße gegangen; unsere größten Künstler, die Magnani, de Sica, haben in Versammlungen auf der Piazza del Popolo gesprochen – hat nichts genutzt. Da haben wir mit dem Volk unsere neorealistischen Filme gemacht, ›Paisà‹, ›Sciuscia‹, ›Fahrraddiebe‹. So haben die Menschen gesehen, daß der Sozialismus eine Welt zu entdekken hat – die Welt des Volkes –, wir Künstler aber, daß wir nur für das Volk schaffen können, wenn wir mit dem Volk schaffen.«

»Gut, das versteh' ich«, Bettine nickt. »Das ist ein Geschäft, ein großes Geschäft, mit dem man viel Geld macht, Devisen . . .«

Es wird peinlich still; Romeo ist rot geworden, der Mann mit der Brille sagt sanft: »Nicht das war der Grund. Für meinen letzten Film – einen Film aus der Resistenza – habe ich kein Geld von der Industrie bekommen können. Da haben wir mit dem Geld Genueser Arbeiter die Produktionsgenossenschaft der Zuschauer gegründet.«

»Es tut mir leid, daß ich ihn nicht gesehen habe«, sagt Bettine höflich. »Es ist sicher ein guter Film.«

»Ja, ein sehr guter Film«, bestätigt ein anderer der Männer am Tisch. Der heißt Amleto dei Bisi und war damals von den Bergen hinabgestiegen, um in einer Genueser Fabrik Waffen für die Partisanen zu holen. »Bei der Premiere des Filmes hier in Rom gab es Radau und sieben Verletzte. Dabei – was hat der Film gezeigt? Nur das, was wir damals im Widerstand getan hatten, als wir in die Wälder gingen und auf den Landstraßen die Schilder standen ›Achtung, Banditi!‹, das sollten nämlich wir sein. Wir haben's genauso gedreht, wie es war, und wir haben's bezahlt – damals mit Blut und jetzt mit unseren Anteilscheinen, fünftausend Lire das Stück. Und wir werden wieder in den Wald gehen, wenn's wieder so kommt.«

Über diese Möglichkeit oder Unmöglichkeit – wie Bettine denkt – eines neuen Krieges entsteht eine Auseinandersetzung, der sie nicht folgen will. Sie fühlt sich unbegreiflich gereizt, ja zu Tränen geneigt; und so erhebt sie sich jäh, um zu gehen. Romeo folgt ihr – dies ist ein Sieg, den sie vergebens zu genießen versucht, während sie auf die Straße hinaustritt, über der ein gleichmütiger Mond langsam durch Wolken schwimmt.
Schweigend wandern sie durch die verödende Landschaft des Festes, durch die verwehten Klänge von den Tanzflächen, durch Haufen zerfetzten Papiers, zertretener Girlanden, beschmutzter Plakate, bis sie im Licht der Straßenlaternen stehenbleiben. Hier nimmt Romeo sie in seine Arme, überläßt sie sich seinen Küssen; die fangen die Tränen an ihren Lidern auf.
»Ich weiß nicht, was mir ist?« klagt sie leise. »Es ist mir jetzt alles hier so fremd ... ich versteh' euch nicht mehr, ich versteh' Italien nicht mehr ... ich bin ... ich bin so allein hier!«
»Ich bin doch da! Ti voglio bene, tanto, tanto bene! Ja, ich liebe dich. Komm mit mir.«
»Ich kann nicht; ich muß nach Hause, zu Liliana, sie erwarten mich. Aber ich will auch da nicht bleiben, ich halt's nicht aus mit ihnen, auch mit ihnen nicht. Ich will weg, ich will ... Fahr mit mir nach Capri«, sagt sie plötzlich. »Irgendwohin, wo's schön ist ... und still ... und wo wir allein sind ...«
»Da ist man nicht allein. Und ich muß nach Lercara. Aber ich nehm' dich mit und vielleicht ...«
»Einen Tag Capri! Du hast's mir versprochen. Nur einen! Oder zwei ...«
»Einen«, sagt er.
»Schwör's mir! Schwör mir, daß du mit mir nach Capri fährst!«
Er schwört es ihr aber erst am nächsten Tage, als sie an der Kirche S. Maria in Cosmedin vorbeikommen und er seine Hand in den Mund der Wahrheit legt, so wie hier, vor der Bocca della Verità, seit Jahrhunderten Verfolgte ihre Unschuld und Liebende ihre Treue beschwören.
Diese beiden hier – nicht mehr Verfolgte und noch nicht Liebende – lachen, während Romeo sagt:
»Si, Signora, ti giuro amore, fedeltà e Capri.«

I bimbi di Cassino

Von unserer nach Italien entsandten Korrespondentin Bettine Schmidt

»Affitare la miseria – die Armut vermieten!« So nennt der Italiener das Vermieten hübscher, begabter Kinder zum Zwecke des Bettelns, des Tanzens, des Singens und somit des Gelderwerbs. Bei meiner Fahrt durch die Cassinate, diese idyllischen Täler am Fuße des Janula, sprach ich eines dieser »Kinder von Cassino«, den kleinen Quinto aus S. Elia di Fiumerapido, den ein tüchtiger Unternehmer gemietet hatte, damit er auf den Plätzen Roms tanze und die Hände ausstrecke. »Fate la carità per un bimbo di Cassino! – Habt Erbarmen mit einem Kinde aus Cassino.« Er hat mir von den Schlägen erzählt, die er, und von dem Geld, das sein Vater bekam – gerade genug, um zu essen. Er hat mich angebettelt um Schuhe und eine Männerhose – man bindet sie hoch und wächst hinein – und mir dafür Ratschläge für Napoli gegeben. Wo man schlafen könne: in den Tunnels an der Mercellina. Und auch, wo man in Napoli betteln kann ... Ja, das klingt heiter, aber es wird ernst, wenn man sieht, daß das berühmte Kloster Monte Cassino zwar wieder aufgebaut wurde, aber in dem bei den Kämpfen zerstörten Ort auch jetzt noch Menschen in Wellblechbaracken ohne Kanalisation hausen. Denn da, wo Äcker waren, sind heute Friedhöfe, wo Getreide wuchs, liegen Leichen, nun auch die von siebzehn Kindern, die im letzten Jahr an der Ruhr – oder an Unterernährung – starben. Ein wenig weiter aber erstrecken sich die Soldatenfriedhöfe des letzten Krieges, Massenlager von Toten. Italiener, Polen, Engländer, Deutsche unter kilometerweiten Feldern weißer Kreuze: eine Vollversammlung der im Tode vereinten Nationen.

Mondäne Welt

Die Zeitschrift der Dame

Berlin W
Landshuter Str. 15

Sehr verehrte Frau Schmidt!

Beiliegenden Artikel sowie das uns dazu übersandte Foto müssen wir Ihnen leider im Auftrage unseres Herrn Gaston Scholtis zurückreichen, da diese Art der Berichterstattung nicht den Wünschen unserer Leserinnen entsprechen dürfte. Wie auch leider Ihre übrigen Sendungen nicht ganz den Erwartungen genügen, die wir hegten, als wir Sie baten, uns in flotter, mondäner Art mit Berichten aus dem romantischen Italien zu versorgen. Es kann nicht die Aufgabe der Zeitschrift »Mondäne Welt« sein, die üblichen Vorstellungen vom schönen Italien und den dort zu findenden Genüssen zu zerstören, indem man die Schattenseiten des sonnigen Landes allzu deutlich zeigt.

I. A.
Sekretariat

VIII

Amore, fedeltà e Capri

Am 15. August feiert Italien Ferragosto, das Ferienfest des Südens, und in Capri finden Bettine und Romeo nur mit Mühe ein Zimmer. Das liegt im steinernen Winkel verschachtelter Gassen, ist eng, heiß und so billig, wie es sein muß, weil der Capri-Ausflug aus Romeos Tasche gezahlt wird – der mageren »Privattasche« im Gegensatz zu der nach seiner prahlerischen Aussage dichtgefüllten »Vereinskasse« für die Streiker in Lercara.
Da sich die Stube im Hause des Bäckers über Backstube und Backofen befindet, flüchten sie früh aus der Hitze in die Hitze der 40 Grad im Schatten. Im Wettlauf mit der Sonne erklimmen sie die 334 Meter zur schwindelhohen Villa di Tiberio, wandern weiter zum Arco Naturale, nehmen die Stufen der Via Krupp im Sturm und verbringen den Mittag müßig in weiß ummauerten Gassen unter lila Bougainville-Büschen und sonnenzerfransten Palmen. Die Fahrt nach Anacapri wird teuer; so gehen sie stolz am Prunkhotel Cesare Augusto vorüber in die Weinfelder, wo sie – lechzend nach Kühle – in einem der ebenerdigen Häuschen um einen Trunk Wasser bitten.
Da steht ein alter Mann, nackt bis auf Bart- und Brusthaar, und schwenkt einen Fächer, indes er forsch erklärt:
»Einziges Mittel gegen die Hitze: naß baden und trockenfächeln.« Und sich vorstellt: Baldaus, Weltreisender – vor Jahren hier hängengeblieben wie so viele, der schwedische Philosoph dort drüben in der Grotte, die deutsche Kunstgewerblerin am Handwebstuhl, der taubstumme Tänzer in Frauenkleidern und Javaschmuck, die unter dem ewig lächelnden Himmel Capris Vergessen suchten. Vermählung mit der Natur, Einswerden mit Pan, predigt er und bietet, seherisch verzückten Blickes, einen Fetzen – Bett-, Hand- und Tischtuch zugleich – um die hageren Lenden schlingend, den Gästen wilden Honig, Myrrhen und Schierlingskraut in goldgrünem Olivenöl, bietet ihnen Bett und Tisch auf dem Steinfußboden, bietet ihnen Weisheit, erhaben über Zeit und Raum und das spöttische Lächeln der beiden, die er Götterlieblinge nennt. »Denn unsere Aufgabe ist es«, so sagt er, »aus der geistigen

Schau den Werkenden Weisungen für die Entwicklung der Welt zu geben.«
Worauf sich die Götterlieblinge schnellstens verziehen, zurück nach Capri auf die piazzetta, die jetzt zum Überquellen gefüllt ist mit den Eintagsgästen des Ferragosto, Neapolitanern im Familienverband beim bescheidenen, heiter genossenen Mahl aus spaghetti und Wein auf den Stufen der Luxushotels.
Doch der Anblick dieser besitzlosen Besitzer läßt Bettine still werden in jener unbegreiflichen Traurigkeit, die sie jetzt oft und mitten in der Sonne wie Schatten überfällt. So daß sie aus Lärm und Betrieb weiter flüchten hinauf zur Punta Tragara in einen Garten hoch über dem Meer. Dort kommt es zwischen dem rotblühenden Gestrüpp der Kaktusfeigen zu sanften Küssen, zu Zärtlichkeiten und frühem Aufbruch.
In das Zimmer des Bäckers weht durch die offene Tür mit dem zerrissenen Klang ferner Musik der fahle Schimmer des Mondes. Umschlungen ertrinken sie in der Schwüle; die Hand an Bettines Schulter ist feucht, lau der Atem, der an ihrem Ohr flüstert:
»Ich liebe dich, ich will dich, Seele meiner Seele.«
»Laß mich«, sagt sie. »Mir ist so heiß ...« Gehorsam setzt er sich aufs Bett, legt den Kopf hintenüber. Und als ihn nach Minuten die Stille der verstummten Nacht weckt, steht Bettine auf der Terrasse, nackt, naß, silbrig im Mondlicht. Sie fächelt sich mit einem Papierfächer, und ihre Stimme sagt hell:
»Großartige Idee! Hat recht gehabt, der Alte. Man wird ganz kalt, kalt wie Eis.«
Er geht auf sie zu, aber sie tritt an ihm vorbei in das blasse Licht, das aus Dächern, Wänden, Giebeln eine versteinerte Landschaft macht, und legt sich auf das Mäuerchen vor die Fuchsien in den Benzinkanistern. Sie leuchtet, die kleine Brust, die zartgestreckten Schenkel schimmern wie Perlmutt. Unberührbar.
»Kalt«, sagt er. »Kalt wie Eis.«
»Ja«, sagt sie. Und nach einer Weile, ohne Blick: »Was denkst du jetzt? Ich weiß es: Das war nicht der Zweck der Übung.«
Er schweigt, er wartet. Und dann sieht er große Tränen an ihrer hübschen, hohen Nase herablaufen. Dabei versucht sie zu lächeln:
»Ich komm' hierher und will Freude haben und Spaß, wie die da auf der piazza mit den Goldsandalen, dabei hab' ich nicht mal welche, und ...«

»Ich werd' dir welche kaufen«, sagt Romeo; er legt seine Lippen auf die ihren.
»... und jetzt sehe ich die Leute da sitzen, die Neapolitaner, in ihren paar armseligen Ferientagen auf der Schwelle der teuren Hotels, und ihr Gemüse mit einem Stück Brot essen, und drinnen tanzen die feinen Pinkel ... Hast du nicht ein Taschentuch?«
Er gibt ihr sein Taschentuch; er bringt ihr auch das Laken, mit dem sie sich auf ihrem kühlen Platz zwischen den rot überblühten Benzinkanistern bedeckt, er sagt:
»Ihr Deutschen seid seltsam! Wenn ihr schlecht seid, seid ihr ganz schlecht – wenn ihr gut seid, seid ihr sehr gut. Und gründlich seid ihr! Man muß doch nicht alles so ernst nehmen. Ein bißchen Spaß, ein bißchen Freude ...«
»... ein bißchen Liebe. Mehr kannst du gar nicht, du bist viel zu leichtsinnig. Ich bin nicht leichtsinnig, aber ich habe Angst, daß es ernst werden könnte ...«
»Es ist schön«, sagt er vorsichtig. »Es ist schön hier, und du hast es nicht immer, das alles, die Blumen, die Palmen, die Sonne, das Meer.«
Ihre Haut zieht sich zusammen unter seinem Mund, der sich langsam ihren Arm emportastet. Sie erschauert und hält den Atem an. Warm sind seine Lippen, geschickt, weich – plötzlich fühlt sie sich aufbrechen wie eine Schale voll unerträglicher Süße. In einem Gefühl flutender Erleichterung läßt sie die Lider sinken, läßt sie sich sinken. Sie ist es, die ihn umarmt, sie ist es, die ihn nimmt und mit ihm das Fremde, das Leichte, das Niegehabte an Lust und seligem Verweilen in einem unbekannten Land nahe den Sternen.
Später in der Nacht, spricht sie es aus; sie sagt: »Jetzt ist es erst richtig Italien, Sonne und Meer und Liebe – dabei liebst du mich gar nicht, aber das macht nichts, das ist die Art von Liebe, die's hier gibt. Jetzt hab' ich alles.«
»Das kannst du immer haben«, sagt er schläfrig.
»Ich bin nicht immer hier, und das ist gar nicht wirklich, das ist bloß etwas zum ... zum Erinnern, zum ... Haben.«
»Ja«, sagt er. »Haben. So seid ihr. Sehen und trinken und fotografieren und mitnehmen. Das ist das, was ihr könnt.« Sie liegen nebeneinander, blicken auf das weiße Mondviereck in der Terrassentür, und ihre Worte – leicht gesprochen, leicht genommen – treiben sie hinaus auf ein sanftes blaues Meer.

»*Ich* kann nicht anders«, sagt sie. »Und du auch nicht. Du hast ja bloß Ferien, drei Tage lang.«
»Einen Tag«, sagt er.
»Nein, drei Tage. Dann mußt du nach Sicilia zu den Streikern, und dann ist es vorbei. Das, was jetzt ist, ist eben bloß ein Traum, eine Insel, unsere Drei-Tage-Insel, und anders ging's auch gar nicht.«
»Warum nicht? Bleib bei mir.«
»Auf dem Lastwagen?«
»Auch«, sagt er mit kurzem Atem. »Wo du willst, aber bei mir, mit mir, sempre.«
»Mein Gott, immer!« Sie macht einen hilflosen Versuch zu lachen, wo sie weinen möchte – vor Rührung oder Stolz. »Du bist wohl verrückt? Nein, ich bin's. Ich denk' wirklich, es wäre möglich, daß wir beide, du und ich ...«
»Denk nicht, komm«, sagt er.
Und sie kommt, gehorsam, willig. Ihre Lider schließen sich, so daß sie im Dunkeln, im Umfangen und Versinken das Leben fühlt, das sich ihr verschwenderisch und großmütig ergibt. Bis sie erwachend seine Stimme hört.
»Felice?«
»Ja«, sagt sie, »glücklich«, und nach einer Weile: »Du, Romeo, hör mal ... sei ehrlich, glaubst du, daß wir beide wirklich für immer ...?«
Aber Romeo steht jetzt vor dem Spiegel, die Arme zu den Haaren erhoben, als entschwebe er nun gleich, ein geflügelter Gott, auf Wolken süßlich bittren Limonenduftes in die Mondhelle dort draußen. Er lächelt ihr durch den Rauch der Zigarette zu:
»Warum nicht? Ist doch genug Platz hier, genug Sonne ...«
»Für uns und die figli ... denn Kinder willst du doch auch, auguri e tanti maschietti, viele kleine Söhnchen!« Sie lacht, seufzt aber dabei. »Vielleicht wär's sogar richtig. Leben wäre es, wirkliches. Weißt du ...« Sie spricht ihren Gedanken nach, ihm nach, der auf die Terrasse hinausgetreten ist, in das helle Mondlicht, in die schwüle Luft, in die abgerissenen Töne der Musik, nach der wohl wieder im Garten des Quisisana unter bunten Lampions getanzt wird. »Weißt du ... es war immer nichts, nichts Wirkliches. Damals bei dem Mann, den ich geheiratet habe, hab' ich gedacht, das ist es, das Leben. Und dann glaubt' ich, ich kriege ein Kind, und als ich es ihm sagte, sagte er, es wär' Krieg und nachher wolle er was werden und Geld verdienen. Damals ging für mich die Welt unter

... und jetzt weiß ich, daß es nicht die wirkliche Welt war, nicht das wirkliche Leben. Das hier – mit dir – das wäre Leben. Aber ich glaube, ich kann's nicht.«
»Du kannst's ganz gut«, sagt er, legt seinen Kopf an ihre Brust, flüstert: »Nicht reden! Reden müßt ihr immer, reden und denken und wollen; aber es ist nicht gut, so viel zu wollen, ist besser zu lieben und zu schweigen, und vielleicht wird alles schön, noch schöner als jetzt, und du bleibst hier bei mir oder ...«
»... oder du kommst mit mir! Oh, Romeo, eine Idee! Eine großartige, wunderbare! Du kommst mit mir, und wir bleiben zusammen, immer, heiraten und kriegen Kinder ...«
»No«, sagt Romeo, erhebt sich, tritt an den Spiegel und dort seinem Bild gegenüber. »Nein, von hier kann ich nicht fort.« Und nach einer Pause mit seinem leisen, glucksenden Lachen: »Wegen der Kinder.«
»Wieso wegen der Kinder?«
»Nämlich ... das ist so ... Also ... ich bin Italiener ...«
»Das weiß ich.«
»Ja, natürlich. Aber was du nicht weißt – man muß etwas tun hier in Italien ... man muß. Wegen der Kinder nämlich. Damit es ihnen besser geht ... später ...«
Er verstummt, und sie sieht ihn an, wie er dasteht mit gesenkten Lidern, wartend. Bis sie die Arme öffnet:
»Komm her, stupido du, Dummer du, ich lasse dich ja fahren, zu deinen Streikern, deinen blöden ...«
»Du bist nicht böse? Du bleibst bei mir?«
»Ja«, sagt sie, »für immer – wenn du mich willst.«
»Gut, per sempre, und jetzt genug geredet, o Dio mio, mehr als in meinem ganzen Leben! Jetzt gehen wir tanzen.«
Sie gehen also tanzen und bei einem Glase Wein feiern, was Bettine spöttisch und zärtlich ihre Verlobung nennt. Und sie tanzen noch unter den Oleanderbäumen, in Limonenduft und Mondschein, als die Morgenröte des neuen Tages dem stahlblauen Meer entsteigt.
Auf dem Heimweg aber treffen sie eine Gesellschaft, die im Auto von Anacapri herabkommt, wo sie die Nacht über in einem Salon hinter herabgelassenen Vorhängen an einem grün gedeckten Tisch Baccarat gespielt hat. Es sind der Marchese Gigi della Cioppa und seine Gattin Liliana, geborene Bracci, und ein paar Herren im weißen Smoking.

»Ich hab' gewußt, daß sie hier sind«, erklärt Bettine, als sie neben Romeo – einem übellaunig schweigenden Romeo – weitergeht. »Liliana hat mir gesagt, daß sie kommen. Sie hat mich auch eingeladen, aber ich wollte lieber mit dir fahren.«
»Das hättest du nicht tun sollen. Denn wenn du denkst, daß ich mich mit denen an einen Tisch setze ...«
»Sie werden dich nicht darum bitten«, sagt Bettine.

IX

Eine Nacht in Anacapri

Am nächsten Vormittag sitzen Bettine und Romeo mit diesen Leuten an einem Tisch auf der piazza, Romeo die Schultern noch breiter als sonst, der Marchese kaum merklich herablassend, Bettine gespannt und schön, Liliana in nichts als etwas großgeblümtem Leinen neben einem stummen Herrn mit Hasenohren, einem Griechen namens Axapopolos. Der vierte, in hellgrauen Flanells und seidener Jacke, ist – wie Liliana Bettine zuflüstert – ein Lord mit einer Segeljacht unten in der Marina Grande.

Schon jetzt strahlt die Sonne wie aus Scheinwerfern auf die maurische Dekoration der piazzetta, auf Kirche, Hotel, Andenkenläden, Bar, trattoria. Als sich der Marchese verabschiedet, um sich fürs Baden anzuziehen – »denn das ist la moda: mit allen Kleidern vom Felsen ins Meer!« –, als Liliana ihm folgt, um sich fürs Essen umzuziehen, verabschieden sich auch Romeo und Bettine und schlendern – ein schönes Paar, guarda, che bellezza! – die Straße zwischen den Ansichtskartenläden und Palmengärten zu den Faraglioni hinab. Sie tragen Sonnenbrillen, dahinter hat Bettine Tränen der Wut in den Augen.

»Mein Gott, was für eine Idiotie!« sagt sie leise lächelnd. »Gehst du da in die Bar rein, stupido du, und zahlst die ganze Rechnung für alle, die Flips und die Kognaks für die Millionäre!«

»Das muß man«, sagt Romeo stolz. »In Italien macht man das, wenn man ein gentiluomo ist. Ich bin ein Chauffeur, aber ich bin auch ein gentiluomo, und das da sind keine Millionäre, sondern arme Hunde und Waffenschieber und Schwarzhändler und Spione.«

»Wer ist ein Spion?« fragt Bettine.

»Der Lord da, der keinen Namen hat. Ich glaube, ich kenne ihn von Firenze, von den Partisanen, Verbindungsoffizier war er und nachher beim BBC in Napoli, damals hatte er auch noch einen Namen. Dafür hat er jetzt einen Revolver hinten in der Hosentasche.«

»Hat er nicht«, sagt Bettine.

»Hat er doch«, sagt Romeo bockig. »Ich hab's gesehen, die Beule in seiner Hosentasche, und wie er mich angeguckt hat, da hat er den Revolver im Blick gehabt. Also einen in der Hosentasche, einen im Auge und einen auf dem Nachttisch.«

»Du bist verrückt. Wie kannst du das wissen, das von seinem Nachttisch?«

»Der Kellner weiß es, ich hab' mit ihm gesprochen, wie ich drin war und bezahlt hab', das war's wert, was er mir gesagt hat. Sie alle haben einen Revolver auf dem Nachttisch, und der eine, der Grieche mit den Schlappohren, geht immer die Hintertreppe hinauf, weil er Angst hat, daß vorne schon die poliziotti stehen.«

»Und der Marchese?« fragt Bettine schläfrig; da liegen sie schon im Schatten der Felsen auf den Steinplatten und beobachten, wie die Leute, die es dazu haben, unter dem Schilfrohrdach der Faraglioni-Bar scampi essen und Capriwein trinken. Die beiden haben es nicht dazu, aber sie haben die Sonne und Durst und Hunger nach anderem als Chianti und scampi. »Willst du behaupten, daß der auch ein Schieber und ein Hochstapler und ein Spion ist? Und einen Revolver hat?«

»Das ist ein Schieber und ein cretino«, sagt Romeo überzeugt und nascht von Bettines perlglatter Schulter Meeressalz und Kühle. »Der hat la famiglia della Cioppa, das ist mehr als ein Revolver, das ist eine Wagenladung Dynamit. Damit kann man alle Türen aufsprengen. Sein Onkel ist ein Monsignore am Vatikan, und diese ganze verfluchte hochmütige Sippe sitzt in der Regierung und bei den Ministerien und gibt die Ausfuhrgenehmigungen und die permessi und all die gottverfluchten mistigen Zettelchen und Papierchen für all die gottverfluchten mistigen Schiebungen ... laß mich in Ruhe, ich gehe schwimmen.« Und im Schutz der Felsen, in klarem blauem Wasser über den roten Korallenbüschen des Grundes, packt er die Frau und sagt in ihre offenen, lächelnden Lippen: »Dich bring' ich um, capisci, cara mia, dich töt' ich ohne Revolver mit meinen Händen, wenn du diesen cretino auch nur ansiehst!«

»Er gefällt mir aber«, sagt Bettine, »er ist schöner als du.«

»Keiner ist schöner als ich und keiner stärker. Und du wirst ihn nicht ansehen, den nicht und keinen.«

»Doch den, wenn er auch Lilianas Mann ist«, sagt Bettine. »Heut abend schon, heut abend beim Tanzen, Liliana hat uns eingeladen, und wir werden gehen, ich und du, und du wirst lieb sein und freundlich und gentile.«

»Nie! Mai in vita mia!«
Dennoch schafft Bettine es, oder, wie sie in ihrem loddrigen Berlinisch sagt: Sie schafft ihn. Denn am Abend läßt er sich ins Quisisana mitnehmen.
Der weißgoldene Speisesaal hat Spiegelwände, eine erleuchtete Tanzfläche unter dem Kristallüster und Platz für zweihundert Personen, die fünftausend Lire für eine Flasche Sekt zahlen können. Die Männer tragen weiße Smokings, die Frauen weiße Kleider über Goldsandalen an bloßen Füßen. Liliana scheint oberhalb des Tisches nackt bis auf ein goldenes, mit Türkisen ausgelegtes Kreuz am blauen Samtband um das Kinderhälschen. Romeo zwischen dem Griechen mit den verzweifelten Augen und dem Herrn ohne Namen hält die Schultern grade und die Hand über das Glas, als Gigi ihm eingießen will.
»Ich trinke nicht, ich muß morgen früh fahren.«
»Ich auch«, sagt Gigi. »Zum Baden von der piazza zur kleinen Marina Piccola hinunter und wieder herauf.«
»Ich fahr' nach Sicilia«, sagt Romeo steif. »Mit einem Lastauto, ich bin Chauffeur.«
»Schöner Beruf«, sagt Gigi, »ich wünsche, ich brauchte nichts anderes zu tun, als am Steuer sitzen, mir die Gegend ansehen und hin und wieder mal ein schnuddliges kleines Mädchen mitnehmen.«
»Poveretto.« Liliana seufzt. »Du Ärmster kannst sonst niemals ein schnuddliges kleines Mädchen mitnehmen!«
»Taci«, sagt Gigi kalt. Und grinsend: »Die Signora vergißt, daß sie für gewöhnlich neben mir sitzt.«
»Ich oder eine andere.« Liliana hat rote Flecken auf den Wangen und sieht erbarmungswürdig schön und verloren aus. In die Stille hinein sagt Romeo, der Augen wie Messer bekommen hat:
»Ich fahr' nach Sizilien, ich bringe Lebensmittel zu den Streikern in Lercara.«
»Bravo!« sagt Gigi sofort. »Un bravo ragazzo! Sind alle gute Jungen«, erklärt er dem Griechen, der die Hasenohren angelegt hat. »Ich kenne sie vom Krieg her. Haben auf der Straße rumgestanden, da auf dem Weg nach der Schweizer Grenze, und gewartet, daß das Auto mit dem Geld von Mussolini vorbeikommt, kam auch und war ein gutes Geschäft, ein besseres als heute Lebensmittel zu den Streikern bringen.«
»Oder Waffen nach Pakistan«, sagt Romeo.
Der Grieche lacht, daß ihm der Sekt hochkommt und der Mann

ohne Namen ihm in das Kreuz schlagen muß. Er tut es, als setze er ihm einen Revolver in den Rücken, dreht dabei den Kopf zu Romeo, fragt leise:
»Was dagegen?«
»Niente.« Romeo zuckt die Achseln, erhebt sich und geht mit Liliana tanzen, die, den Kopf an seiner Schulter, zu schlafen oder zu vergessen scheint. Ihre Hand mit den gespitzten Nägeln liegt auf Romeos Nacken; Bettine sieht den Brillanten blinken, während Gigi sie in die andere Ecke des Saales führt und von Romeo erzählt.
»Un ragazzo in gamba«, nennt er ihn, was soviel wie ›ein tüchtiger Kerl‹ heißt, ja sogar: »gambissimo, wie alle Jungen, die damals bei Domodossola oder die, die jetzt Nahrung für die Streiker in Lercara oder sonstwo zusammenschnorren.«
»Zusammenschnorren?« wiederholt Bettine. »Er kauft ganz regulär. Er hat das Geld in der Tasche, ein ganzes Paket. Natürlich ist er ein Roter, aber sonst hochanständig.«
»Ein gentiluomo«, sagt der Mann im weißseidenen Smoking. »Und ein bellissimo, jung, stark, ich versteh' dich. Aber er wird nicht immer so schön sein. Er wird die Farbe verlieren im Gefängnis, und die Nase, il bel nasino, wird leiden, wenn man sie ihm einschlägt. Die Roten haben alle nicht lange so schöne Nasen.«
Bettine will sich losmachen. Aber er faßt zu, sie tanzen weiter, einen langsamen Walzer, Leib an Leib und Blick in Blick, Zorn in Glut und dieses verfluchte, süße italienische Geflüster ...
»Ti adoro, ti desidero! Deine Augen, deine Haut ... zu schade, viel zu schade für so einen Proleten! Was glaubst du, warum der an meinem Tisch sitzen darf? Deinetwegen!«
»Laß mich in Ruhe!« Bettine stemmt sich gegen seine Brust, tanzt aber doch weiter mit ihm. Denn da drüben am Tisch sitzt Romeo neben Liliana. Jetzt trinkt er den Sekt herunter wie Wasser. Und vielleicht ist dies der Grund, aus dem Bettine ihm zuredet, mitzukommen, eine Viertelstunde nur oder eine halbe, hinüber in den Klub, in dem man spielt, nicht trinkt.
Die Villa Pozzi ist aus der sagenhaften Ära des alten capreser Glanzes übriggeblieben – ein Kaperschiff aus Marmor, Intarsienmöbeln, türkischen Vorhängen, Perserteppichen und bleiverglasten Fenstern über dem meilentief im Sternenlicht verschwimmenden Meer. Das steht, eine blaue Wand mit aufgemalten Sternen, vor der Terrasse, auf der die beiden Frauen sitzen und durch

die bunten Glasscheiben der Tür den Männern drinnen im Spielsaal zusehen und zuhören:
»Das Spiel ist gemacht, es geht nichts mehr – ab dafür.«
Bettine ist ein wenig betrunken, müde und eingewiegt von Lilianas Stimme, die immer das gleiche spricht, auf das Bettine nicht mehr zu erwidern weiß als immer das gleiche:
»Geh weg von ihm, wenn er so ist mit den Frauen. Ich würd' weggehen und arbeiten und mein Geld verdienen oder mir einen anderen suchen. Männer gibt es jede Menge.«
»Ja, für eine verheiratete Frau. Und das bleib' ich, ewig. Oder bis ich die zehn Millionen habe, die der Papst für die Scheidung nimmt. Aber ich will nicht allein sein, eine Frau ohne Mann, ohne Familie, che brutta figura! Und arbeiten? Was denn? Ich habe die Laurea, das Examen, aber Lehrerinnen gibt es wie Sand am Meer. Oder tippen gehen? Hungern und kurze Röcke tragen, wenn lange modern sind, die Haare selber waschen und auch noch mit dem Chef schlafen, o Madonnina! Und dann – Gigi ist ein farabutto, ein Schuft, ma paga come un santo!«
»Er zahlt wie ein Heiliger?« Bettine lacht. »Dann bleib bei ihm und mach dir nichts draus, den kannst du nicht ändern.«
»Alle Italiener sind so«, Liliana dreht den Brillantring; die Pudermaske auf ihrem Gesicht ist zerrissen und enthüllt des Kindes Liliana Gesicht, Tränen in den verklebten Wimpern und ein Türkiskreuz um das Hälschen.
»Romeo nicht«, sagt Bettine, »Romeo ist rot bis auf die Knochen, aber hochanständig, und ich will ihn heiraten und Kinder kriegen und hierbleiben für immer, hier, hier ...«
»Poveretta«, weint Liliana in ihr Glas. »Alle sind wir unglücklich! O Gigi, il mio grande amore!«
Der Marchese hat inzwischen die Bank genommen, zusammen mit Edda Ciano; die verspielt das Geld ihres Freundes, eines römischen Juweliers, den Romeo umbringen möchte; oder das Erbe ihres Vaters, den Romeos Kameraden umgebracht haben; oder das ihres Gatten, den ihr Vater umgebracht hat. Neben ihr packt ein deutscher Tourist in Knickerbockern sein Reisegeld auf das grüne Tuch, während seine Frau auf einem Jugendstilsofa still in ihr Taschentuch weint.
Jetzt drängen sich die Spieler so dicht um den Spieltisch, daß Bettine sich recken muß, um Romeo zu erblicken, der, Zigarette an der Unterlippe, Hände in den Hosentaschen, vor Gigi steht und

den Kopf schüttelt. Bis der Marchese ihn am Arm packt und fast mit Gewalt zu den Frauen auf der Terrasse hinausschiebt.
»Er will nicht«, sagt er dabei empört; sein weißer Smoking hat Flecken bekommen, der Mann aber ein scharfes, gespanntes Raubtiergesicht. »Verstehst du das, Liliana, er ist wie ein Esel so störrisch! Ein cafone, ein Bauer!« Und zu Romeo, der nicht wie ein Esel, nein, wie ein Stier, die niedrige Stirn gesenkt, breitbeinig dasteht: »Camerata, du kannst doch nicht einen Kameraden im Stich lassen, wir haben doch zusammen gekämpft, damals ...«
»No«, sagt Romeo. »Ich habe gekämpft, Sie haben Waggons gezählt.«
»Na und? Heißt das, daß du mir nicht einen kleinen Gefallen tun kannst? Ich kann doch jetzt nicht aufhören, ich bin doch im Verlust, und morgen hast du's wieder, morgen früh!«
»No«, sagt Romeo, nichts weiter, »no.«
»Ich fahre doch hinüber nach Napoli zur Bank, morgen früh, ich schwör's dir bei meiner Seele, bei der Seele meines Vaters, Gott sei ihm gnädig« – Gigi schlägt das Kreuz über der weißseidenen Jacke –, »morgen früh um neun hole ich es von der Bank in Napoli, und du kriegst es, ein Pfand gebe ich dir auch noch, cafone, da hast du's ...« Die Hand, die das Kreuz schlug, packt Lilianas Finger, zieht ihr den Ring ab, den Brillantring, streckt ihn Romeo hin. »Zehn Waggons mit Lebensmitteln kannst du dafür kaufen. Hier!«
»No«, sagt Romeo, »no.« Spuckt die Zigarette auf den Boden, dreht sich um, Hände in den Hosentaschen, und will weg.
Und da nimmt Bettine aus Gigis Hand den Ring, schnell und tüchtig, wie sie ist.
»Aber Romeo, er hat doch recht! Wir können doch morgen früh mit ihm hinüberfahren nach Napoli zur Bank, du bist doch sicher bei ihm, und den Ring hast du auch ...«
»No«, wehrt sich Romeo, aber schon schwach, »ich kann nicht ... ich darf nicht ... das darf ich nicht ... Und außerdem, ich hab's gar nicht, ti giuro, ich hab's nicht.«
»Il gentiluomo!« sagt der Herr im Smoking darauf, »guardi il gentiluomo!« Und zu Bettine, die sich erhoben hat, die Schultern hoch, die Nase hoch, die blauen Augen grün glitzernd, eine Katze im Sprung: »Nun, Bettine, was hab' ich dir gesagt? Er hat's gar nicht, woher soll er's auch haben! Er schnorrt, hab' ich dir gesagt, erzählen aber tut er, daß er ein Ehrenmann ist, und du glaubst es!

Stupida, poveretta!« Dreht sich um, geht. Indem aber hört er Bettines Stimme, leise und wild:
»Romeo! Du, red doch, sag ein Wort, meinetwegen sag ›No!‹ Aber nicht, daß der hier denkt, du hast mich belogen, oder wir sind Schwindler und ...«
»No«, sagt Romeo, greift in die Tasche und zieht ein Paket Zehntausend-Lire-Scheine heraus. Es ist Brot und Mehl und Fleisch für hungernde Menschen. Aber Romeo blickt nicht einmal hin, sondern reicht es abgewandten Gesichtes dem Herrn im Seidenanzug – über die Welt, die sie trennt, über die Unendlichkeit der Leiden, die es zu beseitigen gilt, über einen Abgrund voll Not, in den er sein Geld wirft, sich, sein Herz. »Da haben Sie«, sagt er, »nehmen Sie's, verspielen Sie's und – buona notte!«
Als Bettine ihn einholt, denn sie folgt ihm nach einem Abschied, der kurz ist, da der Marchese in den Spielsaal zurück will, und zärtlich von seiten Lilianas, die verwirrt Entschuldigungen stammelt – als die Frau neben Romeo zur piazza hinabgeht, schwimmt der Operettenplatz weiß im Mondlicht.
»Du hättest es nicht zu geben brauchen«, sagt Bettine atemlos, »aber es ist doch gut, daß du es gegeben hast, sie sollen nicht denken, daß einer wie du lügt, denn ich hab' Liliana gesagt, daß du anständig bist und daß wir heiraten wollen ... Und wir riskieren ja nichts, wir haben den Ring.«
Romeo schweigt; aus dem Garten einer Bar kommt Musik mit dem schleifenden Geräusch der Schritte, die auf der beleuchteten Tanzfläche unter den Palmen tanzen. Und Duft, süßer, pelziger Nachtduft des Oleanders.
Im Hof der Bäckerei riecht es nach Brot, die Glut des Tages kommt ihnen aus dem Zimmer entgegen, weich, dick, quellend, ein Bett aus Hitze, in das sie sich nun gleich sinken lassen werden, umschlungen.
Doch da bleibt Romeo stehen, küßt Bettine die Hand, sagt leise, mit dunkel verhüllter Stimme:
»Geh hinein, ich komme gleich, ich geh' nur ein paar Schritte.«
»Wohin?« fragt Bettine.
»Buona notte«, sagt Romeo und geht.
Er wandert, Hände in den Hosentaschen, zum Excelsior zurück und durch den Hintereingang, den der Grieche Axapopolos zu benutzen pflegt, zu den Kellnern hinein, die abgerechnet haben und neben ihren ausgezogenen Schuhen in der Anrichte stehen, und

holt seinen Freund von heute nachmittag ab. Sie gehen noch einen trinken – alle Kellner gehen nach der Arbeit noch einen trinken – und sitzen bei Carmelo an einem Holztisch zwischen gekalkten Wänden, brüderlich mit ihren schweren Lidern und ihren schmalen Schnurrbärten und ihren vollen Lippen um die Zigarette und der Frisur à la Fischgräte.
Hin und wieder reden sie, von den Kollegen, von den Gästen, von dem Griechen und der Hintertreppe – »è un nervoso«, sagt Carletto, der Kellner, »un pazzo, ein Narr, wenn er in ein Zimmer will, stößt er vorher mit dem Fuß die Tür auf, ob nicht einer dahintersteht mit einer Kanone« – und von Gigi: »niente, nichts, ein simpaticone, aber kein Geld« – und von Liliana: »la povera signora.«
»Wieso arm?« wiederholt Romeo. »Sie ist schön, hat Brillanten, große ...«
»Und sonst, was hat sie sonst? Nicht einmal einen Mann. Was kann sie? Vielleicht far l'amore, weiß ich nicht, hab's nicht probiert, noch nicht.«
»Du bist ein Präpotenter!« Romeo rümpft die klassische Nase über sein Spiegelbild Carletto, der nun wieder in Strümpfen dasitzt, das glatte Gesicht beschattet von Schönheit, Müdigkeit und Tuberkulose. »Gib nicht an! Jungen wie dich haben wir zu Millionen, schönere.«
»Und Frauen wie die auch, schönere. Und reichere. Was willst du, der padrone, der Räuber, der ladro maledetto, glaubst du, er zahlt den Tarif? Macchè! Fürs Trinkgeld muß man arbeiten. Davon aber kriegt der Hausdiener vom Carlton, der mich hingebracht hat, seine Provision und der Portier seine Prozente, der Mann hat selber für seinen Posten fünfzigtausend Lire bezahlt. Dazu kommt die Leihgebühr für den Frack und die Wäsche, jeden Tag ein Hemd oder auch zwei bei der Hitze – caro mio, da muß man sich anstrengen fürs Trinkgeld und ein bißchen mehr. Und was glaubst du, wozu sie herkommen, die Weiber?« Carletto bläst den Rauch in den leeren stillen Raum. »Alle machen's, capisci, alle, die mit den Sandalen und die, die mit nackten Füßen tanzen, das sind die Feinsten und die Gemeinsten. Ohne Schuhe tanzen, das ist Mode dieses Jahr – und das andere ist alle Jahre Mode. Ah, che brutta gente!«
»Ja, schlechte Leute, Drecksvolk«, sagt Romeo und kriegt rote Augen und einen viereckigen Mund und eine Stimme, rauh wie von Tränen. »Er hat Geld in Napoli auf der Bank, sagt er.«

»Wer? Der? Gigi, il bravo? Vielleicht. Alle haben Geld in Napoli auf der Bank. Aber hier nicht. Hier haben sie Schulden.«
»Ja«, sagt Romeo und bestellt noch ein Viertel und noch eines und noch eines, bis Carletto zu singen beginnt, erst »O sole mio« und dann »Addio amore ...«
Als der Wirt das Lokal schließt, begeben sie sich durch die entschwindende Nacht, blau auf weißen Mauern, zu Carletto nach Hause, denn Romeo behauptet, daß es in seiner Stube zu heiß sei, obwohl das scharfe violette Frühlicht schon den kühlen Hauch des jungen Tages mitbringt. Und nebeneinander in Carlettos Bett unterhalten sie sich über Fußschmerzen und Motoren, die Kellnergewerkschaft, die Streiks, die Politik, die Frauen und die Gäste des Quisisana, von denen manche wirklich Geld auf der Bank in Napoli haben.
»Manche ja«, sagt Carletto. »Aber wenige. Sehr wenige. Die meisten nicht.«
»Schlaf«, sagt Romeo leise und wild. »Per amor di Dio, töt mir nicht den Nerv und schlaf!«

X

Napoli sehen und sterben ...

Bettine schläft nicht. Sie liegt nackt auf dem Mäuerchen der Terrasse und wartet auf Romeo, der nicht kommt. Aus der Tiefe ihres Körpers steigt die Erinnerung an seine leichten Hände, seine gierigen und sanften Lippen in einer Flut von Entzücken bis in ihr Herz, bis in ihre Augen. Sie weint vor Wut, vor Hunger und Durst. Die Liebe will sie, einfach und ehrlich wie Brot, die Zärtlichkeit, berauschend wie Wein, und in seinen Armen den Schlaf, den sie vergeblich mit seinem Namen ruft:

»Romeo!«

Bis zehn Uhr morgens wartet Bettine, dann geht sie hinüber zu Liliana ins Quisisana, obwohl sie schon weiß, was ihr geschieht: Liliana läßt sich verleugnen, sie sei hinab ins Bad. Worauf Bettine an dem Kellner vorbei das Zimmer des Marchese betritt.

Der Vorhang ist noch zugezogen, aber der Mann im Bett sofort hellwach und eigentlich auch jetzt hübsch mit dem nackten Hals, an dem das Goldkettchen mit dem Madonnenbild blinkt. Er blinzelt, greift nach der Zigarette auf dem Nachttisch – auf dem übrigens wirklich ein Revolver liegt – und rückt zur Seite.

»Komm her, bella bionda, setz dich zu mir, bellezza mia!«

Bettine bleibt stehen und sagt:

»Romeo ist nicht nach Hause gekommen. Ich weiß nicht, wo er ist, aber ich will, daß das Geld da ist, wenn er kommt. Es ist Blödsinn, daß er dir das Geld gegeben hat, er macht sich Sorgen darum, und ich mach' mir auch welche. Also sag mir, ob du's hast oder ...«

»Ich hab's nicht.« Gigi streckt sich auf dem Rücken aus, schließt die Augen. »Glück in der Liebe, Pech im Spiel. Ich hab' auch keine Lust mehr, darüber zu reden.«

»Ich auch nicht, bei Gott nicht! Aber ich habe Lust, dich umzubringen!« sagt Bettine und nimmt den Revolver vom Nachttisch, während sich hinter ihr leise, wie von Geisterhand, die Tür öffnet: Der hasenohrige Grieche blickt ins Zimmer, zieht ruckartig den Kopf zurück, schließt die Tür.

»Axapopolos!« Gigi schreit vor Vergnügen. »Der Idiot, der wird einen schönen Schreck bekommen haben!« Damit legt er den Re-

volver wieder auf den Nachttisch, schließt die Augen, sagt: »Genug der Späße. Der ist geladen!«
»Gut, um elf geht das Schiff, zieh dich an, ich warte draußen. Wir fahren nach Napoli zur Bank.«
»Wozu?« fragt Gigi freundlich. »Glaubst du, daß sie dir da was schenken? Vielleicht auf *deine* schönen Augen hin. Auf meine nämlich nicht einen centesimo.«
Bettine versucht Haltung zu bewahren und geht aufrecht zur Tür.
»Ich habe ja noch den Ring«, sagt sie.
»Ja, den hast du ...«
»Wir haben ja den Ring«, erklärt später Bettine, als Romeo im Zimmer des Bäckers Alfieri erscheint. »Ich war bei Gigi, aber er hat kein Geld, auch nicht auf der Bank.«
»Ich weiß«, sagt Romeo. »Ich hab's immer gewußt, und darum bin ich schuld.«
»Nein, ich, ich bin schuld. Ich würd's dir ja auch geben, aber ich muß doch mit dem, was ich habe, hinunterkommen bis nach Palermo und mal wieder zurück. Schließlich ist ja auch noch gar nichts passiert, denn wir haben den Ring und verkaufen ihn in Napoli und ...«
»Du, nicht ich«, sagt Romeo. »Ich bin kein Schieber, ich bin bloß ein Idiot, und das ist schlimm genug, da brauch' ich mir nicht noch die Finger mit ihren gestohlenen Brillanten zu bedrecken.«
»Ich mach's, ich mach' alles, was du willst! Bloß du sollst wieder gut sein und nicht so dastehn, als wenn du gar nicht hier und bei mir wärst.«
»Ich bin ja hier«, sagt Romeo still.
Aber Bettine hat recht: Er ist abwesend. Und auf dem Schiff, das sie nach Napoli bringt, tastet ihre Hand vergebens nach der seinen; ihre Blicke suchen ihn durch den Schleier, der ihr sogar diese Sonne verdunkelt.
»Sei wieder lieb«, flüstert sie, »es wird noch alles gut werden.«
»Ja«, sagt er, »es wird alles gut.« Und nach einer Weile mit gesenkten Lidern: »Du hättest bloß den Revolver mitnehmen sollen – falls es nämlich nicht gut wird.«
Dann schweigen sie, sitzen still nebeneinander zwischen Bauern, die mit großen blanken Zähnen in gelbe Zitronen beißen, zwischen Säcken, Kisten und Koffern, Gemüseballen und Körben mit Wein und Käse, der in der Hitze zu stinken beginnt. Der Schweiß

läuft ihr in die Augen, die vergebens nach der Rauchfahne des Vesuvio ausspähen.
»Lascia stare«, sagt Romeo wütend. »Er raucht nicht mehr, questo maledetto Vesuvio!«
Das Hotel, in das Romeo sie führt, liegt in einer Seitengasse der Via Roma. Die Eisentreppe ist eng, mit zerbrochenem Linoleum belegt, das Zimmer ein Bad mit Bett. Die Frau versucht erst umzukehren, dann – vor Romeos finsterem Blick – zu scherzen:
»Arme Leute haben nichts zu lachen. Und nichts zu baden. Denn Wasser gibt's doch hier nicht, oder?«
»Dreihundert Lire die Nacht«, sagt Romeo. »Das findest du sonst in der ganzen Stadt nicht.«
»Und du, was machst du?«
»Ich hab' Freunde hier, ich weiß schon, wo ich hingehe.«
»Und ich weiß, wo *ich* hingehe, jetzt gleich.«
Als sie später auf die Via Roma hinaustreten, blicken ihr die Männer nach. Bettine, schön in einem starkblauen Kleid, ist frisch, leuchtend, gespannt, Amazone auf dem Kriegspfad. Romeo voran, der die Hände in den Taschen, die Zigarette im Mund hält, segelt sie die Straße hinauf, zu Barelli Arnoldo, dem größten Juweliergeschäft der Stadt. Als Romeo zögert, sagt sie:
»Kann gar nicht groß genug sein. Paß auf, wie ich den aufs Kreuz lege. Und nimm dich zusammen, ja, mach ein hübsches Gesicht, lächle, tesoro mio, lächle!«
Romeo geht also mit hinein in das Geschäft mit den spiegelnden Scheiben über spiegelnden Steinen und einem langen Glastisch, auf den Bettine die Hand mit dem Brillantring legt. Der blitzt, und Signor Barelli, ein alter Herr im Gehrock, sagt auch gleich:
»Magnifico! Sehr schön! Eine schöne Arbeit.«
»Was würden Sie, was denken Sie ...« Bettine stottert, während Romeo zur Seite blickt. »Ich bin nämlich hier auf der Durchreise, und Sie wissen, wie das ist mit den Devisen, ich bin Ausländerin ... Wieviel würden Sie für den Ring geben?«
Der Juwelier hat sich die Lupe ins Auge geklemmt, betrachtet den Ring gründlich, sagt:
»Zweitausend könnte ich Ihnen geben.«
»Zweitausend?« Bettine ist blaß geworden, aber sie versucht noch zu lächeln, während sie sagt:
»Scusi, Signore, Sie meinen wohl ... Zweitausend, haben Sie gesagt?«

»Bene, zweitausendfünfhundert. Aber mehr nicht, nicht einen centesimo mehr, so schön sie ist.«
»Was, sie?« fragt Bettine tonlos.
»Die Imitation. Es ist eine wunderbare Imitation. Es ist die beste Imitation, die man machen kann, aber es ist auch ein guter Preis für eine gute Imitation.«
Ja, es ist ein guter Preis für eine gute Imitation. Und es ist ein schöner Tag mit viel Sonne, die prall auf die Fensterscheiben der Firma Barelli Arnoldo scheint, auf die Glaskästen, die Glasschränke und den Ring in Bettines Hand. Die zittert. Bettine dreht sich zu Romeo um, der raucht und nun, während er sich zur Tür wendet, mit ruhiger Stimme sagt:
»Du hättest doch den Revolver mitnehmen sollen.«
Damit gehen sie hinaus, vorbei an dem Juwelier, der mit offenem Mund den beiden hübschen jungen Leuten nachsieht, die jetzt im Gewühl der Via Roma verschwinden.
Am nächsten Morgen fährt Bettine wieder nach Capri hinüber. Es ist ein anderes Capri als das des langsamen Tanzens im Mondschein – es ist laut vom Hupen der Autos auf der Straße, die piazza ein bunt ausgetuschter Bilderbogen, und, da es zwölf Uhr ist, Zeit zum Baden.
So findet Bettine den Marchese in der Marina Piccola im Sand. Nackt bis auf die schmale Badehose, ein schönes Stück braun gebratenen Männerfleisches, stellt er sich schlafend und läßt die Frau reden. Die sagt:
»Der Ring ist falsch.«
»Si«, sagt Gigi in den Sand.
»Hast du es gewußt?«
»Natürlich, naturalmente. Sonst hätte ich ihn dir nicht gegeben.«
Bettine schluckt; sie sagt, noch sanft:
»Und Liliana? Weiß sie es?«
»Naturalmente no.«
»Dann werd' ich's ihr sagen.«
»Sei una brutta persona.«
Gigi öffnet ein Auge. »Typisch deutsch. Brutal. Taktlos. Daß du dich nicht schämst! Schöne Beine, schönes Gesicht, Augen wie die Madonna, aber niente di cortesia! Keine Lebensart. Gut, sag's ihr, brich ihr das Herz.«
Bettine steht auf, klopft den Sand von ihrem weißen Leinenkleid;

als seine Hand ihren Knöchel packt, möchte sie ihm auf die Finger treten, aber sie bezwingt sich, kalt vor Haß:

»Du bist ein Schwein, ein widerliches.«

»Ein Schwein ja, aber nicht widerlich, du wirst es noch merken, wenn du mit mir schläfst!« Dabei hat er sie mit einem Ruck an sich gezogen, auf seine Brust, glatt und feucht, und zwingt sie in eine Umarmung voll wütender Begierde. »Ah, wunderbar bist du ... una bestia! Aber kein Herz hast du, kein Mensch bist du, unbarmherzig – eine Göttin aus gelato, Madonna aus Eis, rosa Eis!«

»Das Geld will ich.« Bettine atmet schwer, ihre Augen brennen von Schweiß und Tränen. »Wenn ich's hätte, bei Gott, ich würd's Romeo geben, aber ich hab' doch nur, was ich für die Reise brauche, und das mit den Artikeln klappt sowieso nicht, sie gefallen nicht, und darum ... Du mußt mir mein Geld geben!«

»*Dein* Geld? Ich denke, das von den Streikern in Lercara? Was gehen die dich an?«

»Sie hungern«, sagt Bettine.

Der Mann lacht leise. »Alle hungern. Willst du ganz Italien zu fressen geben? Ich bin dein Freund, ich liebe dich, ich rate dir, laß die Hände weg vom Hunger in Italien. Das änderst du nicht, das ändere ich nicht, oder glaubst du, ich würde nicht auch helfen, wenn ich könnte? Genug, wenn ich mir helfe. Und dir. Und Romeo.«

»Ja«, sagt die Frau bitter. »Dem hast du geholfen! Von seinem Geld hast du ihm geholfen.«

»Ich geb's ihm doch wieder! Oder denkst du, ich stehl' ihm was, deinem Geliebten? Ach, was weißt du von uns Italienern! Wann willst du's haben?«

»Was? Das Geld? Gleich!«

»Gleich geht nicht. Glaubst du, ich hab's in der Badehose?«

»Ich glaube, du hast's gar nicht«, sagt Bettine müde, während sie sich erhebt. »Und jetzt geh' ich zu Liliana.«

Sie stapft durch den Sand davon; und Gigi erhebt sich, gähnt, wirft den Bademantel um und kriegt sie zu fassen, ihren nackten Arm, das feste, helle Fleisch, das sich unter seinem Griff spannt. So führt er sie zwischen den Felsen hindurch zur Straße, auf der die Autos mit den Halbnackten, Sonnenbebrillten zum Hafen hinabsausen, und es nützt ihr nichts, daß sie sich wehrt, der Mann lacht nur.

»Was willst du bei Liliana?« sagt er. »Du bist doch auch eine Frau, willst sie doch nicht unglücklich machen! Und wozu, sag mir? Damit sie weiß, was sie gar nicht wissen will? Für sie ist der Ring echt, also basta. Und für mich ist er auch echt, solange sie nicht weiß, daß er falsch ist. Den echten lös' ich aus, verstehst du, den *echten*, nicht den falschen; für den geb' ich keinen centesimo mehr! Für den echten geb' ich dir hunderttausend Lire, und ich geb' sie dir, ich schwör's dir bei der Madonna!«

»Jetzt? Jetzt gleich? Und hier?«

»Ich hab's doch nicht, Kind! Aber ich krieg's, ich schwör's dir! Ich hab' ein großes Geschäft laufen, unten in der Lucania. Fahr mit mir hin! Oder nein, komm hinunter, nach Matera, eine interessante Gegend, auch für deine Zeitung, und hol's dir!«

»Ich denke nicht dran«, sagt Bettine. Sie stehen jetzt auf der Straße im Staub, den die Autos hinterlassen, und feilschen um Tage und Kilometer. »Warum soll ich bis nach Matera fahren, bis ans Ende der Welt?«

»Weil ich das Geld da kriege, meine Provision von den Amis. Ein Dorf bauen sie da oben, ein villaggio für die Leute aus den Sassi, und ich hab's vermittelt, hab' die Hände drin, da bleibt was kleben, genug für uns beide.«

Bettine überlegt. Sie hat nicht mehr viel Zeit, denn von oben sieht sie, daß sich das Schiff füllt; über die Laufplanke gehen Bauern mit Säcken und Körben, Fremde mit Fotoapparaten, ein Esel stemmt, hohl schreiend, die Beine auf die Planken. Aber sie schüttelt noch den Kopf.

»Ich denke nicht dran! Zu dir nach Matera, mit dir allein in der Wildnis? Heißen Dank! Ich bin doch nicht wahnsinnig.«

»Dumm bist du! Liliana fährt doch mit nach Matera. War sie nicht auch mit in Venezia, nicht hier in Capri? Glaubst du, sie läßt mich allein? Noch dazu, wenn du kommst?«

»Ist das wahr? Liliana wird da sein? Und ihr werdet mir das Geld geben ...«

»... und du ihr den Ring, und es wird alles sein, wie es sich gehört, und wir werden ein Glas Wein trinken, Freunde für immer, per tutta la nostra vita. Und wenn du willst und sie es erlaubt, wirst du mir einen Kuß geben, einen ganz kleinen, ganz braven Kuß wie einem Bruder. In Ordnung?«

Ist es in Ordnung? Vielleicht, vielleicht. Wenn man die Augen schließt und ausatmet, aufatmet, tief, lange, gerettet, hineingerettet in eine Welt, die frisch vergoldet unter den blauen Fahnen der

Hoffnung ersteht – schöne Welt, geliebte Welt, schönes geliebtes Capri!

Als Bettine nach Napoli zurückkommt, schmilzt ihr das Pflaster unter den Sandalen, läuft ihr der Schweiß die kühne Nase herab, die sie – belebt und ermutigt – wieder hoch trägt. Die Sonne hat sich inmitten der Stadt auf der Piazza Dante niedergelassen, eine dicke goldgelbe Henne, die Hitze brütet. Im Pizzicato, dem Automatenbüfett, ist der Boden gesprengt, schöne atmende Kühle, Leere des Nachmittags nach dem Sturm des Mittagessens, druseln die Kellner im Stehen, die Kassiererinnen hinter den Kassen, auf den Bänken zwei Männer, die kein Bett haben, auf dem sie sich ausstrecken können, keinen Raum mit geschlossenen Jalousien, nicht einmal eine Zeitung für die Siesta im Schatten der Hauswand. Sinnlos, daß Bettine schon jetzt Romeo erwartet, mit dem sie für eine spätere Stunde hier verabredet ist. Sie geht also die Via Roma hinauf, vorbei an den mit Kaffeeduft und Radiomusik lokkenden Bars, den Ausverkäufen, den Einheitspreisläden und den Schaufenstern voll der klebrigen, rosigen, pistaziengrünen, schokoladebraunen, sahneweißen Leckereien des Südens.

Unter einem feurig über dem stahlblauen Meer erlöschenden Himmel steht sie lange unschlüssig vor den glasgedeckten, lichtschimmernden Luxuslokalen und leistet sich dann, was sie sich eigentlich nicht leisten kann: ein Essen im Ristorante Zi Teresa mit Vesuv-Wein und Languste. Doch da sie eine Schar Amerikaner mit »per favore, Signorina!« zum Tanz holen will, als kaufe man noch heute die signorine für eine Lucky-Strike, da eine Gesellschaft italienischer Prinzen und Textilfabrikanten sie mit »Hallo Baby!« an ihren Tisch lädt, indes ihr der Kellner den Stuhl unter ihrer wohlgefällig betrachteten Rückseite wegzieht, läuft sie davon, straßenweit, entlang den hohen grauen Mietshäusern der Via Marqueda bis zu den Gassen um den Bahnhof, den Märkten, voll des brodelnden, fiebrigen Lebens im Bauch von Napoli. Noch jetzt sitzen die fabbri und Kupferschmiede vor Amboß und Kohlenfeuer, die Sattler zwischen Bergen scharfriechenden Leders, während die Frauen im zischenden Licht der Karbidlampen gebratenes Fleisch aus kreischendem Öl fischen und stinkende Röcke aus Haufen getragener Kleider, die campanische Bauern vom Vetter aus Minnesota oder Ohio bekamen. Und in der Via di Sant' Antonio regnet es vom Himmel herab goldene Kaskaden mit Blitz und Donnergebrüll, schöner, lauter

als in den Bombennächten Napolis: ein Feuerwerk zu Ehren Sant' Antonios.
Da steht er, der Heilige, in Gips und Kerzenschein auf blumengeschmücktem Altar, im Neonlicht der Läden und Stände der Bars und Trattorien, umdrängt von Kaufenden, Handelnden, Tanzenden, von lachenden Mädchen und Knaben mit Wiegeschritt und Funkelblick aus olivfarbenem Antlitz. ›Venga un po', Signorina, kommen Sie tanzen?‹ – ›Danke, Mario, Rinaldo, Anselmo! Danke auch dir, Sant' Antonio, der du aus Dunkel und Schmutz die roten Papierblumen billiger Freude erblühen, aus Bomben und Granaten Gold und Silber regnen läßt über die Armen!‹
Bettine geht weiter: zu einem Marionettentheater auf der Straße, zu einer trattoria und einem Berg tomatenroter spaghetti, zu einer Bar und einem cappucino bei dröhnender Automatenmusik »addio amore ...«, zu den Taschendieben vor den Zigarettenständen, den venditori ambulanti in den Krawattenbuden, den Schweinebratereien unter surrenden Azetylenlampen, den Tischen mit grell verpackten Zigaretten, bunten Zeitschriften, noch bunteren Pornographien. Und landet nachts um halb eins im Pizzicato.
Hier steht Romeo vor der Kaffeetheke, an der sie tags zuvor einen espresso genommen haben, nur daß jetzt die braungetäfelte, mit Sägespänen bestreute Halle unter den weißen, schattenlosen Neonröhren so leer ist wie das Glasregal mit den trockenen Kuchenresten. Er spricht mit einem Mädchen, einer – wie Bettine denkt – durchschnittlich italienischen, aber seltsamerweise ungeschminkten bellezza, scheint betroffen und stellt Bettine als eine Gefährtin aus dem Widerstand vor.
»Benvenuta, Signora«, sagt die andere, einen öltriefenden Fladen in der Hand. »Onoratissima! Sie wollen sich Italien ansehen?«
»Ich muß, ich schreibe darüber«, entgegnet Bettine, »aber ich hab' schon beinahe genug davon. Mein Gott, was es hier alles gibt!« Sie plappert los, in das Schweigen der beiden, in Leere, in Sand. »Was ich alles gesehen habe! Feuerwerk wie im dicksten Krieg, einen Kellner, der meine Gabel mit seinen Nägeln saubermachte, und in einem Kintopp lauter Bengel, die saßen oben vor der Leinwand, wenn sie nicht gerade mit ohrenbetäubendem Gebrüll über die Bänke turnten, und wie ich mich auf einen anderen Platz verzog, haben mir doch diese scugnizzi noch mal das Eintrittsgeld abgerissen. Und mich angebettelt, um Zigaretten, um soldi für gelati.«

»Na ja«, sagt Romeo finster, »wenn du dich allein da rumtreibst!«
»Was sollt' ich denn machen ... Ich hab' auf dich gewartet«, murmelt Bettine. »Du mußt doch wissen, was ich erreicht habe in Capri ...«
»Komm!« Romeo geht mit ihr ein paar Schritte beiseite. »Aber sprich leise!«
»Ich war also noch mal bei Gigi, und ich krieg' das Geld. Aber erst in ein paar Tagen, in Matera. Wir treffen uns da im Hotel, Liliana wird auch da sein, und ich geb' ihr den Ring und sie mir das Geld, und ich bring' es dir.«
»Va bè, fahr.« Romeo zuckt die Achseln, er ist Italiener, gewohnt an Raub und Beute, für Trinkgelder verratenen Stolz und ausgestreckte Bettlerhände an jeder Ecke seines verratenen Landes. Schnippt mit dem Daumennagel, wendet sich ab. »Soviel wirst du kriegen, nichts, niente. Na, lascia stare, nicht deine Sache, das.«
»Doch, es ist meine Sache! Es ist Ehrensache.«
»Ach, Ehre! Ihr habt's immer mit der Ehre. Oder dovere, dimmi, come si dice: dovere?«
»Pflicht, Ehrenpflicht«, sagt Bettine gesenkten Auges. »Und dann deinetwegen ...«
»Oh, lascia perdere, ti prego! Laß es sein!« Er faßt ihr Handgelenk, drückt es in einer haßvollen, schmerzhaften Liebkosung. »Per l'amore di Dio, sprich nicht von mir ... von uns ...« Und da sie ihn ansieht, ohne zu begreifen: »Du weißt nicht, du verstehst nicht, noch immer nicht, was wir getan haben, was es bedeutet ...«
»Nein«, sagt sie, ebenso leise, ebenso scharf. »Das versteh' ich nicht, ich versteh' nicht, daß dir alles wichtiger ist als du und ich und ... Liebe ... und Freude!«
»Dann lerne! Es ist Zeit, corpo di Bacco! Mach die Augen auf und sieh, was hier los ist, und warum man nicht so sein darf, wie du bist, blind und dumm und ...«
Mit einem Ruck dreht sie sich um, Tränen der Wut unter den Lidern. Doch indem faßt er ihren Arm, zieht sie mit sich zu dem Mädchen, das wartend neben der Kaffeemaschine steht.
»Da«, sagt er heftig. »Nina Passalacqua lebt hier, arbeitet hier, tagsüber bei Standa und abends in ihrer Sektion in den Bassi. Und *die* soll sie dir zeigen! Willst du?« fragt er das Mädchen.
Nina Passalacqua antwortet, die Augen zu Romeo erhebend. »Wenn du es willst, Romeo ...«

Dieser Blick fällt Bettine auf – der Blick und die Stille danach, und daß Romeo jetzt unsicher wird oder sogar verlegen. Und nun ist sie es, die sich wieder einmal in das Unbekannte und Fremde, das Drohende und Gefährliche vorwagt, forsch und frech, verwegen und verloren.

»Bitte, Signorina«, sagt sie liebenswürdig. »Mi faccia il piacere, führen Sie mich durch Napoli, morgen ist Sonntag, da haben Sie vielleicht Zeit. Und ich will alles wissen – auch das, was nicht im Baedeker steht.«

»Also viel Vergnügen!« Romeo geht schon zur Tür. »Und falls du es überlebst – ich erwarte euch dann zum Essen, Nina wird dir sagen, wo.«

XI

Bella, bella Napoli …

So kommt es, daß Nina Passalacqua Bettine die Stadt zeigt und diese also nicht das Museo Nazionale sieht, das Castello dell'Ovo, die Kirche S. Maria del Carmine oder eine der anderen 300 Kirchen von Napoli, sondern die vicoli längs der Via di Roma, die Winkel der Armut hinter den palazzi des Reichtums. Und statt alter Bilder die sinnreich über die Gasse gezogenen Wäschefetzen zwischen den von Lärm und Kindern überquellenden Häusern. Statt antiker Statuen die müßig herumlungernden Burschen vor den buntbebilderten Zeitungsständen. Statt vergoldeter Altäre die grellbunten Ehebetten in den fensterlosen Magazinen des Monte Calvario, nicht nur der Liebe, sondern auch dem Erwerb geweiht, dem Unterhalt rachitischer Kinder und arbeitsloser Männer, die mit Narkotika, Mädchen, Knaben und falschen Dollars handeln, bettelnd und singend, stehlend, um nicht zu verhungern, lachend, um nicht zu weinen – i pulcinelli del Mezzogiorno, dieses heißen und heißblütigen Landes Spaßmacher.

»Was sollen sie machen?« erklärt Nina Passalacqua. »In diesen lichtlosen tuguri wohnen häufig zwei, ja drei Familien; in einem dieser Ehebetten schlafen vier, fünf Personen, und noch heute, Jahre nach dem Krieg, hausen in den Pferdeställen ehemaliger Kasernen, den granilli, ungefähr tausend Familien arbeitsloser Männer, arbeitsloser oder unterbezahlter Frauen. Achtzigtausend Heimarbeiterinnen haben wir, meist Konserviererinnen auf Tomaten, auf Pfirsiche, da ist der von der Gewerkschaft festgesetzte Lohn achthundertfünfzig Lire, doch die Frauen arbeiten auch sechzehn Stunden täglich für dreihundert Lire, das sind zwei Mark. Aber sehen Sie selbst …«

Und Bettine sieht, was sie während der nächsten Stunden immer wieder zu sehen, zu riechen und zu verabscheuen haben wird: feuchte Lehmhöhlen ohne Möbel, aber voller Kinder und dreckiger Lumpen auf allen Arten von Lagerstätten; Keller, in denen auf der nackten Erde zu siebzehn an Schuhen gearbeitet und zu fünft geschlafen wird; Wasser und Heiligenbilder an den Wänden und in jedem, dem ärmsten, dem schmutzigsten Winkel einer buntge-

malten Madonna rosiges Lächeln vor der Ewigen Lampe. Über Abfallhaufen klettern sie hinweg und wandern vorbei an Votivbildern, auf denen gipserne Sünder im roten Fegefeuer schmachten, vorbei an einem Leichenzug, der eines Toten gelbe Puppe zwischen blaß in der Sonne brennenden Kerzen zur Schau stellt, vorbei an schlafenden Trinkern auf dem Pflaster und Kranken auf dem letto matrimoniale, vorbei an Kindern, die ihre Notdurft auf dem Damm, und Kindern, die sie in einen Benzinkanister im Mauereckchen befriedigen, an schwangeren Frauen vor rauchenden Holzkohlenöfchen auf der Straße und schwangeren Frauen am Waschtrog im Stubenwinkel und immer wieder an bettelnd ausgestreckten Händen. Bis sie durch geballte Haufen menschlichen Elends hinabgelangen zu den Gassen, in denen man Fische auf grünen Blättern, Feigen, Zwiebeln, Knoblauch in weißen Kränzen und starkriechendes, scharfgewürztes Gebratenes verkauft – zuzüglich seiner vielfältigen Gerüche und des preisenden Geschreis, des Klirrens und Klingelns und Lärmens. Hier in einer der Pizzerien, in der man die pizza napolitana, das Brot der Armen, bäckt, ist Nina Passalacqua mit Romeo verabredet.
Im Hintergrund des dunklen Raumes setzen sich die Frauen neben den marmorgedeckten Weinschrank mit den damigiane voll roten und weißen billigen Weines. Vom Fenster her erhellt ein Schimmer von Licht, so schwach wie der einer unglaubwürdigen Hoffnung, den kühlen Kellerraum, in dessen Tiefe sich Bettine verkriecht. Sie gibt sich geschlagen und sagt mit einem matten Lächeln:
»Das war reichlich! Und ein bißchen viel für einen einzelnen Menschen. Ich habe gewußt, daß es Elend gibt in Italien, aber ich hab' gedacht, wenn einer nur wirklich will, wenn einer nur fleißig ist ...«
»Italiener sind fleißig«, sagt das Mädchen ihr gegenüber still. »Aber es gibt nicht genug Arbeit. La Provincia di Napoli hat zweihunderttausend Arbeitslose und Zehntausende, die obdachlos sind oder in Baracken und Erdhöhlen wohnen, vierzig Prozent Analphabeten und Tuberkulöse, für vierzigtausend Kinder keinen Schulplatz und alljährlich ungefähr sechstausend totgeborene oder frühgestorbene Kinder. Und das ist seit jeher so und wird so bleiben – wenn wir es nicht ändern. Ich versuche es ihnen klarzumachen, den armen Weibern hier, ich lebe ja mit ihnen, ich bin ja hier aufgewachsen, ich bin Neapolitanerin«, sagt sie, und es fällt

Bettine auf, daß die Geschichte der Nina Passalacqua – hauptamtlich beschäftigt im Einheitspreisgeschäft Standa und ehrenamtlich in der ›Unione delle donne italiane‹ – genauso beginnt wie die des Lastwagenfahrers Romeo Padala. »Ich bin hier geboren, hier in den Bassi von Napoli, im Stall oder Magazin eines palazzo der Principi Torlonia oder d'Este oder Doria. In denen haben sich seit jeher die Diener der großen Herren eingenistet wie Läuse im Pelz des reichen Mannes. Und sich auch so schnell vermehrt wie Läuse – oder wie arme Menschen.«

»Warum denn aber diese vielen Kinder?« fragt Bettine.

Und die andere erwidert, ohne die schwarzen Augen niederzuschlagen, mit einem neapolitanischen Wort:

»Almeno i figli possiamo farli! – Wenigstens Kinder können wir machen. Ja, der Arme hat eben nichts anderes als die Liebe. Er hat kein Geld, um sich Vergnügen zu kaufen oder gar Belehrung. Und er soll auch nichts lernen als das, was ich gelernt habe: hungern und arbeiten. Mit acht Jahren saß ich in einer Schusterwerkstatt und nähte Schäfte, mein Bruder nähte zwei Häuser weiter bei einem Schneider, bis er mit sechzehn Jahren an einem Blutsturz in einer anderen Hinterstube, wo man Uniformen nähte, starb. Gewiß ist der Papst unser aller gütiger Vater und die Kirche unser aller liebevolle Mutter, aber auch die schmutzigsten Nonnen in den kleinsten Bettelklöstern Italiens verlangen, daß ein Kind eine Aussteuer mit in die Schule bringt. Und welches neapolitanische Proletarierkind hat einen Löffel, eine Tasse, einen Teller oder etwa gar ein Schulheft?

Ich besaß meist nicht einmal ein Hemd. Und wie kann man ohne Schuhe in die Schule gehen? ...

Wenn ich mich an meine Kindheit erinnere, so sehe ich einen Keller mit dem einzigen Möbel der Casa Passalacqua – dem eisernen Ehebett für die ganze Familie – und den dicken Bauch meiner Mutter. Einmal aber war der Bauch weg, und unter dem Bett war es naß und rot von Blut. Ihr Begräbnis mit Kerzen und Papierblumen und den Nachbarn, die Geschenke auf ihren toten Leib legten, war für mich ein Fest, denn ich war stolz auf eine so schöne und saubere Tote und auch, weil jetzt *ich* im Albergo Sole abwusch und die Abfälle für die Kleinen mit nach Hause nehmen durfte. Wenn sie Hunger hatten, sagte mein Vater nur, was alle Italiener sagen: »S'arrangia!« Und er arrangierte auch die verschiedensten Sachen; manchmal half er im Hafen; manchmal malte er Nummern

auf Zettel und machte eine Ziehung wie beim Lotto, oder er verkaufte mele cotte, Bratäpfel.
Dann aber, nach dem Krieg, kam die große Zeit von Napoli. Ganz Napoli wurde fett, und sogar wir Kinder bekamen Bäuche, denn wir nährten uns von den weißen und schwarzen Soldaten, griffen sie bei den Ärmeln, hängten uns ihnen an die Hosenbeine und schrien, ob sie *das* wollten, nämlich ein Mädchen oder eine Frau oder einen Jungen oder ein Kind, und schleppten sie hier den Calvarienberg hinauf in die Gassen, die für die Soldaten verboten waren. Da lagen sie dann mit den Frauen in den verfluchten letti matrimoniali, und wir sahen ihre Schatten durch die Tücher vor den Türen, denn die tuguri haben keine Fenster. Und ein paar von den Kindern starben, siebzehn da drüben in der Grotte bei einem Bombardement und drei bei amerikanischen Soldaten.
Als der Krieg aus war, war ich sechzehn und wußte alles, nur nicht, daß es Schönheit gibt, Würde, Ehre, und daß wir geboren sind, um alle daran teilzuhaben. Aber dann, im Sommer fünfundvierzig, kamen die Partisanen zurück aus den Kämpfen im Norden, Romeo war dabei, so habe ich ihn kennengelernt. Sie waren arm wie wir, und sie schliefen hier in unseren Stuben und in unseren Betten, und abends saßen sie auf den Türschwellen oder drüben in der osteria und erzählten, und Romeo nahm mich in seine Arme, und da hab' ich gesessen in einer Wolke von Gelächter und Rauch und Gesang und roten Fahnen.
Dann, wie er wegfuhr, hat er mich hinaufgebracht in die ›Udi‹, die ›Unione delle donne italiane‹, die Vereinigung der italienischen Frauen, die damals aus den Frauen-Organisationen der Resistanza entstand. Dort habe ich lesen gelernt, und damit war ich eigentlich gerettet, denn wenn man lesen und schreiben kann und eine Arbeit hat, dann ist man ein Mensch, dann lebt man.
Und ich lebte. Die ›Udi‹ gab mir zu essen, und einmal, gleich nach dem Krieg, nahm sie viertausend Kinder aus den Bassi von Napoli hinüber in den Norden und machte sie gesund und zog ihnen saubere Hemden auf die Wasserbäuche. Ich arbeitete mit, und ich blieb auch dabei, als mein Vater mich an den Haaren riß und sagte, daß mein ganzes Unglück von meiner Hoffart käme, vom Lesen und Schreiben, und mich kein italienischer Mann heiraten würde. Und ich sagte: ›Doch, aber ich will ihn nicht. Denn er ist ein Neapolitaner wie du! Er ist ein Dieb, er macht Schwarzmarkt, und

wenn er betrunken ist, tanzt er auf der Straße vor den Fremden für ein Trinkgeld.‹

Das war wahr, der Junge, der mich liebte, tanzte, wo nur irgend Platz war und die Frauen ihn ansahen, und er hätte gemordet für ein seidenes Hemd. Aber ich hatte gehungert, um ihm eine seidenes Hemd zu kaufen, denn ich glaubte, daß ich ihn liebte, weil ich schon als Kind mit ihm Abfälle auf dem Gemüsemarkt gesucht hatte. Jetzt half er Motoren frisieren – so nannte er das Aufarbeiten gebrauchter Automotoren, die die Amerikaner hiergelassen hatten und die nun überholt und dann wieder als neu weiterverkauft wurden. Antonio frisierte sie also und stahl die Zündkerzen und das Werkzeug und verkaufte es, bis sie ihn kriegten und ihn ins Gefängnis steckten, weil er nicht genug gestohlen hatte, um die Richter bestechen zu können. Zuerst wartete ich auf ihn, und dann schrieb ich ihm einen Brief, daß ich nicht dafür leben wollte, Kinder auf die Welt zu bringen, sondern dafür, daß sie in dieser Welt auch Essen und Hemden haben.

Darauf geschah das Unglück. Vielleicht hat es Ihnen Romeo erzählt. Romeo kam nämlich damals zu mir, nachher, nachdem das mit Antonio geschehen war …«

»Was?« fragt Bettine leise, angerührt vom Dunkel dieses fremden Lebens und Leidens. »Was geschah?«

»Antonio wurde damals aus dem Gefängnis entlassen, und die Konjunktur nach dem Kriege war vorüber, und eine neue Konjunktur für einen neuen Krieg war noch nicht da. So lag der Hafen leer, und Antonio stand wie alle Männer mit den Händen in den Taschen auf der Straße und nachts draußen auf der Gasse vor unserer Tür und sang und schrie meinen Namen und weinte: ›Bella, mach auf, ti voglio bene! Mein Leben, meine Seele, ich kann nicht leben ohne dich!‹ Aber ich antwortete nicht.

Und dann kam mein Geburtstag. Die Kinder hatten Papierblumen auf den Tisch gestellt, und Peppino, der Jüngste, hatte eine Gitarre geborgt, und wir sangen alle zusammen ›Napoli, bella, bella Napoli‹, bis dann plötzlich …«

Hier hält Nina inne; ihr Gesicht zuckt, sie legt die Hand über die Augen, als wolle sie ein nicht zu vergessendes Bild zudecken: rotes Licht vor der weißen Gipsmadonna in der Ecke des kahlen Raumes, das sich in den blankschwarzen Augen der Kinder spiegelt, Totenblumen, weiß und rosa, auf dem Tisch, Peppinos schmutzige Knabenfinger, die eine klebrig süße Musik aus der Gitarre ziehen;

nach der tanzen sie, die Kinder, die Nachbarinnen und Nina, schön im Glanz der straffen Haut, der jettschwarzen, weißgrundigen Augen. Sie lacht, sie singt, sie spielt Lotto um einen Kuß von ihren ungeschminkten vollen Lippen. Die werden plötzlich blaß. Denn da tritt Antonio ein ...

»Er hatte irgendwoher Geld geborgt und zwei Flaschen Likör für mich zu meinem Geburtstag gekauft. Wie die feinen Leute hatte er sich ein Auto gemietet, und so kam er vorgefahren, ein Herr, und er war es, der am lautesten sang und am wildesten tanzte und am schönsten war. Ach, er leuchtete wie schwarzes Feuer! Und er trank. Er trank die beiden Flaschen Likör aus, er ganz allein. Denn immer, wenn er mir anbot und den Kindern und den Nachbarinnen, sagten wir: ›Grazie. Nein, danke.‹

Da stellte er sich hin – er war völlig betrunken, und es war ein gefährlicher Rausch von süßem Schnaps – und machte eine Verneigung und sagte:

›Sono Napoletano, io! Ein Neapolitaner kann alles verlieren, nur nicht seine Ehre. Die aber habt ihr mir genommen! Denn ihr verachtet mich, weil ich ein Dieb bin und arm und nicht einmal wert, eine Frau zu haben.‹

Derweilen wartete das Auto draußen, und der Chauffeur kam herein und blieb in der offenen Tür, denn es war eine schwüle Nacht voll Scirocco und Finsternis, und hörte zu, wie Antonio vor mir auf die Knie sank und weinte. Aus Liebe und aus Haß.

Ja, er haßte mich, er liebte und haßte mich, wie er das Leben hassen gelernt hatte, das keinen Platz und keine Arbeit und nicht einmal eine Frau für ihn hatte. Das ihm nicht mehr gab, als ich ihm gab in dieser Nacht: eine Einladung an einen leeren Tisch und einen Tanz ohne Freude und ein Lächeln für seine Späße.

›Ich bin Neapolitaner!‹ schrie er noch, als ihm schon die Tränen aus den Augen liefen. ›Ich bin nichts als ein schmutziger, verachteter Neapolitaner.‹ Und dann fragte er mich wieder, ob ich ihn heiraten wolle, und ich schüttelte den Kopf, und er bat mich um einen Kuß, den letzten, den allerletzten, ja er schwor: ›Den allerletzten in meinem Leben! Ti giuro: Ich gehe, wenn du mir einen Kuß gibst! Den allerletzten in meinem Leben!‹

Ich trat auf ihn zu und küßte ihn auf den Mund. Und er erzitterte bei diesem Kuß und wurde so bleich, als stehe sein Herz still. Verneigte sich, ging zur Tür und drehte sich plötzlich um – da hatte er schon den Revolver in der Hand – und lächelte. Ja, er lächelte und schoß. Zweimal. Zuerst auf mich, der Schuß ging in die Wand, und dann mitten in seine Brust. Er war gleich tot. Damals kam Romeo. Seit damals sind wir zusammen.«

An dieser Stelle der Erzählung scheint es Bettine, als gerieten die Tische, die der Kellner gerade mit weißem Papier und Blechbestekken für den Abend deckt, in Bewegung. So daß sie sich festhalten muß, um nicht in das Bodenlose vor ihren Füßen zu fallen, während sie sich mit einer fremden Stimme sagen hört:

»Das heißt ... ihr habt ... ihr seid ...«

»Ja«, antwortet Nina. »Romeo und ich wollen heiraten, wenn wir Zeit dazu haben und ein bißchen Geld. Wenigstens für ...«

»... für das letto matrimoniale«, endet Bettine und hält ihr Herz fest und ihre Zähne und den Tisch. Sie sieht grün aus, aber sie lächelt, »... das verfluchte letto matrimoniale.«

Die Italienerin ihr gegenüber bleibt still, nur ihr Gesicht enthüllt sich, so schutzlos ohne Schminke, zu dem eines alten Kindes, das genug an Leiden gefressen hat, um auch dies noch schlucken zu können. Sie legt ihre kleine Hand auf die große der Frau ihr gegenüber.

»Pazienza! Ruhig, ganz ruhig! Es geht vorbei. Trinken Sie einen Schluck Wein. Und atmen, man muß tief atmen.«

»Entschuldigen Sie«, sagt Bettine und atmet. »Aber ... ich habe es nicht gewußt. Ich habe ihn gefragt, und er hat es nicht gesagt.«

»Sie konnten es nicht wissen«, sagt die andere. Und mit einem Schimmer bitteren Lächelns: »Ich konnte es auch nicht wissen.«

Nach einer Weile, in der Bettine mit zitternden Fingern die Puderdose aus der Tasche nimmt, sich im Spiegel zu sehen versucht und nichts sieht als Romeo und das Mäuerchen und den Oleander im Mondschein und den Zug, der sie herfuhr, mit dem man auch wieder wegfahren kann, und also nicht mehr zu verlieren hat als ein paar Wochen Italien – nach diesem Blitzkrieg durch Sieg und Niederlage und Aufruhr und zähneknirschende Unterwerfung erhebt sie sich. Sie will nämlich gehen, jetzt gleich.

»Warum Sie?« sagt Nina Passalacqua. »Vielleicht ist es richtiger, wenn ich gehe? Finden Sie nicht, daß Sie warten sollten, bis Romeo kommt?«

Und Bettine Schmidt aus Berlin, aufgewachsen im Kampf um den Platz an der Sonne und den im Luftschutzkeller, hart im Nehmen und des Gebens ungewohnt, faßt sich. Sie sagt kalt: »Danke ... für

alles, was Sie mir gezeigt und ... gesagt haben. Ich bin froh, daß es so gekommen ist.«
»Er ist arm«, flüstert die andere. »Er ist nicht schlecht, er ist nur ... er ist Italiener. Sie müssen ihm verzeihen.«
»Sie sagen das?«
»Ich verstehe ihn ... Aber Sie sind eine Fremde ...«
»Ja«, sagt Bettine, »ich bin eine Fremde ...« Plötzlich rutscht ihr die Stimme aus und wird laut, ungeachtet des Kellners, der schattenhaft im Halbdunkel des Schankraumes schmutzige Gläser in schmutzigem Wasser spült. »Ich bleib's auch! Ich hab' genug, von allem. Sagen Sie es Romeo ... Und haben Sie keine Angst: Mich sieht er nicht wieder, nie wieder!«
Damit geht sie quer durch das Lokal und den Glasperlenvorhang hinaus; der fällt klirrend, mit schwingendem Nachhall, hinter ihr zusammen. Es wird still ...
Bis fünf Minuten später Romeo kommt und seine Hand den gläsernen Klang sanft ertönen läßt.

Hinter Napoli beginnt der Orient!

Von unserer nach Italien entsandten Korrespondentin Bettine Schmidt

Welch eine Fahrt, diese Reise von Napoli nach Salerno im vollbepackten Omnibus! Der glutäugige bellissimo am Steuer, Zigarette im Mund, Madonna und Amulett über dem Schaltbrett, fährt wie der Teufel hoch über dem Abgrund in schwindelnden Kurven, in Sonne und Meeresbläue die Prachtstraße entlang, bis sich der Berg zu schwingenden Tälern weitet. Doch bevor wir in den hängenden Gärten Amalfis rasten, steigen wir in Positano aus und auf siebenhundert wohlgezählten Stufen durch sonnendurchglühte Gäßchen – einst von Seefahrern hier in die Felsen der Conca d'oro, der goldenen Muschel, geschlagen – hinunter ins erfrischende Wasser. Um wieder siebenhundert Stufen hinaufzusteigen, gebadet, ja schweißgebadet – ein seltsames, von unzähligen Fremden wahrhaft heiß ersehntes Vergnügen!
Die Bekanntschaft Salernos am Rande des Golfes von Salerno machen wir dann in der Kühle des allabendlichen Corso, in engen Gassen mit lichtflimmernden Läden, buntbeleuchteten Trattorien und goldgarnierten Gelatoständen. Ach, wieviel schöne schwarzäugige, schlankhüftige Männer, ach, wieviel schöne, auf hohen Stöckeln die breiten Steintreppen der alten palazzi herabstelzende, üppig geschminkte Mädchen, wieviel Lärm und Gestank und Geschrei! Bezaubernd! Und immer wieder ein Märchen aus dem Orient, der ja hinter Napoli beginnt.
Aber auch fremd, so fremd wie die exotische Pflanzenwelt des Giardino publico, unter dessen Palmen man wohl wirklich nicht ungestraft wandelt – besonders wenn man eine Frau ist, eine junge und dazu blonde. Oder gar ein Zimmer sucht, ja sich nur hineinwagt in eine der unzähligen locande dieser alten, von Menschen und Leben überquellenden Hafenstadt.
Herbergen sind es, eingebaut in uralte Paläste, in Säle lange verblichener Pracht. Durch die führt mich der schmierige padrone, Schlorren an den nackten Füßen, über Marmorstiegen, vorbei an zerbrochenen Statuen und antiken Wandgemälden, auf denen Götter und Wanzen tanzen, zu den Bretterkäfigen der Schlafen-

den. Aus deren Türen kommt das Schnarchen in Wolken von Hitze ...
Und das Licht in der Hand, mit offenem Munde, bleibt der Herbergsvater stehen, als ich mich stumm zur Flucht wende, zurück auf die lärmende Straße und in ein endlich gefundenes Zimmer. Da aber finde ich vor den blutdürstigen Plagegeistern des sonnigen Südens erst Ruhe, als mich gegen Morgen die Schüsse wekken. Ja, die Schüsse, mit denen im nahe gelegenen Tale der Pinien auf dem Anstand sitzende Sonntagsjäger die Singvögel aus ihren Nestern holen – entgegen jedem Anstand, doch nach italienischer Unsitte.

XII

Ein Lastwagen in Salerno

Das Gewerkschaftshaus Salernos findet Bettine in einem altersgrauen, altersschmutzigen palazzo, das Schild ›Camera del lavoro‹ im zweiten Stock der breiten, ausgetretenen Steintreppe und auf ihren Fluren einen Schwarm dunkelblickender, dunkelhäutiger Männer. Die rauchen, sprechen, lachen, sitzen auf Stufen und Stühlen, auf wackligen Bänken unter Transparenten, Manifesten, Plakaten mit Aufrufen zu Streiks, zu Solidaritätskundgebungen, auf leeren Schreibtischen in leeren Sälen. Allerorten liegen die Zigarettenstummel unzähliger Versammlungen; es riecht nach Rauch und von den gabinetti an den Flurecken; es ist schwül von den vierzig Grad Hitze, die die Sonne durch die ungeschützten Fenster knallt.

Als Bettine den Gewerkschaftssekretär Fabrizio Cacciacane im letzten Raum hinter einem übervollen Schreibtisch entdeckt, ist er in Hemdsärmeln, hat Schweiß auf der Stirn und das Aussehen eines Mannes, der seit drei Tagen einen Streik leitet. Sein Blick ist nicht weniger erstaunt als der der Männer, die hinter ihr die Tür schließen, um im Nebenraum ihren stürmischen Wortwechsel fortzusetzen; es sind Arbeiter einer im Sitzstreik befindlichen Fabrik.

»Welche Ehre!« Fabrizio nimmt die Jacke vom Stuhl, den er Bettine anbietet.

»La Signora tedesca!«

»Entschuldigen Sie, daß ich Sie störe! Aber ich werde Sie nicht lange aufhalten, ich sehe, Sie sind beschäftigt.«

»Vierundzwanzig Stunden am Tage, wir haben eine große Aktion, den Streik der Arbeitslosen. Aber womit kann ich Ihnen dienen?«

Bettine zündet die Zigarette an, die er ihr reicht. »Ich will es kurz machen. Sie wissen, ich bin auf der Reise durch Italien und mußte mir sowieso Salerno ansehen, ein paar Fotografien machen. Bei der Gelegenheit bin ich mit herangekommen, im Interesse unseres Freundes Romeo.«

Fabrizio nickt höflich und versucht weiterzuschreiben, während

Bettine überstürzt erklärt, was zu berichten – oder zu berichtigen – ihre Pflicht ist. Denn das sagt sie:
»Es ist meine Pflicht, so peinlich es mir ist und so wenig Grund ich habe, Romeo zu helfen. Aber ich habe Schuld. *Ich* nämlich, verstehen Sie, ich habe mir von ihm das Geld geborgt.«
»Welches Geld?« fragt Fabrizio, und jetzt legt er die Papiere weg: Da ist der Blick wieder, der Stierblick unter den harten schwarzen Brauen.
»Das, was er von Ihnen hat, das für die Lebensmittel ... für die Schwefelarbeiter in Sizilien. Er hat es mir gegeben ... und ... ich kann es ihm nicht wiedergeben, noch nicht, doch ich werde es besorgen, ich fahre jetzt weiter, nach Matera, wo ich es bekommen soll ...«
Sie verstummt, der Mann ihr gegenüber ist unter der Bräune blaß geworden. Indem weiß sie, was sie nicht wußte: Das ist ein starker Mann, dem die Hände so zitterten, daß er die Hosen nicht anbekam, als sie ihn morgens um 6 Uhr holten, der in der Ecke seiner Zelle stehenblieb, als sie kamen, drei Mann mit Peitschen, der Angst hatte und dennoch lächelte: ›Fangt schon an, Jungen!‹ Sie hatten nicht angefangen, was hätte es auch genutzt bei einem, der stärker war als sein Herz und klüger als sein Verstand. So war er durch Gefängnisse, Verfolgungen und Leiden gegangen, wie sie ihn jetzt sieht: beherrscht und bereit zu jeder Art von Kampf – auch diesem geringen um einen Lastwagen voll Lebensmittel. Indem sagt er:
»Es geht nicht darum! Nicht um das Geld und nicht um Sie. Es geht um Romeo, und ob es wahr ist, daß er das Geld, unser Geld, das Geld von unseren Leuten unterschlagen hat. Los, erzählen Sie, was geschehen ist. Aber die Wahrheit!«
Bettine sagt die Wahrheit, sie spricht sie in die gespannte Stille des horchenden Raumes, über dem im glasig weißen Himmel ein Gewitter wartet. Und sie endet:
»Er hat doch geglaubt, er kriegt es wieder, am nächsten Morgen schon ...«
»Ich will nicht wissen, was er geglaubt hat. Ich will wissen, was er getan hat. Er nämlich hat gewußt, was er tut!«
»Ich bin schuld«, sagt Bettine wieder. Und dann, am Ende ihrer Fassung, frecher als gewollt: »Ich kann doch nicht mehr tun, als Ihnen das Geld wiederbringen. Werden eure streikenden Schwefelarbeiter eben ein paar Tage länger warten ...«

Der Mann macht einen Schritt auf sie zu. Aber er bezwingt sich, er spricht sogar leise.
»Bei fünfundvierzig Grad Hitze unter der Erde! Seit drei Wochen, seit genau zwanzig Tagen, sitzen die zolfatari unten in der Mine und warten. Auf das Ende des Streiks. Auf Hilfe, unsere Hilfe. Oben stehen die Frauen und warten auf ihre Männer ... und auf uns, auf das bißchen Fressen, das wir ihnen bringen. Das kommt aber nicht, weil Romeo es gestohlen hat, weil er mit Ihnen in Capri tanzen war!« Und jetzt sagt er fast schreiend: »Gehen Sie! Gehen Sie endlich!«
Vielleicht ist es die Schwüle, vielleicht die Anklage aus dem Munde eines für alle – Bettine sieht das Licht vergehen, versinken.
»Mi dispiace, es tut mir leid.« Der Mann hält sie, ihr Kopf lehnt an seiner Brust. »Verzeihen Sie mir, aber ... Sie wissen einfach nicht, was das für uns bedeutet, Sie kennen unser Leben nicht, unsere Not!«
»Ich weiß«, flüstert Bettine schwach, zu Tränen erniedrigt. »Ich hab's gesehen, in Napoli ... Romeo hat mir's zeigen lassen ...«
»Ach, Napoli!« Fabrizio lacht – welche Bitterkeit! »Hier ist es, das wahre Elend. Dreizehntausend Arbeitslose auf hunderttausend Einwohner Salernos! Auf dem Gebiet der öffentlichen Arbeiten in Süditalien statt sechzehn Millionen Arbeitstagen im Jahre achtundvierzig heute elf Millionen! Und Romeo, der weiß, wie man bei uns hungert, verschenkt das Geld, das die Hungernden den Hungernden gaben!«
»Ich, nicht Romeo, ich bin schuld«, beginnt Bettine wieder. Aber da fliegt die Tür auf, einer der Männer aus dem Vorzimmer ruft: »Romeo! Romeo ist da!«
Bettine und Fabrizio sehen sich an. Dann hören sie die Hupe ertönen, einmal, zweimal, dreimal, und laufen zum Fenster.
Da unten steht ein Lastwagen, voll bepackt mit Säcken und Kisten.
»Komm rauf«, schreit Fabrizio hinab. Und während er an Bettine vorbei zum Schreibtisch geht: »Setzen Sie sich dahin. Romeo kommt!«
Als Romeo in das Zimmer tritt, ist es Bettine, als bringe er die ganze Hitze dieses Augusttages mit: Sie wird flammend rot. Auch er stutzt, schafft es aber, munter mit leichter, hübscher Verbeugung zu sagen: »Ah, Bettine! Come stai?« Und zu Fabrizio, in

seinen finsteren Blick: »Sie ist also zu dir gekommen und hat dir gesagt, daß wir in Capri waren ...«
»Daß ich schuld bin, hab' ich gesagt, und daß ich das Geld wiederbringe«, stammelt Bettine.
Fabrizio unterbricht sie.
»Wozu?« fragt er, das ist Hohn und Spott. »Er hat es doch wohl schon bekommen! Ich hab' ja gesehen: Der Wagen ist voll. Und du bist auf dem Weg nach Lercara, nicht wahr? Mit den Lebensmitteln.«
»Ja.« Romeo steht da und grinst. Auch noch, als Fabrizio fragt: »Die du gekauft und bezahlt hast?«
»Nicht direkt«, sagt Romeo vorsichtig. Und dann, plötzlich, mit einem Sprung vorwärts und hinein in den Kampf, der also doch jetzt beginnt, mit Fragen und Antworten wie Schüsse. »Hat dir die Signora nicht auch erzählt, daß wir das Geld wiederkriegen? Na also.«
»Das heißt?«
»Ich hab' die Sachen auf Kredit genommen.«
»Und man hat sie dir gegeben?«
»Ja.«
»Tüchtig!« Fabrizio lächelt, Sonne über Eis. »Er versteht es, nicht wahr, Signora? Ein hübscher Junge, der einen Lastwagen voll Lebensmittel geschenkt bekommt. Nein, Verzeihung, auf Kredit. Von wem?«
»Ein Kaufmann in Napoli an der Piazza Dante, Großkaufmann, Vali heißt er oder so, tut nichts zur Sache, er hat's gegeben ...«
»... aus Mitleid, aus gutem Herzen, ein edler Mensch, ein Kaufmann, ein Großkaufmann«, sagt Fabrizio sanft.
»Nein, nicht gerade aus Mitleid; du weißt, es gibt heute Leute, die denken, daß es gut ist, auch zu uns Beziehungen zu haben, man weiß nie, ob man es nicht mal braucht ...«
»Vali, Piazza Dante«, Fabrizio bleibt sanft. »Vali, so heißt er doch? Oder vielleicht Vidali, Via Roma neunundzwanzig, Lebensmittel en gros? Vielleicht hast du dich nur versprochen und meinst Vidali in der Via Roma neunundzwanzig?«
Keine Antwort. Bettine erhebt sich; sie will gehen, sie will heraus aus der schwülen, aus der wahrhaft dicken Luft dieses Raumes. Aber sie kommt nicht an den beiden Männern vorbei, denn die stehen sich jetzt gegenüber und spucken sich die Worte ins Gesicht:

»Sag die Wahrheit, mascalzone, dimmi la verità! Für wen hast du die Sachen genommen? Auf wessen Namen?«
»Auf meinen, idiota!«
»Du lügst, auf deinen kriegst du nicht eine Brotrinde! Wer, hast du gesagt, wer wird bezahlen?«
»Ich! Und ich werde bezahlen, abzahlen werd' ich's.«
Da hebt Fabrizio die Hand. Schlägt aber nicht zu, sondern geht an den Schreibtisch zurück, sagt über die Schulter:
»Mach, daß du rauskommst. Ich werd' telefonieren, mit Vidali. Und du, laß dich nicht wieder hier sehen, nie wieder, verstehst du! Raus!«
Aber Romeo geht nicht, er setzt sich sogar hin – mit einem Male sieht er so elend, so sterbensmüde aus, daß Bettine die Augen abwendet.
»Es tut mir leid«, sagt sie kläglich, »aber ich habe gedacht ... ich wollte ... ich wollte dir helfen.«
Romeo nickt mit geschlossenen Lidern. »Du hast mir geholfen. Grazie.« Und leise zu Fabrizio hinüber, der nicht einmal mehr den Kopf von seinen Papieren hebt: »Hör zu, Fabrizio, wart, wart einen Moment! Ja, ich hab's genommen ... fürs Komitee. Er hat's nicht anders gemacht. Aber ich werd' es bezahlen, abzahlen, arbeiten ...«
»Nichts wirst du tun! Wir werden bezahlen, ja, und du wirst zur Hölle gehen, in den Dreck!«
Und jetzt geschieht etwas Peinliches: Romeo tritt zu Fabrizio, beugt sich zu ihm, sagt – und in seinen Blicken ist Entsetzen – mit tonloser Stimme, ganz ohne Scham:
»Das nicht, Fabrizio! Das kannst du nicht machen! Ihr könnt mich nicht wegschicken!« Und da der andere sich abwendet, als habe ihn eine schmutzige Hand berührt, beginnt der Junge plötzlich auf eine erschreckende Weise zu lachen. »Gut, schön, wenn du es so willst, es wird auch so gehen. Besser wird es mir gehen als je ... Ihr werdet euch rumschlagen, im Gefängnis werdet ihr sitzen und ich ... ich werde in der Sonne sitzen und mein bequemes Leben haben.«
Dabei aber bricht ihm die Stimme, er wirft die Hände vor die Augen, dreht sich der Wand zu, mit zuckenden Schultern. Indes Fabrizio wortlos das Zimmer verläßt.
Er kommt auch nicht zurück, und so bleibt den beiden nichts anderes übrig, als zu gehen, an den Männern im Flur vorüber, die nicht

einen Blick für Romeo haben, und die Straße entlang, irgendwohin. Und während dieses Weges, ja, auch als sie später vor einer Bar sitzen, spricht Bettine pausenlos und wütend.
»Das kann ja kein Mensch begreifen«, sagt sie unter anderem, »du tust, als ob die Welt untergegangen wäre, bloß weil dein Verein mit dir böse ist.«
»Das ist kein Verein, das ist ... das ist eben *alles*. Das ist mein Land und meine Stadt und das Viertel, in dem ich zu Hause bin, und meine Straße mit meinen Jungen, mein Leben ist das eben, mein Leben, unser Leben. Aber wirklich, das verstehst du nicht.«
»Nein«, sagt sie, »nicht eine Silbe! Ihr tut immer so, als ob ihr den Edelmut und die Menschenliebe gepachtet hättet, ihr da in eurem Verein, wo gewöhnliche Sterbliche keinen Zutritt haben!«
»Laß sein«, sagt der Junge. »Du hast genug gemacht, um mich aus dem Verein rauszubringen.«
»Na und?« Bettine versucht, ihm zu erklären, daß er doch dieserhalb froh sein könne, frei der lähmenden Verpflichtungen, frei wie ein Vogel in der warmen südlichen Luft. Aber was Romeo darauf erwidert, ist:
»Frei ist, wenn man das tut, was man möchte. Wenn ich den Kopf hinhalte, und sie schlagen mir drauf, weil ich die Schnauze aufgerissen und geschrien habe ›Gebt uns Brot und Arbeit!‹, dann bin ich frei, weil ich mir erlaubt habe, die Schnauze aufzureißen.«
»Schöne Freiheit!«
»Die einzige, die es gibt.«
»Nein, jetzt kannst du tun, was du willst, und lassen, was du willst ...«
»... und saufen, was ich will, und fressen, was ich will, nein, was ich habe, bloß daß ich mich außerdem aufhängen kann. Und warum hast du es gemacht, dimmi, um Gottes willen, warum du's gemacht hast!«
»Um dir zu helfen«, sagt Bettine schwach. »Dir hätt' Fabrizio doch nicht geglaubt, daß ich schuld war, nicht du. Deinetwegen«, sagt sie, aber sie weiß: Rache war es, Aug' um Auge, Zahn um Zahn, Herz für Herz. Und hier, auf der sonnenbeschienenen Straße Salernos, sieht sie sich wieder eingereiht in das Heer der im ungeordneten Rückzug vor Leben und Liebe Flüchtenden – ein Kind, das eher zu fürchten als zu lieben lernte. Mitleid ergreift sie, mit sich, mit dem Mann neben ihr, herausgenommen

aus der Sonne seines Landes und also ein Schattenloser, ein Wesen- und Seinsloser.
»Du lügst«, sagt er leise. »Du hast es getan, weil Nina dir's erzählt hat – das von uns beiden. Und du hast es geschafft.«
»Was?«
»Was du wolltest. Oder glaubst du, daß sie mich noch ansieht, wenn sie von Fabrizio erfährt, was ich gemacht habe? Das verzeiht sie mir nicht. ›Arbeitergroschen, Arbeiterblut ...‹, ach, ich höre sie. Sie ist streng, sie denkt nicht an mich, nicht an sich, sie denkt an alle.«
»Sie ist genau die Frau, die du brauchst«, sagt Bettine.
»Sie war die Frau, die ich brauchte. Aber jetzt, wo man mich nicht mehr braucht ...«
Dann schweigen sie, sitzen in den Rohrsesseln vor den Glasscheiben mit den rosa und gelben Kuchen dahinter still im Lärm, allein zwischen Händlern, die sich streiten, Liebespaaren, die sich unter dem Tisch berühren, Männern, die an der Theke Kaffee mit Anis trinken und die blonde Frau ansehen. Denn die ist schön, zugleich entflammt und betäubt von der Hitze, von der so eng in die schmalen Gassen gepreßten Gier nach Leben, von tiefer, alles auslöschender Müdigkeit. Ach, endlich einmal nichts mehr wissen, gefügig und schwach, ein Weib wie alle die geschminkten, geputzten, üppigen Weiber ...
So läßt sie es gehen, läßt sich gehen; nur diesen Tag noch, denkt sie, nur noch diese Stunden des Abschieds, der lang wird und süß, Lust mit Leid, Küsse mit Tränen, Gelächter über Schluchzen, also das unter der hellen, wachen Oberfläche Begehrte und Ersehnte. Denn ist ihr Italien nicht schuldig, was es ihr jetzt verschwenderisch bietet: den müßig, genüßlich verbrachten Nachmittag zu zweit, die Fahrt hinaus zum Meer, die Rückkehr – zärtlich eng aneinandergeschmiegt – und endlich die Zuflucht im Stadtgarten unterm Dach der Palmenblätter, hinter den schützenden Wänden aus Zypressen, im Duft des Oleanders, der nächtens die Hitze des Tages ausatmet. Von den großen Sternen strömt silbernes Feuer, das ihr Blut erhitzt, so daß sich noch einmal ihre Lippen finden und die Erinnerung vergangener Begierden erneuern. Doch als er sie stärker umfaßt, inniger bedrängt, schiebt sie ihn fort.
»Laß, du weißt, daß es vorbei ist ...«
»Nichts ist vorbei«, flüstert er, »es war nie vorbei. Immer habe ich

Sehnsucht nach dir gehabt, immer. Ja, ich bin böse, ich hasse dich – aber ich hab' Sehnsucht nach dir, bella bionda, mia bella bionda! Und vielleicht ist es gut, was du gemacht hast, vielleicht war es das Richtige für dich – und für mich.«
»Hör auf, du sollst nicht so reden ...«
»Du hast so geredet, weißt du noch ... in Capri ...«
»Die Drei-Tage-Insel ... der Drei-Tage-Traum ...«
»Nein, du hast gesagt: Für immer!«
»Und du hast gesagt, du mußt hierbleiben!«
»Das war damals.« Seine Lippen lassen Bettine verstummen.
Leise, leicht, behutsam streicht sie über das Haar des Knaben, mit dem sie das Leben und den Tod spielte, die Liebe unter den blanken Läufen der Gewehre und die Liebe unter den blanken Sternen über dem Meer, die Verzückung in der Nähe des Todes und das Entzükken im Rausch des Lebens. Sie betrachtet ihn, die schweren Wimpern über den samtenen Augen, die vollen Lippen über den weißen starken Zähnen, den runden Hals, um den sie ihre Arme legt. ›Ich muß dich ansehen, damit ich nicht vergesse, wie schön du bist, wie schön es war, damit ich nichts vergesse, heute nicht und morgen nicht und bis in alle Ewigkeit nicht‹, sagt eine Stimme in ihr, und diese Stimme ist voller Tränen, von denen sie noch nichts weiß. Schweigend umfängt sie ihn, als umarme sie noch einmal Glanz und Glück dieses Landes, und wie sie mit zagen Fingern abschiednehmend das Gesicht des Mannes berührt, die starken Lippen, die breite Brust, ist ihr, als berühre sie das Herz darin, das Herz Italiens.
Romeo nimmt diese Hand und legt sie vor seine Augen, vor seinen Mund, der spricht, flehend, beschwörend.
»Es fällt mir schwer, es zu sagen, denn ich bin ein Mann, und ich hab' meinen Stolz, aber du bist nicht eine von unseren unwissenden Frauen, du verstehst, daß ich hier nicht mehr bleiben kann. Ich hab' keine Heimat mehr in meinem Land, keine Freunde mehr und keine Chance! Und ich liebe dich, weil du mir die Tür aufmachen kannst in die Welt. Bei dir, in deinem Land, wird man einen Jungen brauchen, der alles kann, wenigstens ein bißchen. Oh, die Deutschen sind tüchtig, kalt, aber tüchtig, man kann arbeiten mit ihnen, und ich will arbeiten. Nimm mich mit dir! Bionda, bella bionda, laß uns weggehen, weit weg! Wir werden zusammen singen und lachen und gut leben, besser als hier in meinem armen Italien. Wir werden arbeiten den Tag über, und nachts werde ich

dich küssen, wie wir Italiener küssen, nicht wie ihr Deutschen mit Fischblut in den Adern. Und ich werde dir erzählen von Capri und den Palmen und den großen Blumen, und es wird sein, als wenn wir sie mitgenommen hätten und sie immer blühten für uns beide.«

Bettine hat die Augen geschlossen und läßt sich hinabgleiten in die Umarmung des Mannes. Mit unsichtbarem Lächeln legt sie – Amazone und endlich besiegt – die Waffen nieder auf die Erde zu seinen Füßen und die Lippen auf den Mund, der keine anderen Forderungen stellt als die des leichten Lebens, der leichten Liebe.

»Schweig«, sagt sie, während seine Küsse über ihre Wangen dahingehen, »laß mich glauben, daß es möglich ist, so zu sein, wie du bist, so zu sein, wie ihr seid.« Und während sie sich seinen Zärtlichkeiten ergibt: »Es ist Wahnsinn, aber ...« Dann, sehr sanft: »Laß mir Zeit ... ich werde überlegen ...« Und endlich: »Vielleicht ...«

Aber als er sie in ihr Hotel führt, nimmt sie ihn doch nicht mit hinauf, weigert sich auch, mit ihm am nächsten Morgen weiterzufahren – ›nach Palermo und zurück nach Napoli, den Wagen wegbringen und dann mit dir, wohin du willst!‹ –, und scheint, schon wieder verwandelt, daheim in Forsche und Frechheit und loddrig kühner Sprache.

»Du kennst mich flach! Du denkst, ich gebe auf? Noch lange nicht, mein Junge! Ich hol' das Geld! Und morgen früh gehe ich zu Fabrizio und sag' ihm, daß ich ihm das Geld bringe – ihm, nicht dir!«

»Tu's, wenn du's nicht lassen kannst. Aber er wird's dir nicht glauben, und ich glaub's auch nicht. Und sag ihm nichts von uns, ich flehe dich an, nicht ein Wort, versprich es mir!«

Bettine verspricht dies und mehr: Das Wiedersehen in Palermo, Bar dal Brigante, die Reise oder auch Flucht – vielleicht, vielleicht! – nach Deutschland und auch die Nacht, die sie ihm dann gewähren wird – vielleicht, vielleicht!

Am nächsten Morgen ist Bettine früh in der ›Camera del lavoro‹. Wieder Männer auf Treppen, Fluren und an Schreibtischen, wieder Zigarettenrauch und die stille, unergebene Armut der kahlen Räume, doch diesmal im Vorzimmer ein mageres, bleiches Wesen, das sie anmeldet und dann – streng und mit geheimer Feindseligkeit – zu fragen beginnt, woher sie käme, was sie besucht habe, ah,

Tabakarbeiterinnen

Capri, wie alle Touristen, und ihr die Orte nennt, Messina, Catania, Milazzo, die man gesehen haben müsse.

»Ja, vergessen Sie es nicht, schauen Sie sich Milazzo an, da pflücken die Frauen Jasmin für die Parfümbereitung. Für hundert Kilo gibt es achtzig Lire, dafür kann man zwei Pfund Brot kaufen, ja, zwei Pfund Brot für hundert Kilo Jasmin. Und gehen Sie mit hinaus, nachts um zwei Uhr, wenn der Jasminduft am stärksten ist, zwischen die von Nachttau feuchten Sträucher. Die Kinder pflücken, die kleinen Kinder mit ihren spitzen Fingerchen, das geht am schnellsten. Aber ich weiß, Sie werden nicht hingehen, entschuldigen Sie, daß ich Sie belästigt habe, scusi, Signora.«

»Bitte«, sagt Bettine verwirrt, »es war sehr interessant.« Und dann, da das Mädchen sich stumm abwendet: »Warum ... entschuldigen Sie ... warum sind Sie so böse?«

»Weil Sie eine Fremde sind«, sagt die Blasse über die Schulter. »Und weil ich die Fremden hasse. Ihr kommt hierher, gebt Trinkgelder und Almosen und erzählt dann, daß die Italiener vom Betteln und Stehlen leben. *Ihr* macht, daß sie betteln und stehlen, anstatt zu kämpfen und zu fordern! Addio, Signora. Wenn Sie jetzt hineingehen wollen ...«

Bei Fabrizio im Zimmer scheint Bettine wieder gefaßt. Sie lächelt sogar, während sie sagt:

»Nette Leute habt ihr hier! Ein Wunder, daß mir das Mädchen da draußen nicht die Augen ausgekratzt hat!«

»Ach, Mafalda?« Fabrizio nickt; er findet auch, daß es ein Wunder ist, denn Mafalda stammt aus Lecce, dem Zentrum der Tabakfelder, ist in einer Hütte zwischen Tabakballen aufgewachsen und bei zwölfstündiger täglicher Tabakarbeit für Pfennige tuberkulös und so hart geworden wie das Leben der Frauen, die nichts kennen als die schwere Arbeit der Tabacchinen, dumpfe Sorge und dumpfe Freude.

»Und deshalb nimmt sie es übel, wenn andere Menschen mit ihrem Leben Besseres anzufangen wissen?« Bettine ist gereizt und daher schroff. »Oder finden Sie mein Leben nicht besser, nicht schöner? Ist es nichts, das Schöne zu suchen, zu genießen, zu verstehen?«

»Nein, es ist nichts«, sagt der Mann ruhig. »Ich bin ein höflicher Mann, und Sie sind eine schöne Frau, eine bellezza mit goldenen Augen, sonst würde ich sagen, es ist ein Dreck, Ihr Leben für die

Freude und für die Schönheit. Es dient zu nichts. Es hat keinen Sinn.«

»Redensarten!« sagt Bettine frech. »Erklären Sie mir das doch, wenn Sie können!«

»Nein, ich kann's nicht.« Fabrizio drück die Zigarette aus, zündet sich eine neue an, nimmt seine Papiere zur Hand. »Ihnen kann ich's nicht erklären. Sie leben in den Vorstellungen, die Sie gewohnt sind, in den Vorstellungen Ihrer Welt. Und Sie würden mir auch nicht glauben. Man glaubt nicht an Worte, wenn man immer an Worte geglaubt hat. Aber Sie können ja selbst sehen, hier, in Italien, ob es genügt, das Schöne zu genießen. Ob man nicht die Pflicht hat, das Häßliche zu ändern.«

»O Gott, ich habe schon genug gesehen! Ich bin bedient, sage ich Ihnen!«

»Schon?« Der Mann lächelt, bitter und ohne Freude, indes er sich erhebt. »Nun, Sie wollen ja nach Matera, in das dunkle Lucanien zu Ihrem Marchese. Sie werden zwar dort kein Geld bekommen, aber Sie werden die Sassi von Matera sehen, dort leben achtzehntausend Menschen in Höhlen aus nassem Tuffstein. Oder fahren Sie weiter, in die Sila hinauf, zu den Sägemühlen, auch sehenswert, auch wissenswert. Wenn Sie ein paar Tage warten, nehme ich Sie mit, ich muß da hin für die Gewerkschaft der Holzfäller.«

Und sofort sagt Bettine zu Fabrizios Verblüffung: »Danke für die freundliche Einladung! Ich werde zwar nicht auf Sie warten, aber Sie werden lachen: ich komme! Zu Ihnen in die Sila! Dahin werde ich Ihnen das Geld bringen von meinem Marchese. Gut so?«

»Brava! Und benvenuta, Signora ... auch wenn Sie kein Geld bringen.«

»Wetten, daß?«

Sie lachen beide, sie reichen sich die Hände – über die Welten hinweg, die sie trennen, aber vielleicht mit Mut, mit Heiterkeit oder gar Herzlichkeit zu überbrücken wären. Und als Bettine diese starke Hand in der ihren fühlt, fällt ihr das forsche Lächeln von den Lippen; sie sagt, ohne Scheu, kindlich fast:

»Romeo tut mir so leid! Ich wollte Ihnen sagen, darum bin ich gekommen: Schicken Sie ihn nicht fort, er braucht Sie, euch ...«

»Nein«, sagt der Mann, »es geht nicht. Sie können das nicht verstehen.«

»Ich möchte gerne ...«

»Wirklich?« Der Mann schüttelt den Kopf, aber er tritt doch einen Schritt zurück, so daß Bettine ihm in das Zimmer folgen kann, entschlossen, zu bleiben, wenigstens für ein paar Minuten der Ruhe auf ihrer schnellen Flucht nach vorn. Sie blickt zu ihm empor, der vor ihr steht, auch er ruhig, nachdenklich, den stillen Blick in dem ihren und zugleich in jene Ferne gewandt, deren Geheimnisse sie zu ergründen begehrt, wie die der eigenen, ihr jählings so unbegreiflichen Seele. Vielleicht fühlt der Mann es, vielleicht ist es einfach Mitleid, was ihn jetzt zögernd beginnen läßt: »Wie soll ich Ihnen das sagen? Es ist Krieg, verstehen Sie? Wir sind im Kampf, in einem Kampf um Leben und Tod, und Romeo hat es vergessen; er hat sich verkauft für ein Lächeln, für ein Lächeln von Ihnen, für drei Tage Capri – gieriger als die Hungrigen. Sehen Sie, damals, vor der Wahl im Jahre achtundvierzig, hat die Kirche Pakete mit Lebensmitteln ausgegeben, um Stimmen zu fangen. Wir haben gesagt: ›Ihr dürft die Pakete nicht nehmen!‹ Und die Armen, die den Mund schon aufgesperrt hatten, haben ihn wieder zugemacht. Aber ein Mensch, der hungert, schreit, und wir haben sie schreien hören. Da haben wir hier gesessen, hier in diesem Zimmer, Romeo da auf dem Stuhl, und haben uns die Köpfe heiß gedacht, und dann haben wir alles umgedreht, die Losungen und die Aktion, und haben gesagt: ›Nehmt die Pakete, aber schickt alle, die Onkel und Tanten und die Vettern und sämtliche Kinder und holt, holt!‹ Auch das haben sie getan – bis den Pfaffen die Pakete ausgegangen sind und die, die nichts bekamen, schrien: ›Für nichts gibt's nichts! Keine Pakete – also auch keine Stimmen!‹ Und jetzt, gerade in diesen Tagen ... Sie wissen, wir machen den Streik der Arbeitslosen, wir nennen ihn den ›umgekehrten Streik‹, lo sciopero al rovescio, das heißt, wir arbeiten ohne Lohn, wir erfüllen das Arbeitsprogramm, das wir der Regierung immer wieder vorlegen und das uns immer wieder verweigert wird. Unsere Arbeitslosen gehen früh um fünf los, pflastern Straßen, ziehen Dämme, graben Kanäle – für nichts als die Hoffnung, einmal später ein paar soldi dafür zu kriegen. Und trotz der poliziotti, die sie jagen: ›Via, andatevene! – Macht, daß ihr weg kommt!‹, und sie nachts ins Gefängnis zu den Läusen in die camera di sicurezza schleppen. Die Frauen laufen mir das Haus ein, heulend, fünf Bälger am Rock; morgens kommen die Männer zurück, im Gesicht den blauen Stempel von den Gummiknüppeln. Aber sie arbeiten weiter, weiter ohne Lohn. Auf den Jahrmärkten singt man schon das Lied vom sciopero al rovescio; im Parlament schlagen sich unsere Abgeordneten mit den Pultdeckeln für unseren umgekehrten Streik; bis zum Papst gehen die Delegationen und fordern, daß man zahlt. Und man wird sie bezahlen eines Tages, die arbeitenden Arbeitslosen, die mit leerem Magen in der Sonnenglut schuften, alle gehorsam, alle vertrauend – auf den Sieg. Diesen Sieg werden wir erringen! Aber nur, wenn überall die Fabriken offenbleiben, weil die Arbeiter sie besetzen wie die Bauern das Land, das sie beackern, wenn das ganze Volk mit uns geht und nicht einer wie Romeo es verrät.«

»Ich verstehe«, sagt Bettine, »ja, ich glaube Ihnen auch ...«

»Glauben nutzt nichts. Man muß *wissen*, welche ungeheuren Kräfte hinter uns stehen und wofür wir kämpfen – für die Rettung Italiens und seiner Menschen. Denn man muß wissen, daß zwei Drittel unserer Bevölkerung unvorstellbare Not leiden, daß es für Millionen von Saisonarbeitern keine Arbeitslosenunterstützung und keine Krankenversicherung gibt, daß über eine Million Familien in Baracken und Höhlen lebt, daß wir jährlich dreihundertfünfzigtausend Menschen mehr und für die nie genug Arbeit haben werden, und daß noch heute der sizilianische Landarbeiter morgens um drei auf der piazza wartet, bis ihm der Verwalter die Muskeln befühlt und ihn dann vier Stunden weit über Land an seine Arbeit schickt – für einen Hungerlohn.«

Fabrizio verstummt, denn die Frau hat sich erhoben; sie macht einen Schritt zur Tür, sie sagt leichthin:

»Ich glaube Ihnen auch das, Fabrizio, warum nicht. Aber seien Sie mir nicht böse, sie kennen meinen Standpunkt: Ich bin unpolitisch und möchte es bleiben. Und das hier ist eben Politik.«

»Es ist das Leben, unser Leben, das italienische Leben.« Sein Lächeln ist das sanfte, geduldige eines heftigen, ungeduldigen Herzens, das zu warten gelernt hat. »Sie werden also nun nicht zu mir in die Sila kommen?«

»Doch, natürlich, nun gerade! Sie vergessen, ich liebe Italien, ich liebe seine Sonne – vielleicht sogar ihre Schatten. Und ich bin zwar ein unpolitischer Mensch, aber ich bin ein anständiger Mensch. Ich werde Ihnen das Geld bringen für ihre blöden zolfatari in Lercara, und Sie werden mir die berühmten künstlichen Seen in der Sila und die herrlichen Kastanienwälder zeigen und von Politik schweigen. Dafür werde ich von Romeo nicht einmal mehr sprechen.«

»Und wenn Sie klug sind, nicht einmal mehr an ihn denken.«

»Na, denken, ein bißchen vielleicht doch. Die Gedanken sind frei.«

»Hier in Italien nicht«, sagt Fabrizio.

Damit bringt er sie hinaus auf den Weg durch die Flure, an den Männern vorbei, den Plakaten, den Transparenten, den Aufrufen zur Solidarität, durch den schwelenden Geruch von Zigaretten, Schweiß und den gabinetti. Er blickt ihr nach, während sie davongeht – aufrecht, erhobenen Kopfes und allein.

XIII

La Buia Lucania

Es hat geregnet, nun leuchten die Kastanienwälder wie dicke bunte Blumensträuße aus den Tälern. Über die gleitet der Zug auf schmalen Brücken dahin, hoch und höher in das Land, das flach wird, kahl und braun mit sanft gewellten Hügeln um schmale Wege, auf denen manchmal ein Reiter steht, dunkel in seinem schwarzen Umhang unter dem hohen Himmel über einer Wüste aus braunem Sand.

In Ferrandina steigt Bettine aus. Die Bahnstation ist ein weißes, ebenerdiges Steinhaus, daneben Wirtschaft, Kramladen und Bar. Hinter der Espresso-Maschine sitzt die Frau des Wirtes in dem sciallone, den die Frauen über dem Kopf tragen – schwarzes Tuch, schwarze Augen, weißes Gesicht –, spricht über das schwere Leben, die Preise, die pezzi grossi, die großen Herren, bis der Mann sie unwirsch und wachsam schweigen heißt.

Zwischen Bauern im schwarzen Umhang fährt Bettine im Omnibus durch das sich verdüsternde Land nach Matera – eine Kleinstadt wie viele andere mit Gericht, Polizei, Kirche, niedrigen weißen Häusern – und steht dann auf der piazza unter gestutzten Bäumen in einer Schar von Männern in der dunklen, über die Schultern geschlagenen cappa, alle schweigend, alle dunklen, ernsten Gesichts, alle dunklen, strengen Blickes.

Vielleicht ist es dieses Schweigen am trüben Abend, der nun wie ein Tuch über das Land fällt – sie wagt nicht nach Weg und Gasthof zu fragen, sondern geht eilends, ihrem Gefühl nach, zum Ende der Straße. Da öffnet sich vor ihr eine Schlucht voll Schwärze und hilflos in der Finsternis schwimmenden Lichtpünktchen, ein Abgrund, weglos, grundlos, ewig wie die Traurigkeit eines Landes, darin die Sonne nur in der Höhe scheint, die Tiefe aber dunkel ist und schweigt. Daneben, am Abstieg in die Schlucht, entdeckt sie das Hotel Sassi.

Noch in der Tür zur Halle – braune, kahle Wände um altersbraune Tische unter rötlich-braunen Glühbirnen – möchte sie umkehren, faßt sich, fragt, weiß aber auch schon, was ihr der Wirt mit verneinend geschwenktem Zeigefinger antwortet:

»Il Marchese e la Marchesa della Cioppa? Aus Roma? Mi dispiace! Niente, nichts, nicht hier.«
»Aber wir sind doch verabredet. Im Albergo Sassi ...!«
»Bedaure, Signora, hier ist niemand. Aber vielleicht wissen die Herren etwas ...«
Bettine blickt sich um und in die Augen zweier Herren in wackligen Korbstühlen vor dem Mamortischchen, an dem sie wohl allabendlich ihre Partie Domino spielen und Likör trinken, versunken im Zauberschlaf stillgestandener, abgestandener Zeit. Aus dem erwachen sie nun, um mit Verbeugung ihre Namen zu nennen: »Dottore Venetti«, »Commendatore d'Asseglio«. Und der, ein agiles Männchen mit schwarzem Ziegenbärtchen und den umschatteten Augen geheimer Begierden, überschüttet die Fremde in fließender Beredsamkeit mit einer Flut feingebauter Tröstungen. Warum soll der Marchese nicht noch kommen, auch die Marchesa, versteht sich, wenn die Signora doch hier mit ihnen verabredet ist? Nicht heute mehr, nein, aber morgen mit dem Frühzug. Ob sie nicht Platz nehmen wolle, einen espresso, ein Zimmer ...
Bettine nimmt Zimmer, Platz und Kaffee und verbringt eine Stunde mit den alten Gespenstern, eine deutsche Journalistin, die kam, um die Sassi zu sehen, zu bewundern, zu fotografieren.
»Sehenswürdig, senz'altro, Signora! Ganze Reisegesellschaften kommen hierher, Amerikaner, Engländer. Man hat das nirgends mehr, nirgends auf der Welt: eine Stadt in den Steinen!«
»In denen man wohnt?«
»Das Volk, kleine Leute, carrettieri, Fuhrleute, Arbeiter aus den Getreidefabriken, den Mühlen. Aber auch die alten Familien bewohnen noch ihre palazzi, ich selbst habe die Ehre, dort mit meiner Familie – zwölf Kinder, Signora! – mein Heim zu besitzen, Erbsitz des Geschlechts aus dem Settecento.«
»Eine Eishöhle«, wirft der andere ein, grinsend aus gelbem Gesicht.
»Im Winter gewiß, kühl im Winter, kühl im Sommer. Ein Vorzug in unseren Gegenden, zudem ein historischer.«
»Der einzige«, schlägt sein Gegenüber zurück. »Und das einzige, wozu diese Höhlen zu brauchen sind – und auch gebraucht wurden: das Eis aufzubewahren für die warme Jahreszeit. Höhlen nämlich sind es, waren es, Verstecke für Flüchtende, als fünfzehnhundertsechzig die Albanesen und Griechen sich vor den Sarazenen in diesen Tuffsteinbergen verkrochen. Tuffsteine; wissen Sie,

Matera, die Stadt in den Steinen

was das heißt, Signora? Nässe, Feuchtigkeit, im Stein gesammeltes Wasser, Eis aus humanen Zeiten, da man noch nicht die Menschen dort einsargte, Rheumatismus heißt es, vierundvierzig Prozent Kindersterblichkeit, Tuberkulose ...« Er hustet mit herausgespucktem Gelächter: ein Arzt und doch selber krankend an Einsamkeit, an herabgewürgtem Grimm, am Haß gegen sein verlorenes, in einem Steinhaufen verhocktes Leben, gegen Matera also, um das die beiden nun in ein bissiges Streiten geraten.

»O Dio mio, Dottore! Che vergogna! Welche Schande! La nostra Lucania, Wiege Italiens, lateinischer Kultur, lateinischen Geistes ...!«

»Wiege des Geistes, haha! Wie schön! Wie erhaben! Wie beglükkend für eine Bevölkerung, die nicht lesen und nicht schreiben kann!«

»Und ich, Sie, wir, der Podestà, ja, die Amerikaner oben im Casa delle Stelle, die eine neue Stadt bauen?«

»Eine Stadt? Ein villaggio!«

»Nun gut, ein villaggio, modern, sauber, hygienisch, erschwinglich für alle.«

»Für alle? Für wie viele, sagen Sie die Wahrheit, Commendatore! Für hundertachtzig, für zweihundert Menschen vielleicht. Wir aber hier in Matera, in den Sassi, wie viele sind wir? Achtzehntausend! Achtzehntausend Menschen in den Steinen, krank von den Steinen, ohne Hilfe ...«

»... ohne Hilfe? Sie selbst, Dottore, Sie selbst – sind Sie nicht Arzt am Ospedale? Haben wir nicht ein ospedale, modern, hygienisch, sauber ...«

»Ja, es gibt ein ospedale in Matera! Wahrhaftig, es gibt eines, ich leugne es nicht. Aber vielleicht wissen Sie auch, wie viele Kinder hier sterben, ohne von diesem ospedale Hilfe zu bekommen? Nun? Nach einer offiziellen Erhebung von fünfzehntausendfünfhundertzwanzig Kindern aus zweitausendsechshundertsechsunddreißig Familien in den Sassi sechstausendsiebenhundertsechzig. Das sind vierundvierzig Komma zweiundvierzig Prozent Kindersterblichkeit! Genug, nicht wahr? Man sieht also genau, Signora, ich habe gelogen, Matera ist gar nicht Matera, die Sassi sind gar nicht die Sassi, sondern gesund, hygienisch, komfortabel, für den Aufenthalt von Menschen, ja sogar von Amerikanern geeignet, die hier eine Stadt bauen. Italien ist gerettet!«

Damit verschwindet er, auch der Advokat empfiehlt sich in Eile, zu

schnell also, um den Likör zu bezahlen, so daß Bettine, alleingeblieben, nach dem Wirt und der Rechnung ruft. Dann geht sie hinauf in ihr Zimmer, einen schmalen weißgekalkten Raum mit Bett, Tisch, Schrank und zwei Türen. Die ins Nebenzimmer scheint verschlossen; in der anderen, der zum Flur, dreht sie den Schlüssel herum, zweimal.
Sie schläft schwer unter den Steinen, die sich ihr auf das Herz gelegt haben, und erwacht vom Druck eines Mundes auf dem ihren. Während sie aufschreit, aufblickt – es ist hell, acht Uhr früh, die Sonne schon hoch, gelb, gleißend –, gelingt es Gigi, mit seinen starken Lippen ihren Schrei zu ersticken: Das ist sein erster Kuß, gewaltsam und böse wie alles, was er ihr antun wird. Sie schreit nicht, sie fragt mit mühsamer Beherrschung:
»Wo ist Liliana? Du hast mir versprochen, daß sie mitkommt. Und nun?«
»Nun bin *ich* hier. Und du benimmst dich wie eine ... eine dumme Ziege«, sagt er auf deutsch. »Statt daß du dich freust! Wir haben zwei Tage für uns, zwei Tage und Nächte, ist das gar nichts?«
Bettine richtet sich auf.
»Du bist ein Lausejunge, ein mascalzone, frecher Hund! Hast du vielleicht gedacht, daß ich mir hier mit dir ein Rendezvous gegeben habe? Mit dem Mann meiner Freundin? Wir sind doch kein Liebespaar.«
»Ich bin ein Liebespaar«, sagt er niedlich, ein hübscher Knabe im weißen Seidenanzug. »Und du bist es auch, du weißt es nur noch nicht. Du schimpfst mit mir, du beleidigst mich, dabei will ich gut zu dir sein, ich will dich glücklich machen, und ich werde dich glücklich machen, basta.«
»Ohne mich! Und jetzt mach, daß du rauskommst, ich will mich anziehen, dann reden wir miteinander.«
»Ich will nicht reden, ich will schlafen – hier. Ich bin die ganze Nacht durchgefahren«, sagt er noch, verzieht sich aber dann doch mit Lächeln und Handkuß in sein Zimmer nebenan, dessen Tür Bettine hinter ihm zuwirft, aufatmend.
In dieser Stunde noch benimmt sie sich klug, beherrscht, obwohl den Marchese da schon die Spannung in ihrem Gesicht vorsichtig macht. So daß er ihr Erklärungen gibt, während sie in der Wirtsstube unten am wackligen Marmortisch den espresso trinken: Liliana sei vorausgefahren nach Roccaforte zum Onkel, wo sie sie abholen würden. Hier aber wolle er Bettine die Stadt zeigen, die

Sassi auch, warum nicht, wichtiger jedoch das villaggio, das dort hinten entstehe für die, die bisher in den Steinen wohnten.
»Für alle?« Sie fragt, schnell, zu schnell, er antwortet:
»Später einmal für alle.«
»Für achtzehntausend?«
Er zuckt die Achseln, schweigt, und auch Bettine hält sich zurück, bis sie draußen auf der Straße sind. Da fragt sie: »Und das Geld?«
»Für das villaggio? Von den Amis, was glaubst du, wer sonst Geld gibt für so was hier in Italien!«
»Nein, das meine ich nicht. Ich meine: Mein Geld, unser Geld. Hast du's gebracht?«
»O Dio mio!« Er schüttelt sich. »Eine Frau, die an nichts denkt als an Geld!«
Vielleicht wäre es schon jetzt hier, auf der weißen, sonnenblanken Straße zum Streit gekommen, aber da gehen Leute, da fährt – indes der Marchese, die Frau mit dem Marktkorb, der Alte am Straßenrand das Kreuz schlagen – ein weißes kleines Totenwägelchen mit einem kleinen weißen Kindersarg über die holprigen Steine, und da sagt Bettine grob und laut:
»Vierundvierzig Prozent Kindersterblichkeit! Und Tuberkulose! Und ein villaggio für achtzehntausend Menschen.«
»Na und? Was geht das dich an? Sind das deine Kinder? Wir haben sowieso zuviel davon. Außerdem – woher weißt du das, das von der Kindersterblichkeit?«
»Von einem Arzt, gestern abend im albergo.«
»Sehr unvorsichtig, dein Arzt! Hat der dir nicht auch gesagt, daß das hier die Gegend ist, in die man die politisch Mißliebigen, die Schwätzer und Aufwiegler schickt? Schweigen sollen sie! Und sich nicht mit den Menschen hier abgeben, den Heiden, die noch heute die Toten mit Pfählen in der Erde festrammen, damit sie nicht wieder aus ihren Gräbern auferstehen. Tiere sind es, nicht Menschen – ah bah, lohnt nicht, davon zu reden, schon gar nicht mit dir.«
Er faßt ihren Arm und will sie mit hinausnehmen zu jener Casa delle Stelle – dem Sternenhaus –, von dem den bedürftigen Höhlenmenschen das Heil und ein neues Matera kommen soll. Aber Bettine macht sich los und wandert allein zurück zu den Sassi, um einiges, das Interessanteste, für die »Mondäne Welt« aufzunehmen.

Und wirklich bieten die Sassi bei Tageslicht und Sonnenbeleuchtung ein eigentlich recht hübsches Bild: weiße Terrassen zwischen karg begrünten Felsen und zackigen Treppen, die Vielfalt der würflig ineinander geschobenen Winkel, die leuchtend weiß im weißen Hell verschachtelten Häuservierecke, über denen der Himmel in die bräunlich verdämmernde Ferne sanft gewellter Felder übergeht. Bettine fotografiert es, bewundert es. Bis sie dann aus dem Tag in die ewige Nacht der fensterlosen Höhlen tritt, bis sie den Webstuhl sieht neben dem Schweinekoben – in Dunkelheit –, die Strohschütte, auf der ein Kranker fiebert – in Finsternis –, ja Mensch und Vieh zusammen zwischen feuchten Tuffsteinwänden neben dem Unratkübel auf dem Felsboden.
Und bis sie die Frau spricht, die ein Kreuz schlägt vor dem Ewigen Lämpchen an der Mauer, von der die Farbe schwefligblau herabrinnt:
»Santa Madonna, wir sind's gewohnt, sind hier geboren, hier aufgewachsen, die Kinder auch, vierzehn zuerst, jetzt sind's noch sieben. Und billig ist es, wie könnten wir raus? Ein richtiges Haus bezahlen? Signora mia, wer denkt daran! Mein Mann ist carrettiere, da gibt's Arbeit nur im Sommer, im Winter spart man Licht und schläft, auch das ist gut, alles ist gut, was Gott schickt!«
»Alles ist schlecht«, sagt Bettine später, als sie mit dem Marchese beim Essen sitzt, bei pasta und der üblichen bistecca kleiner Trattorien mit den üblichen weißen Kachelwänden und den üblichen Papiertischtüchern. »Ein Hohn, das ganze Matera! Mir kann heute niemand mehr was erzählen von Italien – auch nicht deine Amerikaner mit ihrer zinsentragenden Wohltätigkeit. Selbst wenn die es aus Menschenliebe täten, wär's nicht genug und nicht ihre Sache, eure!«
»Sprich deutsch«, sagt der Marchese. »Man braucht nicht zu verstehen, was du – wie sagt ihr? – schimpfst.«
»Gut«, sagt Bettina, »auch auf deutsch ist es dasselbe: eine Schande! Zulassen dürftet ihr's nicht, daß Menschen so leben in Hoffnungslosigkeit und Hilflosigkeit und Dunkelheit, ja Dunkelheit innen und außen. Ich hab's gesehen, ich weiß, daß die da unten seit Generationen so hausen, daß sie es sogar aushalten wie die Tiere und mit den Tieren zusammen in so einem Loch zu sitzen und nicht einmal aufzubegehren! Daß sie's gewohnt sind wie eine Krankheit, eine ewige, unheilbare Krankheit ...«
»Brava!« sagt der Marchese. »Du bist großartig, wenn du wütend

bist! Wütend und betrunken. Da, trink noch etwas, damit du schön wirst und feurig und leuchtest.« Er gießt ihr wieder ein; sie schiebt das Glas zurück.

»Ich will nicht, ich hab' genug von allem, von dir und von den Sassi ...«

»Du hast noch lange nicht genug. Ihr Deutschen braucht viel, damit ihr warm werdet und lebendig, Wein und Blut oder Tränen ...«

»Ach was, ich bin einfach hungrig«, sagt sie mißlaunig. »Aber hab keine Angst, ich werde dich schon nicht verschlingen.«

»Mich kann keiner verschlingen.« Er zuckt hochmütig die Achseln, ein Marchese mit einer Krone im weißseidenen Hemd. »Aber du bist interessant für mich ... Weil du ... na, weil du Hunger hast und Durst ...«

»Wonach?« fragt sie, plötzlich besänftigt, »kannst du's mir vielleicht sagen? Ich wundere mich über mich selber, weißt du. Es genügt mir alles nicht mehr, das Schöne nicht und das Besondere nicht, es ist mir alles eine Nummer zu klein. Ich such' was anderes, mehr ...«

»... daß du lebst, suchst du. Darum hast du doch mitgemacht, damals – mit deinen roten Freunden.«

»Und du – partigianissimo mit der Ehrenurkunde im gabinetto?«

»Sono patriota, io«, antwortet er, dies auf italienisch, wie damals Romeo, wie der Schuster in der Cucina Bolognese, wie der Arbeiter auf den Wachttürmen der Reggiane. Dasselbe also? Nein, nicht dasselbe. Denn jetzt sagt er: »Ich habe die deutschen Waggons gezählt an der Bahnstrecke in Riccione und einen Geheimsender bedient in der Emilia und den Partisanen im Val d'Aosta Waffen gebracht, weil ich Patriot bin. Und weil ich Patriot bin, hab' ich sie ihnen wieder weggenommen, nachher.«

»Nachdem sie gekämpft und gesiegt und das Land befreit hatten.«

»Wofür? Für wen? Für deine Chauffeure und deine Räuber und Mörder? Du, ti consiglio: Hör auf mit deinen frechen Reden und deinem Bildernehmen und deinem Spionieren und ...«

»O Gott, halt den Mund! Ich hab' das schon mal gehört, das ›fare la spia‹!« Sie lacht verzweifelt, nun also doch wieder auf der anderen Seite der Barrikade, die sich nicht nur zwischen dem Marchese della Cioppa und der Signora Bettine Schmidt, sondern den Menschen eines Landes, einer Welt erhebt. »Wer mir das gesagt hat?

Ein Mann von den Reggiane, Fabrizio heißt er, einer von denen, mit denen ich so viel zu tun hab' wie ... wie ... wie du. Ich gehör' nicht zu ihnen, und ich gehör' nicht zu dir, und gehör' überhaupt nirgends hin, ich ... ach, laß sein!«

Der Marchese schweigt; er würde ihr gerne sagen, wohin sie nach seiner Ansicht gehört, nämlich in sein Bett oder in die Hölle, aber er hat genug vom Reden, genug auch von dieser unbegreiflichen Deutschen, die mehr sein will als schön, begehrenswert und nach diesen unbestreitbaren Werten geschätzt oder gar bezahlt. Und auch sie sagt jetzt:

»Also Schluß damit. Ich fahr' mit dem Abendzug weg. Gib mir mein Geld und laß mich in Ruh.«

»Nachher. Ich hab's noch nicht, aber ich kriege es und bringe es dir, um drei.«

»Va bene«, sagt sie, obwohl sie ihm schon jetzt nicht glaubt.

Und sie, Bettine Schmidt aus Berlin W, gescheit, gewitzt, mißtrauisch aus Erfahrung und auf Grund der geographischen Lage ihres Heimatortes am Brennpunkt aller möglichen gefährlichen Geschehen – sie begibt sich jeder in Bombennächten, Kriegstagen und Katastrophenzeiten gewonnenen Vorsicht und läßt sich treiben, irgendwohin und irgendwo lang, der Nase oder auch ihren ungewissen und gefährlichen Wünschen nach. Böse und beleidigt tut sie, was sie nicht dürfte: Sie geht stracksen Fußes zur piazza und dort in die Camera del lavoro. Um sich Auskünfte zu holen, richtige, authentische, zuverlässige Zahlen und Statistiken, wie sie ihr ihr Freund Fabrizio in der Camera del lavoro in Salerno gegeben habe. Der Name genügt; es gibt Händeschütteln, Schulterklopfen, blanke, begeisterungsfeuchte Augen, wenig Zahlen, noch weniger Statistiken, aber viele gute Ratschläge. Vor allem und immer wieder:

»Seien Sie vorsichtig: I nostri amici della polizia sind tüchtig, und Sie sind eine Fremde. Sie waren bei Fabrizio in Salerno, Sie sind hier bei uns, und wenn da einer nur noch einen kleinen Hinweis gibt auf Ihre attività sospettabile, sind Sie leicht wieder draußen aus Italien – aber per Schub zwischen zwei Gendarmen!«

Die amici von der Camera del lavoro meinen es ernst, doch Bettine lacht. Denn noch jetzt scheint ihr ein Spiel, was nach Meinung der amici ernst und konspirativer Vorsicht geboten scheint: ein geheimes Treffen mit einem Bewohner der Sassi, der sie in den Steinen umherführen soll. Zu diesem Zweck soll er sie abends um halb

acht Uhr an der Schlucht erwarten, wird auch dort stehen – und mit ratlos fragendem Schreckensruf der Flüchtenden nachblikken.
Jetzt aber, nachmittags um vier, ist Bettine noch hochgemut und heldenhaft, wieder einmal Amazone auf der Jagd, und trifft augenscheinlich heiterster Laune den Marchese – den aber in bedeutend weniger guter Stimmung – am Eingang zu den Sassi. Er führt sie auch nicht weit; sie setzen sich bald rastend auf die Steine über dem Abgrund, den Bergen gegenüber, von denen die Sarazenen kamen und jetzt die Sonne ihre schrägen Strahlen über den mageren, harten Erdenleib schickt.
»Es ist zu heiß zum Laufen«, erklärt er gähnend. »Es ist überhaupt zu heiß hier. Man ist ewig müde und schlaff.« Und die Lippen an der kühlen, auch noch in der dumpfen Glut frischen Haut ihres Armes: »Von dir würde ich Kraft bekommen, Leben würde ich bekommen, wenn du bliebest! Bleib bei mir, du kannst Karriere machen hier in Italien, eine Blonde wie du ...«
Bettine muß lachen und sagt's ihm, ähnlich wie einem anderen, der nicht mit ihr bleiben, der mit ihr fortgehen wollte, um Karriere zu machen.
»Und Liliana?«
»Liliana? Ich habe sie nicht aus Liebe geheiratet.«
»Ich will's nicht wissen.«
»Aber ich will's dir sagen, alles. Damit du weißt, warum ich müde bin und traurig.«
Er legt den Kopf an ihre Schulter, die schwarzen Wimpern schattend auf den bleichen Wangen. Mit einemmal weiß sie, wie arm er ist, wie abgebraucht von nutzlosen Eroberungen und falschen Siegen, vom mühsamen Versuch, mit leeren Händen stolz, mit leerem Magen satt, mit leerem Herzen schön zu sein.
»Du bist ein Marchese«, sagt sie, »das ist viel in diesem Land.«
»Das ist wenig in diesem Land, wenn es ein Land ist mit Kastanienbäumen, sonst nichts. Daheim, in Roccaforte, in der Festung derer della Cioppa, essen wir castagnacci, Brot aus Kastanien, Brei aus Kastanien, pasta aus Kastanien. Meine Schwestern haben kein Geld gehabt, um zu heiraten, keins, um in ein Kloster gehen zu können, Gott verlangt eine Mitgift für die Bräute Christi. Hätt' ich's gekonnt, ich hätt's ihnen gegeben, ich hab's nie gekonnt. Damals im Krieg, wenn ich die Kameraden traf, nachts in einem kleinen albergo an der Bahnstrecke, wo wir vom Fenster aus die

Züge zählten, eine Bombe in der Tasche, Flugblätter, falsche Dokumente – Antonio Scalpella, Kaufmann, oder auch Don Pasquale, Mönch in Kutte und mit Tonsur –, immer war da ein Wort: Nachher! Nachher das Geld, die Macht, eine Stellung, ein Posten. Und nachher? Gräber. Von einem Kameraden zum anderen bin ich gefahren, ›camerata‹, hab' ich gesagt, ›in Abessinien haben wir zusammen gelegen, in Tripolis waren wir, in Afrika, in Rußland, gekämpft haben wir nebeneinander – und jetzt? Was mach' ich jetzt? Kann ich mich an die Straßenecken setzen und Tabak und cicche verkaufen? Unter die Kaffeehaustische kriechen und Stummel sammeln? Meine Schwestern verschachern in Napoli an schwarze Soldaten?‹ – ›Kinder muß man verkaufen, um zu verdienen‹, hat er gesagt und gelacht, ein fescher Kerl, bürgerlich, aber ein Kerl, Fabrikant in Milano. ›Gigi, du bist schön‹, hat er gesagt, ›bist ein gentiluomo, Marchese; da drüben in Meina am Lago Maggiore sitzt eine, ich hab' gehört, die hat Geld. Hat's von den Juden, den Grandi aus Prato. Sollen Millionen sein, viele, ein Sack voll Gold, Brillanten, Perlen!‹«
»Liliana«, sagt Bettine und stößt mit dem Fuß einen Stein den Abhang hinab, der Tiefe entgegen. Sie fröstelt in den Schatten, die langsam aufsteigen, zugleich mit den Nebeln der frühen Dämmerung. »Erzähl mir nichts weiter, ich weiß schon alles. Du hast sie geheiratet, weil du geglaubt hast, sie hat das Geld, die Millionen. Und sie hat sie nicht gehabt.«
»Nichts hat sie gehabt, nicht einen centesimo. Die Hochzeit hat mein Onkel bezahlt, das Essen für hundertzwanzig Personen, die Kirche in Blumen begraben, ein Wald von Kerzen um das Kreuz, an dem der Heiland hängt. Auf meinen Armen hab' ich sie in das Brautzimmer getragen – und sie hat nichts gehabt.«
»Sie liebt dich«, sagt Bettine.
»*Alle* lieben mich.« Der Marchese lächelt nicht einmal. »Wer kann von der Liebe leben, hier in Italien, wo das Brot hundertzwanzig Lire kostet und die Miete in meinem palazzo in Rom hunderttausend monatlich. Wie haben vierzig Angestellte und acht Millionen Steuerschulden. Und hierher muß ich fahren, in die gottverlassensten Nester, um Kunden zu finden, die Aktien kaufen. Vorzugsaktien zum Kurswert des Tages, zahlbar nach vier Wochen.«
»Ich denke, du bist hierher gefahren, weil du hier Geld kriegst … von dem villaggio … für mich?«
»Für dich? Wieso glaubst du, daß ich Geld habe für dich? Hab' für

mich selbst keins. Und da soll ich dir Geld geben für deinen Geliebten, einen dreckigen Chauffeur, der bei mir in der Gesindestube ißt?«
»Sein Geld«, sagt Bettine wieder, Kehrreim eines alten, zu oft gesungenen Liedes, das nicht zum Schweigen zu bringen ist. »*Ihr* Geld.«
»Es ist immer ihr Geld. Das Geld für die Aktien ist auch *ihr* Geld. Meine, die Krämer, die Bäcker, die Kaufleute kriegen es, wenn sie es verlangen – es gibt genug neue, die Aktien kaufen. Aber deine hungernden Schwefelarbeiter? Warum streiken sie? Brauchten's ja nicht. Hat ihnen ja keiner befohlen.«
Er erhebt sich, blickt von oben auf sie herab – welch düsterer, welch trauriger Held, mit Blut beschmutzt, mit Tränen geschmückt, stolpernd im Sand der Arena, an der Bettine sitzt und ungläubigen Auges dem bösen Spiel zusieht.
Langsam sagt sie:
»Also darum ... Darum hast du's mir erzählt, das alles, du glaubst, daß du mir leid tust ... daß ich Mitleid habe ...?«
»Ja«, sagt der Marchese.
»Du hättest es dir sparen können. Ich bin nicht so leicht zu kriegen. Ich will mein Geld, unser Geld will ich, das für die Streiker in Lercara, grade das! Und wenn du es mir nicht gibst, ich schwör's dir, dann ...«
»Was dann, bellezza mia, was dann?« Wahrhaftig: er lächelt, lächelt aus blanken Zähnen und blanken Augen auf die Frau herab. Die nun aufsteht, schwindlig vor Wut, heiß vor Zorn und blind hinter den roten Schleiern, die ihr die untergehende Sonne oder das jäh in ihr hochschießende Blut vor die Augen hängt.
»Ich weiß so viel von dir«, sagt sie leise; sie flüstert, weil ihr die Stimme erstickt in Erregung und Scham. »Ich kann die schönsten Artikel über dich schreiben, das ist nun mal mein Beruf, und die Bilder dazu hab' ich: Der Marchese della Cioppa in den Sassi, der Marchese della Cioppa auf Geschäftsbesuch bei den Ärmsten der Armen in den Steinen von Matera, der Marchese della Cioppa ...«
Da faßt er zu, leicht, beinah spielerisch, aber mit der Kraft, die in ihm ist gleich der in dem mit Sonne genährten Boden, schüttelt die Frau, wie man einen Hund schüttelt: »Bestia, du! Canaglia! Du wirst keine Artikel mehr schreiben, du wirst keine Bilder mehr machen!« Und stößt sie ins Leere, in den Abgrund, dem sie entge-

genstürzt, einen Schrei im Hals, um dann – zwei Meter tiefer – auf einen Felsen zu fallen, indes mit Klirren und dumpfem Aufschlag die Kamera unten in der Tiefe zerschellt.
Eine Stunde später kommt sie in das albergo zurück, an allen Gliedern zitternd wie in der Minute, da sie sich hinaufgetastet hatte und dort saß, blicklos, das Gesicht in den Händen, im Ohr den Schlag ihres Herzens und den Schritt des Mannes, der davongegangen war, ohne sich umzusehen. Und gesenkten Kopfes war sie zurückgegangen, gesenkten Blickes durch die Halle in ihr Zimmer und an den Koffer, den es nun schnell zu packen gilt. Um acht Uhr geht ein Zug.
Aber um sieben Uhr klopft es an ihre Tür, und schon während sie öffnet, weiß sie, was – aller Befürchtung, aller tief in ihr wartenden Ahnung nach – geschehen wird. Dabei ist der Mann, der jetzt eintritt, indem er ihr eine runde Blechmarke zeigt, höflich, ja freundlich, und will auch nicht mehr als ihren Paß sehen.
»Eine Formalität, Signora, niente d'importanza, das Übliche bei Fremden, die uns die Ehre geben. Denn eine Fremde sind Sie, eine Deutsche, nicht wahr?«
»Ja, Deutsche, Touristin ...« Bettines Hand, die ihm den Paß reicht, bebt, auch die Stimme – und er hört es. »Ich bin Journalistin, Foto-Reporterin.«
»Ah, Foto-Reporterin, ein schöner Beruf. Sie haben einen Ausweis von Ihrer Zeitung, nicht wahr?«
Nein, Bettine hat keinen Ausweis, sie hat auch keine Kamera, sie hat sie verloren, ja, verloren, behauptet sie, während der hübsche junge Mann auf den Riß in ihrem Kleid, auf die Schramme an ihrer Wange blickt.
»Nicht gestohlen, die Kamera?« fragt er. »Es wird viel gestohlen hier bei uns, es ist ein gefährliches Land, und Sie sind viel unterwegs ... Sie wollen viel wissen, viel sehen. Vielleicht wäre es besser, Sie würden nicht so viel sehen, so viel wissen wollen. Eine Frau allein. Oder? Sie haben Freunde in Italien? In Salerno zum Beispiel?«
»Nein«, sagt Bettine, heiß vor Verwirrung, kalt vor Angst unter dem Lächeln, mit dem sie den netten Jungen zu bestechen sucht, da sie nicht wagt, Geld aus der Tasche zu nehmen. »Sie irren sich, ich habe keine Freunde hier. Sie sind falsch informiert. Und das mit dem Herumreisen ... Es ist mein Beruf, zu sehen, zu hören ... und keine Angst zu haben. Wovor auch?«

»Wovor auch?« sagt er, freundlich den Blick in dem ihren, freundlich das Lächeln unterm schwarzen Schnurrbärtchen und harmlos der Griff, mit dem er jetzt ihre Hand nimmt, sie hält, festhält, um sie – nach Druck und Drohung und Warnung – fallen zu lassen und zur Tür zu gehen. »Alles in Ordnung! Eine Formalität, nichts weiter.« Und während er sich umwendet und sie ansieht mit einem neuen, einem kalten, harten Blick: »Ich wollte, nein, ich sollte Ihnen sagen, zu Ihrer Beruhigung: Wir sind da, immer! Wohin Sie auch gehen und was Sie auch tun – wir sind in Ihrer Nähe! Wir sehen alles, wir wissen alles, wir passen auf! A rivederci, Signora!«
Um acht geht der Zug, mit dem Bettine davonfährt. Und um halb acht steht ein Mann am Eingang zur Schlucht – ein Arbeiter aus den Sassi, einer der amici aus der Camera del lavoro – und wartet auf die blonde, schöne Dame, die dann fluchtähnlich an ihm vorüber zum Bahnhof läuft.
»Sono pazzi, questi stranieri!« denkt er, schüttelt den Kopf über diese verrückten Fremden und geht zurück in die Sassi.

XIV

La Fiera di Cosenza

Es regnet, als Bettine spätabends in Cosenza ankommt, und der Regen, der fadendünn und dicht in das gemauerte Bett des Busento fällt, verbirgt ihr das Bild, das sie bei Tag und Sonne genießen würde: die Festung über dem hoch ansteigenden Gassengewirr der Altstadt und allenthalben in den Straßen die bunten Jahrmarktsbuden unter breiten, nassen Leinwandstreifen: »Fiera di Cosenza.«

Es ist also Jahrmarkt in Cosenza und kein Zimmer zu haben, kein Bett, in den Hotels höchstens eine Badewanne. Und ratlos, den Koffer in klammen Fingern, flüchtet Bettine vor der Frau, die in einer Seitengasse ein Lager für tausend Lire feilhält, vor den nacktfüßigen Knaben, die sie führen oder verschleppen wollen, vor dem Mann, der ihr seine Begleitung anbietet, hinauf in die Sila, wo es Hotels gebe und Sommerlogis, ja auch in Roccaforte, dort also, wo sie hin will.

Dennoch bleibt sie lange unschlüssig auf der Straße stehen, nährt ihren Zorn mit Kälte, ihre Wut mit Ohnmacht, bis sie davonstürmt in den Bahnhof und den Zug, der sie bald nach oben entführt.

Ein niedriges Steinhaus, der Bahnsteig auf freiem Feld, dahinter schwarz aufsteigend ein Haufen düster an den Berg geschmiegter grauschwarz verklumpter Häuser, das ist Roccaforte. Und dort – ein Mitreisender zeigt durch den Regen hinauf – das Haus des Commendatore della Cioppa.

Dem Mann im schwarzen Umhang folgend, stolpert sie über Bach und Steg, glitschigen Fels, verwinkelte Treppchen und bröcklige Stufen durch Winkel und schmale Gänge bis zu dem Gebäude aus unbehauenem Stein, das Gigi mit bitterem Lächeln »die Festung derer della Cioppa« nannte. Und mutlos auf den Steinstufen vor der Tür des lichtlosen, mit hölzernen Läden festverschlossenen Hauses hebt sie endlich den Klopfer – wie laut der Schlag in der regenfeuchten Stille! Aber nichts rührt sich, niemand kommt, niemand öffnet.

In der halben Stunde, die Bettine vor dem verschlossenen Haus

wartet, naß bis auf die Knochen, müde wie ein Hund, geschlagen wie ein Hund, faßt sie eigentlich erst wirklich den Entschluß, der sie hergeführt hat, schwört sie sich, mehr zu sagen als sie wollte, nämlich: Da bin ich, und da ist dein dreckiger Ring, das Stück Glas, das grad so viel wert ist wie der Mann, der es dir gab, wie seine Liebe, wie deine Ehe! Doch als nun endlich ein Mädchen öffnet, ihr die Tür wieder vor der Nase zuschlägt und sie im Regen stehen läßt, bis Liliana erscheint – eine fassungslos erschreckte Liliana in Spitzenmorgenrock und Lockenwicklern –, da folgt sie ihr stumm auf Zehenspitzen in das dürftig erhellte Zimmer: riesiges, schwarz gestrichenes Eisenbett, Nähmaschine, Vertiko, schwarz gerahmte Fotografien an den gekalkten Wänden.
»Wie kannst du nur!« flüstert Liliana, wahrhaftig, sie ringt die Hände. »Mitten in der Nacht! Eine Fremde mitten in der Nacht! Was wird man von dir denken! Und von mir!«
»Ich kann wieder gehen«, sagt Bettine. »Ich kann draußen bleiben im Regen, das hätte ich auch in Cosenza haben können, da ist Jahrmarkt, kein Bett, in keinem Hotel, und ich wollte dich sprechen, ich muß dich sprechen, du hast mich eingeladen.«
»Aber nicht auf mitten in der Nacht!« Liliana stöhnt. »Unmöglich! Ihr Fremden habt keine Ahnung von Lebensart. Man tut so etwas nicht!«
»Man tut manches nicht«, sagt Bettine, den Koffer noch in der Hand, mit klappernden Zähnen. »Darum bin ich gekommen, ich brauche das Geld, das Romeo euch geborgt hat.«
Hier legt Liliana ihr die Finger auf den Mund und die Kaninchennase an das nasse Gesicht. Nur still solle sie sein und friedlich, ja, sie solle es sich bequem machen, da sie nun einmal hier sei, eine Fremde gewiß, aber dennoch ein lieber Gast. Denn so sei sie doch gekommen, als Freundin, Vertraute vergangener, zärtlich miteinander verlebter Zeit ...
»Nicht nur«, beharrt Bettine, wenngleich sie sich an das Bett ziehen läßt und müde hintenübersinkt. »Nicht nur, Liliana, ich hab' dir's gesagt, ich komme wegen des Geldes. Ich brauche es, wir brauchen es!«
»Das ist Männersache«, erklärt Liliana entschieden.
»Ich versteh' nichts davon. Gigi hat es sich geliehen, und Gigi wird es dir wiedergeben. Ihn mußt du fragen, zu ihm mußt du gehen.«
»Ich war bei ihm«, sagt Bettine.

»Bei ihm? Wo warst du?« Liliana fallen die Hände herab. »Wo warst du?«
»In Matera. Er hat mir gesagt, ich soll nach Matera kommen, da kriegt er Geld. Er hat aber keins gekriegt, er hat keins gehabt, er hat mir keins gegeben. Da bin ich zu dir gekommen.«
»Ihr habt euch verabredet?« fragt die Kleine. Ja, plötzlich sieht Bettine, wie klein Liliana ist, wie hilflos. Ein Hauch jenen Mitfühlens weht sie an, das ihr dann später die Waffe aus der Hand nehmen und sie den Sieg verschenken lassen wird. Denn die Frau auf dem großen Bett scheint in dem Augenblick, der sie sehend macht, ein ganzes Leben zu durchleiden, so jählings altert das Gesicht.
»Du warst bei ihm in Matera?« fragt sie. »Also doch! Ich habe es gewußt, ich habe es geahnt.«
»Red keinen Unsinn«, sagt Bettine, »ich bin zu ihm gefahren, weil ich das Geld haben wollte, um nichts anderes.«
»Du lügst.« Die Frau erbebt von einem Zittern, das sich Bettines Körper mitteilt. »Keine Frau fährt zu ihm wegen Geld! Ich weiß, wie die Frauen sind, wie sie ihm nachlaufen, alle!«
»Hör auf«, sagt Bettine, sie wird es noch ein paarmal sagen, jedesmal lauter, doch jetzt flüstert sie noch, Verschwörer im Dunkeln. »Hör auf mit dem Unfug! Ich bin nicht eine, die einem Mann nachläuft, ich hab' das nicht nötig. Ich bin hergekommen, weil ich das Geld haben will, mein Geld, verstehst du? Und wenn du es mir nicht glaubst, dann werde ich dir sagen, warum ich ihm nicht nachlaufe, und warum du ihm auch nicht nachzulaufen brauchst, denn er verdient es nicht. Ich werd' dir die Wahrheit sagen, die ganze Wahrheit, alles, was du nicht weißt!«
»Keine sagt mir die Wahrheit.« Die andere beißt sich auf die Lippen, die ungeschminkt sind – welch ein winziges, mageres Gesicht, verödet von der Sonne dieses Landes, verwüstet von Tränen und leer von Einsamkeit. »Ich hab' sie alle gefragt, die Principessa da in Venezia und die Annina, meine beste Freundin, sogar die Mädchen, die Dienstmädchen, und die Stenotypistinnen in Roma – sie haben gelogen, so wie du lügst! Was willst du, warum kommst du zu mir? Willst du, daß ich ihn dir lasse? Die Principessa hat gebettelt, sie hat geweint, sie hat gesagt, daß sie nicht weg kann von ihm, aber ich, ich soll weg!«
Das schreit sie, ja sie schreit, wirft sich die Hand auf den Mund, blickt sich um: Die Wände sind dick, es ist eine Festung, in der sie gefangen ist, ein Felsennest, kahle, kalte Mauern. Kein Geld für

Heizung, denkt Bettine sinnlos, und kaum Licht, denn da oben unter der Decke schwimmt eine unverhüllte Birne in traurig-rötlichem Dunst.
»Ich liebe ihn nicht«, flüstert sie schwach. Und die Frau dreht das weiße Gesicht mit den schwarzen Schlünden von Augen zu ihr und sagt:
»Aber er dich! Er will dich, ich weiß, wie das ist, wenn er eine will, ich weiß, wie er sie ansieht. Und er wird dich kriegen, und du wirst ihn nehmen, und du wirst ihn behalten. Die anderen können es nicht, aber du, du bist eine Deutsche, du bist kalt, du bist böse, du bist stark.«
Bettine will sich wehren, aber sie schweigt. Denn da geht die Frau durch das Zimmer zu der gipsernen Madonnenstatue vor dem Ewigen Lämpchen – nicht besser als die in den Höhlen Materas oder den Löchern Napolis –, da neigt sie sich, schlägt das Kreuz, und von dorther kommt ihre Stimme: »Nächtelang hab' ich gelegen, hier auf den Knien vor der Madonna, und hab' gebetet: Laß sie ihn nicht kriegen! Behüte ihn vor ihr! Behüte mich vor ihr! Vor dir soll sie mich behüten!« schreit sie unterdrückt, »vor dir!«
»Du bist wahnsinnig«, sagt Bettine leise. »Was kann ich dazu, was kann ich dafür? Du bist wahnsinnig.«
»Ja, ich bin wahnsinnig, vielleicht bin ich wahnsinnig. Und du bist hochmütig, eine hochmütige Fremde, keine Frau, Frauen sind nicht hochmütig, Frauen sind wahnsinnig, wenn sie lieben, ja ich bin's!« Und mit einer Bewegung ohne Scham reißt Liliana ihren Morgenrock auf, darunter trägt sie, am Unterkleid mit einer blanken Nadel befestigt, einen zusammengerollten Fetzen Papier. Den nestelt sie ab, macht ihn auf, zeigt ihn: »Da steht dein Name drauf.« Wahrhaftig, auf dem kleinen schmutzigen Papier steht ›Bettine‹ und ein Kreuz. »Ich bin bei einer alten Frau gewesen, hier in Roccaforte, die kann zaubern, ich hab' ihr Fleisch gebracht und pasta, und dann habe ich ihr Geld gegeben, und sie hat mir noch einen Zauber gemacht, noch ein malocchio, und ich habe getan, wie sie es gesagt hat, ich hab' den Zettel eingepflanzt, dort drüben in den Topf, in die Erde, und hab' ihn gegossen, jeden Tag, jeden Tag ...«
Bettine rührt sich nicht, sie schließt sogar die Augen vor dem Gesicht der Frau, das jetzt die Tränen überspülen, als regne es auch hier; sie schließt die Augen vor dem lächerlichen Blumentopf, in den eine Wahnsinnige einen Zettel mit ihrem Namen begraben

hat und ihn begießt, jeden Tag. »Wozu«, fragt sie aus einem Alpdruck. »Wozu?«
»Damit du stirbst«, sagt die Frau. »Damit du stirbst!«
Bettine legt sich in die Kissen zurück; durch das schwarze Eisengestell des Bettes blickt sie zu dem Madonnenbild empor; ein zweites hängt drüben in der Ecke. Vor dem hat die Frau gekniet, nächtelang, meinetwegen, denkt Bettine. Sie möchte lachen und weinen, sie kann beides nicht, sie kann sich nur erinnern, und sie sieht: das Bildnis der heiligen Teresa, das ihr Mamma Rosina in der Cucina Bolognese gegen den Husten auf die Brust legte, wieder die Kartenlegerin in Padova, noch einmal die Madonna mit den rollenden Augen in Assisi, die mit den fließenden Zähren auf der Wachswange, davor einen endlosen Strom bettelnden Weibervolkes, das malocchio gegen den ›bösen Blick‹, das rote Ochsenhorn gegen den Fluch des cornuto, des Gehörnten, das Amulett im Kleidausschnitt oder in der Schublade neben den heimlichen Liebesbriefen. Und im Ohr das atemlose, gekitzelte Flüstern hinter den Vorhängen der Beichtstühle, vor den geweihten Kerzen eines Altars, begreift sie ergeben die Macht ewigen, aus jahrhunderteweiter Urzeitferne bewahrten, jahrhundertealten Aberglaubens. Ohne die Lider zu heben, sagt sie müde:
»Ich bin nicht gestorben. Du siehst also, es ist Wahnsinn, das alles, und nicht wahr.«
»Aber es kann wahr werden«, flüstert Liliana.
Bettine legt die Hände unter den Kopf, sie blickt zur hohen Decke der Festung empor, in der sie für diese grausige Nacht gefangen ist zwischen Madonnenbildern, Blumentöpfen voll Todessamen und den bösen Blicken der Gespenster – Land voller Gespenster, dunkles, fremdes Land, Wildnis, darin es blüht von den roten Blumen der Leidenschaft. Ihre Blicke wenden sich zur Seite: Liliana sitzt auf dem Bettrand, hat die Augen geschlossen, und über das kleine, nackte Gesicht laufen die Tränen, wie sie bei Kindern leicht fließen und schnell trocknen. Und die Kinderhände faltend, sagt sie schluchzend:
»Versprich mir, daß du fortgehst, und daß du ihn mir nicht nehmen wirst! Ich habe es dir gesagt – ich kann nicht ohne ihn leben. Versprich mir, daß du mir nichts tust!«
»Ich verspreche es dir«, sagt Bettine. »Ich verspreche dir, daß ich dir nichts tue«, sagt sie, denn in ihr erwacht das Mitleid als die einzige Liebe, die sie zu vergeben hat – zu wenig zum Leben und

zum Sterben. Und lächelnd über sich selbst erhebt sie sich, geht zu ihrer Tasche und holt heraus, was ihr geblieben ist von soviel vertanem Leiden, von soviel verlorener Liebe. »Hier ist dein Ring«, sagt sie. »Hebe ihn gut auf, es ist doch dein Ring – und er ist kostbar.«

Der Schlaf dieser Nacht wird kurz, denn die Frauen sprechen lange miteinander, nicht anders als früher, da sie, jung und voller Hoffnungen, die Stunden einer gemeinsamen Nacht mit Träumen füllten. Auch jetzt sind es Träume: Der Onkel wird helfen, der vielleicht mehr hat, als er zugibt, nur scheinbar arm in einem armen Haus. Am Morgen jedoch, als Bettine hinaustritt auf den Balkon dieses jämmerlich kargen und dennoch größten der ängstlich ineinander verschachtelten Häuser, weiß sie, was sie mit fortnehmen wird von hier – nichts anderes als das allenthalben aus diesem Lande mitzunehmende Unvergeßliche, Unverlierbare an Schönheit. Also auch dies Bild: ein Tal voll bläulich-weißer Nebelmilch, darin der Widerschein der Sonne schwimmt, bis endlich in ihrem Licht das rote Gold der Kastanienwälder leuchtend die Rundung der Berge füllt.

So macht sie sich ohne Hoffnung mit Liliana auf den Weg zum Commendatore Marchese della Cioppa. Der Alte empfängt sie im salotto, die Hand auf der Glasplatte des Tischchens, ein hartköpfiger, hartäugiger Greis, steifnackig und ohne Lächeln.

»Welche Ehre, eine Signora aus der großen Welt! Benvenuta!«

Bettine fröstelt in der Sonne, die grell durch vorhanglose Fenster auf kahle Wände und blankes Mahagoni fällt. Kein Buch, kein Bild, schattenscharfes Licht, klebrig süß der Mokka in der winzigen Tasse, die das Mädchen bringt – Lida, zwanzig Jahre alt, zwei uneheliche Kinder, sechs Mark Lohn im Monat, ein weißes Häubchen im Haar, Pantoffeln an den nackten Füßen. Die führt die Gäste hinunter in die Küche, wo am langen gescheuerten Tisch die Damen des Hauses sitzen, die Herrin in der vestaglia, die Töchter im bäurischen Rock mit nackten Armen, hartgeschnittenen Gesichtern, verarbeiteten Händen, die Kastanien schälen. »Was wollen Sie, Signora, die Kastanien wachsen hier, man muß sie essen, Brot ist teuer.« Das übliche Gespräch also über Brotpreis, Teuerung, Steuer, dazu der selbstgebraute Likör aus dem Küchenschrank hinter den Postkarten vom Martyrium der heiligen Caterina, den Fotos von der Kommunion der Nichten. Liliana versucht es mit Lächeln, Plappern, Zwitschern, ein Vögelchen, hierher verflattert, Bettine bleibt still, den alten Mädchen, dem dunklen Fluß der Zahlen lauschend.

»Die haben doch selber nichts«, sagt sie nachher zu Liliana, während sie durch den Ort gehen, zwischen Häusern aus unverputztem grauem Stein, mit weißer Kreide bemalt, Hammer und Sichel, Parolen, Flüchen, und dann die von Apfelbäumen bestandenen Hänge hinauf, an Hütten vorbei, in denen Most gekeltert wird, auf bänderglatt nach oben gedrehten, weiß bestäubten Landstraßen.

»Er läßt sie verhungern, sie dürfen im Hause ihre Kleider nicht tragen, um sie nicht abzunutzen, aber einmal im Jahr führt er sie nach Cosenza, nach Palermo, nach Napoli, damit sie sich zeigen, la famiglia della Cioppa, per far figura! Und wenn du dann sehen würdest, wie sie Figur machen: Hüte, die jetzt modern sind, Abendkleider und der Familienschmuck, den er der Tante schon vom Hals reißt, bevor sie wieder im Zug sitzt. Er wird dir das Geld geben, er ist ein gentiluomo, ein Ehrenmann ...«

»Ich werd' ihn nicht bitten«, sagt Bettine, »wenn du es nicht tust ...«

»Ich? Wer bin ich? Die Tochter vom Hotelier Bracci in Meina. Non una persona per bene.«

»Und die Ehre der Familie?«

»Was ist die Ehre der Familie, wenn man sie nicht sieht! Wenn du ihm drohen würdest, daß man erfährt, was geschehen ist ...«

»Nein, danke«, sagt Bettine. »Das werde ich nicht tun. Aber vielleicht werde ich ihn bitten, falls sich die Gelegenheit ergibt.«

Die Gelegenheit ergibt sich, als sie später im Salon bei Likör und Kaffee zusammensitzen, Bettine und Liliana, der Onkel und ein Neffe, der von Messina zu Besuch herübergekommen ist. Der betrachtet die Blonde mit den Augen eines Sünders vor der rosa Gipsmadonna seiner heimatlichen Kirche und läßt die gefräßigen Blicke unter schweren Lidern hervor nicht von ihrer hellen Haut, während Bettine ein dünnes Gespräch über Land und Leute und den rieselnden Strom der immer gleichen Klagen erträgt. Atemlos vor Begierde schweigt er so zäh, daß das Gerede versandet und Bettine mit dem Commendatore an das Fenster tritt, um noch einmal die Aussicht zu bewundern. Da gelingt es ihr, stockend und zögernd anzudeuten, worum sie kam: um Hilfe, Begleichung einer kleinen Schuld, die Gigi sicher bald und leicht an ihn abtragen werde.

Sie kommt aber nicht dazu, die Summe zu nennen, denn der Alte wehrt ab, so aschfahl vor Schreck, daß sie aus Mitleid schweigt, errötend. Er flüstert, aber es klingt, als schreie er, die Stimme rauh vor Erregung, schamlos vor Angst:
»Oh, nicht doch, Signora, wir wollen nicht einmal sprechen über so etwas! Ich bin ein alter Mann, ich habe nicht für meine Familie genug, wir kleinen Edelleute haben ein schweres Leben, glauben Sie mir! Nein, sprechen Sie nicht, lassen Sie mich erzählen, und Sie werden verstehen, daß gerade jetzt ... Ein Unglück ist uns zugestoßen, ein schreckliches Unglück! Un disastro tremendo! Sehen Sie, hier mein Neffe Amleto, man hat ihn eingezogen, zum Militär, achtzehn Monate soll er dienen, und die Familie bekommt nichts, keine Unterstützung. Von Messina ist er herübergeeilt zu mir, der Onkel muß helfen wie immer. Ich habe früher in Tunesien im Auslandsdienst gearbeitet, zwölftausend Lire habe ich mir erspart, das war ein Vermögen, studieren habe ich meinen Neffen lassen, denn wie kann er ohne die Laurea eine Stellung bekommen! Sei es auch nur als Schreiber in der Questura, nicht in seinem Fach, o nein, so vermessen sind wir nicht ...«
»Wir sind bescheiden«, sagt jetzt auch der junge Mann im dunkelblauen Anzug. »Wir wissen, daß uns nach dem Studium nichts erwartet, aber wir sind froh, wenn wir wenigstens studieren können für die Hoffnung, verstehen Sie? Wir hungern gern. Aber damals, als man die Gebühren für die Vorlesungen erhöhte, haben wir uns in Messina in der Universität verbarrikadiert, wir haben die Hörsäle besetzt, die Bevölkerung hat uns Brot und Zigaretten gebracht – und dann haben die carabinieri Tränengasbomben geschmissen, und wir mußten hinausgehen.«
»Aber ihr dürft euch auch nicht in der Universität zusammenrotten, einen Aufstand machen wie die Arbeiter, wie die Bauern oder die Kommunisten.« Der Commendatore ist empört, Amleto befeuert.
»Wir haben uns sogar auf die Straße gesetzt, auf die Schienen, und gesagt, wir gingen nicht fort, bis man unsere Forderungen erfüllt, und du hast nichts dagegen gehabt!«
»Man hat nichts dagegen, solange es gut geht. Aber jetzt siehst du, daß es dir vielleicht schlecht bekommt. Wer weiß, ob Don Basilio nicht davon gehört hat, daß du solche Dinge treibst ...«
»Macchè! Alle treiben solche Dinge – man treibt sie zu solchen Dingen, was sollen sie tun; sie können nicht die Steine fressen!«

»Benimm dich, du bist ein gentiluomo! Entschuldigen Sie«, sagt der Alte, er verbeugt sich zu Bettine hinüber. »Aber Sie werden es verstehen: Drei Jahre verlieren – wer kann das?! Er hat eine Mutter, er hat Schwestern. Ihr Vater ist grade gestorben, und bei uns gehen die Frauen drei Jahre nicht aus dem Haus, wenn der Vater gestorben ist, und drei Jahre nicht bei der Mutter und ein Jahr nicht bei Verwandten; das ist hier so Sitte. Und außerdem, Signora, was sollten diese jungen Mädchen di buona famiglia tun? Gewiß, man kann vielleicht nähen, aber auch nur im Hause. Oder glauben Sie, daß man jungen Mädchen in Süditalien gestattet, allein das Haus zu verlassen . . . ?«
»Ich habe gesagt: Eher töte ich meine Schwester, ehe sie ihre Unschuld über unsere Schwelle trägt!« dröhnt der junge Revolutionär von den Schienen der Straßenbahn.
Und Bettine versagt es sich, auch nur zu lächeln; sie fragt ernsthaft, wie man es zu machen gedenke, daß der junge Mann nicht noch drei Jahre der Arbeitslosigkeit verlöre, die er sich mit seinem Studium zu erwerben hofft?
»Er ist krank«, sagt der Onkel milde. »In diesem Lande, in diesem Klima sind junge Leute ein wenig krank, aber bestimmt viele, die zum Militär müssen. Und einen Onkel haben, der einen Vetter im Vatikan hat oder dem Militärarzt einen kleinen Wink gibt: ›Guarda, mein Neffe, so ein lieber Junge, die Laurea hat er und einen Schatten auf der Lunge‹ . . . «
»Auguri e tante belle cose!«
Bettine trinkt ihr Täßchen schwarzen, bitteren Kaffee aus; sie wünscht Amleto alles Gute und Glück auf den Weg nach Catania zum Kreisarzt und weiter nach Rom zu einem Vetter, der mit einem Monsignore aus dem Vatikan bekannt ist. Und begibt sich am nächsten Morgen wieder auf die Reise.
Da liegt das Land im Licht der bunten Kastanienwälder; in stürzendem Bogen kommen ihr auf den weißen Schleifen der Landstraße die Lastwagen mit den Holzfällern entgegen, die ihre Arbeitsplätze in der Sila verlassen haben; und auf den Feldern ziehen Frauen zur Apfelernte hinaus, leere Körbe auf den Köpfen.
Die werden sie abends hinabtragen, gefüllt mit zehn Kilo Äpfeln, dem Lohn für zehn Stunden Arbeit.

XV

Klondyke in der Sila

Während der Fahrt in die Sila denkt Bettine an Flucht, zurück in das gewohnte, gelernte Leben, aber sie fährt doch weiter, unruhigen Herzens, verwirrten, verstörten Sinnes. Und als dann der Omnibus hält – auf einer schlammigen Landstraße im Wald zwischen Blockhütten –, kommen ihr die Tränen zugleich mit Gelächter.

Denn das ist Klondyke, Wildwest, Abenteurerland mit Häuschen aus rohen Baumstämmen, Schuppen mit Holzveranden und Schild: »Hotel Italia«, »Hotel Majestic«, einem Kirchlein, roh gezimmert, die Fenster vernagelt, und dem unaufhörlich über Wald und Straße, Dreck und Schlamm hinsausenden Zischen der Sägemühlen. An ihr vorbei fahren holzbeladene Lastwagen ins Tal hinab, heimwärts, in Trauben hängen die Männer daran; die Bar, in der sonst bei espresso und grappa die Geschäftsabschlüsse getätigt werden, ist leer, verstummt das Klatschen der Karten auf den Marmortischen, das Brausen der Kaffeemaschine, das Klirren der Spielautomaten; ein Mann fegt den Boden mit Sägespänen, gibt Auskunft. Ja, dort drüben sind noch Leute, dort in den Hütten, am künstlichen See wird auch noch gearbeitet, aber die alberghi sind geschlossen, der Regen ist früh gekommen. Sie schleppt sich also durch den Wald, durch den Regen, durch den strengen süßen Geruch der frisch geschlagenen Stämme, auf der Suche nach Fabrizio Cacciacane, nennt immer wieder den Namen, wiederholt: »Er hat gesagt, er wird hier sein, von der Gewerkschaft ist er, Fabrizio heißt er, Fabrizio Cacciacane.«

Als sie, naß und mutlos, zur Omnibushaltestelle zurückkehrt, um fortzufahren, kommt er ihr entgegen, die Baskenmütze auf dem Hinterkopf, winkt ihr und führt sie an den Gasthöfen der Holzeinkäufer und Agenten entlang in die Bar. Hier muß sie sich hinsetzen, obwohl sie sich wehrt, nun wirklich am Ende ihrer Fassung, ja, am Ende und erledigt.

»Mir langt's«, sagt sie, dem Weinen nahe, aber nun grade bemüht, auch noch in der fremden Sprache forsch zu sein, trotzig statt stolz, frech statt kühn. »Ich bin bedient. Der hat mich geschafft, der poliziotto in Matera! Schließlich muß ich mich doch nicht von so einem dreckigen Idioten aus dem Land schmeißen lassen!«

»Das kommt darauf an, was Sie gemacht haben da oben. Fotografiert vermutlich? Ja, Italien ist ein Polizeistaat, und wenn eine Fremde hier herumfährt, macht sie sich verdächtig. Und unbeliebt.«

»Sie müssen's ja wissen«, sagt Bettine. »Sie haben mich ja damals, in den Reggiane, auch rausgeschmissen.«

»Weil Sie das gemacht haben, was die meisten Fremden hier machen: Schnell hinsehen und schnell wieder wegsehen und nachher erzählen, die Italiener sind schmutzig und faul, sie wollen nicht arbeiten und legen sich in den Schatten aufs Pflaster am hellen Mittag, um zu schlafen – es ist nämlich heiß hier. Aber ihr nehmt euch nicht einmal die Mühe, über eure graden, scharfen Nasen wegzugucken. Denn dann würdet ihr plötzlich merken, wie arm und dabei wie anständig der dreckige Italiener vor euch auf dem Straßenpflaster ist.«

»O Gott, Fabrizio, Sie sagen mir so was! Und jetzt noch, nach allem, was ich erlebt habe!«

»Wieso, was hat sich geändert jetzt gegen damals? Haben Sie sich geändert? Ist es nicht mehr nur Neugierde und der Wunsch, Geld zu verdienen, leicht und schnell mit Fotos aus dem schönen, romantischen Italien?«

Bettine will antworten, aber sie kommt nicht dazu. Denn die Tränen schießen ihr aus den Lidern, so daß sie weinend neben der heulenden Kaffeemaschine sitzt, ein Kind, das sein Geld verloren hat, die Kamera und den Glauben an die Menschheit. Sie spricht es aus, in das Tuten der Kaffeemaschine, in das Rascheln der Sägespäne, in die braunen, sanft und wachsam auf sie gerichteten Augen:

»Ich bin hierhergekommen ... und wollte glücklich sein ... und das genießen, was ich liebe ... Italien, mein Italien ... und Sonne und Schönheit und Romantik ... ja, Romantik! ... und jetzt ist alles kalt ... und häßlich und böse! Ich selbst bin böse geworden. Sogar mit meinem Leben, wie es bisher war. Der Mann, den ich in Berlin hatte – ich hatte nämlich einen –, den hab' ich hier auch verloren. Der schreibt mir nicht einmal mehr, und ich will auch nichts mehr von ihm, ich kann ihn gar nicht mehr gebrauchen, so oberflächlich und unwissend wie er ist! Ich will nicht mal mehr an ihn denken – nicht mehr an ihn und auch nicht mehr an Romeo.

Ich denk' ja nicht einmal mehr an mich selber! Höchstens mal an Sie, Fabrizio, und das, was Sir mir gesagt haben ... daß man nicht so sein darf, wie ich bin, und daß man nicht nur für sich dasein soll, sondern auch für die anderen. Aber ich kann's nicht! Was kann ich denn überhaupt? Nicht mal mehr fotografieren! Ich hab' ja keine Kamera mehr und keine Sehnsucht mehr und keinen Wunsch und keinen Traum, nicht mal mehr den von der Drei-Tage-Insel! Aber das verstehen Sie nicht, Sie verstehen mich überhaupt nicht, Sie wollen ja gar nichts von mir wissen ...«

Der Mann ihr gegenüber schweigt; er läßt sie eine Weile allein in ihrer Verzweiflung, er läßt sie eintreten in dieses ihr unbekannte Land, in dem sie sich finden soll. Dann erst sagt er:

»Doch, ich will schon etwas von Ihnen wissen. Und ich will Ihnen auch antworten, aber ...« Er erhebt sich, geht an die Theke, zahlt, wendet sich zu ihr und hilft ihr mit einer leichten Berührung der Hand aus dem Stuhl. »Kommen Sie, seien Sie vernünftig, wir werden viel zu reden haben, mehr als Sie glauben. Ich habe eine Hütte da drüben, bei Antonio, da können wir sprechen, lange und ohne Tränen.«

Der Raum in einer der Holzfällerbaracken ist noch so eingerichtet, wie die Holzfäller ihn in den Sommermonaten bewohnt haben: Holzpritschen, Kieferntisch, an den Bohlenwänden Hacken, Schaufeln, Wasserkrug, Kaffeetopf. Nebenan hausen Antonio und seine Frau Maria, doch in wenigen Tagen werden auch sie auf einem Lastwagen in ihr Dorf hinabfahren. Dann wird Maria, das Kind auf dem Rücken, in der langen Reihe der Kastanienpflückerinnen die Wälder durchwandern, während Antonio daheim das kleine Feld versorgt, bis er im Frühling mit einem Sack voll Bohnen und pasta wieder hinaufzieht in die Hütte, die er für diese Nacht Fabrizio abgetreten hat.

Es wird jetzt schnell dunkel, so bringt ihnen Antonio eine Azetylenlampe, deren gleichmäßiges Sausen das sanfte Lied der Tropfen auf dem Bohlendach begleitet. Vor einem Krug mit dunklem Wein sitzen sie sich gegenüber; Fabrizio bricht das Brot, gießt Wein ein, blickt Bettine an, ruhig, beharrlich, wartend, selbst ein Teil der großen Stille über dem stetigen Fall des Regens in den endlosen Kastanienwäldern. Und warm unter den rauhen Decken auf der Pritsche, heimisch in der Geborgenheit, beginnt Bettine zu sprechen.

»Sie haben mich vorhin gefragt, was sich geändert hat und ob sich was geändert hat? Ja, ich hab' mich geändert! Nicht nur, weil mir das passiert ist mit dem Marchese, weil ich euer Geld verloren haben, an den mascalzone, den Lumpen, nein, weil ... weil ich zuviel gesehen habe, zuviel erlebt habe hier in Italien! Und weil es mich trifft, ja, das ist es! Es geht mich plötzlich etwas an, das Elend und die Not und alles. Zum Beispiel, als ich in Matera aus dem Hotel kam, fuhr ein weißer Wagen mit einem Kindersarg durch die Straßen, ein hübscher kleiner Leichenwagen, aber ich fand ihn nicht hübsch, denn der Arzt hatte mir gesagt, daß die Kindersterblichkeit in Matera vierundvierzig Prozent beträgt. Ist das wahr?«

»Ja, die Bevölkerung der Lucania stirbt noch schneller und lieber als die jeder anderen Gegend Italiens, weil sie noch weniger zum Leben hat.«

»Aber ich verstehe das alles nicht«, klagt die Frau. »Es ist doch die Zone des besten Weizens, da oben gibt es doch eine Industrie, Mühlen, Fabriken, wo man spaghetti macht, da müßten doch die Leute zu essen haben!«

»Wenn es genug zu arbeiten gäbe! In der Provincia di Matera besitzen hundert Familien etwa fünfundsechzig Prozent der gesamten Bodenfläche, aus der sie Milliarden von Renten ziehen. Da nur ein Teil bebaut wird, werden von den vierhunderttausend Arbeitstagen weniger als die Hälfte gebraucht, das sind für den einzelnen nicht mehr als einhundertzwanzig Arbeitstage im Jahr – für Pfennige. So arbeitet zum Beispiel in der Gegend von Stigliano nur ein Bruchteil der fünfundzwanzigtausend Landarbeiter, und die auch bloß an zweihundert Arbeitstagen im Jahr. Einhunderttausend Wohnräume werden gebraucht, in sieben Jahren sind nicht mehr als fünfzehnhundert gebaut worden, und in der Provinzia di Matera haben von neunundzwanzig Gemeinden nur acht eine Schule. Daher sind hier fünfzig Prozent der Bevölkerung Analphabeten. Matera kennen Sie, aber waren Sie schon einmal in den Trullihäusern der Rabata von Tricarico, der Gegend um Stigliano oder Metaponto? Nein, es hätte keinen Sinn, wenn Sie hingingen, Sie würden ihren Dialekt nicht verstehen, ihre Sprache, ihre Lieder – bittere Lieder. ›Man nennt uns Zulus und Beduinen, wir essen zusammen mit den Hühnern, und dennoch – hier ist die Wiege der Schönheit, und wir sind nicht nur Unkraut.‹ Abends singen sie, am Holzfeuer, wenn die Männer ihre schweren Umhänge abgelegt haben und die Frauen die Schleier, die sie gegen den Sand und die

Sonne tragen. Singen und sprechen über ihr Leben und machen ihre Rechnungen, als wenn sie ihr Testament machten: Was der Esel kostet und was sie an Zinsen zahlen müssen – wissen Sie, daß diese armen Landarbeiter alle Geld leihen? Beim Krämer oder bei dem pescecane, dem Haifisch, den es in jedem dieser Dörfer gibt. Und welche Zinsen sie zahlen! Für sechzigtausend Lire zum Ankauf eines Esels neuntausend Lire Zinsen im Jahre! Daß sie ihre Schuhe, ihre pasta, ihr Mehl jahrelang anschreiben lassen – sogar das Begräbnis? Santa Maria, welch ein Unglück, so ein Begräbnis! Wegen der Kosten natürlich. ›Fosse morto tata e no lu ciuccio ... Wieviel besser wäre es, der Vater wäre gestorben und nicht der Esel, der Esel konnte uns das Holz bringen, der alte Vater aber nicht.‹ Ja, sie haben Witz, die Leute aus der Rabata, der Wiege der Schönheit! Sie können kaum lesen und schreiben, aber als ich im Gefängnis war, bekam ich Briefe, die mich weinen ließen. ›Caro Fabrizio, ich umarme dich als dein Bruder. Und wenn ich über die piazza komme, so fragt man, wann kommt Fabrizio heraus? Ich habe geantwortet, in drei Tagen, denn ich habe es gefühlt, und was das Volk fühlt, ist immer richtig.‹ Und als ich nicht nach drei Tagen herauskam und nicht nach dreißig, nicht nach sechzig, es war im März fünfzig, haben die Leute aus der Rabata eine Art Aufstand gemacht, einen Überfall auf die Kaserne der carabinieri. Darauf natürlich Verhöre, Verhaftungen, Fragen: ›Wer hat die Tür von der caserma eingeschlagen, wer ist als erster eingedrungen?‹ Die Antwort war ein Vers, den man allenthalben gesungen hat. ›Die dicke Margherita kann nichts dafür, es war ihr culo, der zerbrach die Tür‹ – ihr Hintern.«

Der Mann lacht, Gelächter über Tränen ...

Indem kommen Antonio und Maria, sie bringen das Abendessen, zu Ehren der Gäste einen großen Topf pasta, den sie auf den Tisch stellen.

»Favorite!«

Sie greifen zu, die vier um den Holztisch, die Augen blank im weißen Licht, die schwarzen Haare Marias schimmernd von Nässe. Und ahnungsvoll fühlt Bettine, wie nahe sie dem Leben in seiner Wirklichkeit ist, nun da sie seine nicht zu bezwingende Kraft zu empfinden beginnt. Vielleicht müßte man leben wie diese hier, ohne Vorbehalt und ohne Angst? Sie blickt über den Tisch, der nichts trägt als den Krug gegen den Durst und das Brot gegen den Hunger, über die Liegestätten, auf denen man den Schlaf und

die Freude zwischen rauhen Decken mit der Haut empfängt, und vorsichtig zu Fabrizio hinüber, der jetzt mit geschlossenen Augen auszuruhen scheint und dennoch wach ist. Wachsein, denkt Bettine, dasein, auf der Erde, auf dem harten Boden, und mit Zähnen und Klauen um jeden Zoll dieses Bodens, um Haß und Liebe, um Brot und Kuß kämpfen ... Und es ist wohl der Wein, der sie aussprechen läßt, was sie empfindet; sie sagt:
»Ihr seid gut, ihr seid einfach gut, ihr Italiener, menschlich seid ihr, einfach menschlich.«
»Wir sind arm.« Antonio spricht, langsam, mühsam. »Arme Menschen müssen gut zueinander sein, sonst können sie nicht leben. Und es gibt so viele Freuden, wenn man lebt! Wenn man fühlt, wie das Herz schlägt und daß man stark ist.«
»Er kann einen Baum mit einem Schlag fällen.« In Marias Lächeln ist der Widerschein der Sonne, die sich hinter den Regenschleiern verborgen hat, um eines Tages das feuchte, vom Regen geöffnete Land blühen und Frucht tragen zu lassen. Wie schön ist diese Frau, wie strahlend das schwarze Auge, mit dem sie Antonio anblickt, während sie den schweren Leib zwischen Herd und Tisch bewegt. »Das ist das fünfte.« Sie spricht zu Bettine mit der schnellen Vertrautheit einfacher Frauen. »Was wollen Sie, man macht immer wieder Kinder. Ich habe nun einmal eine gute Maschine. Meine Mutter hat siebzehn Kinder gemacht, davon leben noch acht. Ja, hier kommen die Kinder leicht, aber viele gehen auch wieder.«
»Italienische Geburtenregelung«, erklärt Fabrizio munter. »Unsere Kinder gehen leicht – zurück zu Gott oder wenigstens bis nach Amerika. Um leben zu können und später dann in einem Dörfchen bei Catania oder Palermo sterben zu dürfen. Von der großen Reise träumt der Mann aus Catania oder Palermo sein Leben lang, denn Italiener leben nicht von Brot, sie leben von der Hoffnung. Der Landarbeiter aus der Lucania hofft, einmal im Leben bis nach Napoli zu kommen, der neapolitanische Hafenarbeiter erzählt seinen Söhnen von der märchenhaften Stadt Roma, und der Römer sehnt sich nach Torino, wo er vielleicht bei Fiat Arbeit findet. Wir sind ein Reisevolk. Unsere Reichen reisen ins Ausland, um dort ihr Geld zu verfressen, und unsere Armen reisen ins Ausland, um dort etwas zu fressen zu finden.«
Auch Bettine wird eifrig. »Mit mir fuhr eine Frau im Zug, ganz hübsch, schwarz, kräftig, aber geschminkt, bunt wie ein Schaukelpferd. Sie sprach mit einem Mann auf dem Bahnsteig und sagte,

sie fahre jetzt nach Palermo, und er sagte: ›Wenn ich einmal fortfahre, dann fahre ich für immer, du aber fährst nur für vierzehn Tage oder vier Wochen!‹«
Fabrizio lächelt. »Das war vermutlich ein Mädchen aus einem geschlossenen Haus. In Italien trifft man am ersten und fünfzehnten jeden Monats in allen Zügen Frauen, die an ihre neue Arbeitsstelle fahren. Es gibt viele Mädchen, die in so ein Haus gehen, um dort das Geld für das letto matrimoniale und die Aussteuer zu verdienen. Ja, in Italien gibt es eine große Prostitution, weibliche und männliche.«
»Ich hab's nicht gewußt, das von der männlichen Prostitution. Aber jetzt versteh' ich, warum mir die Kerle so nachgelaufen sind. Also nicht wegen meiner schönen Augen!«
»Auch«, sagt Fabrizio. »Wegen Ihrer schönen Augen bestimmt auch! Ihnen hätten sie vielleicht noch was dazugegeben, und wenn sie es hätten stehlen müssen.«
Die beiden Männer lachen, sie sprechen schnell, im Dialekt, aber Bettine versteht, was Antonio sagt, während er die mächtige Brust wölbt. »Ein starker Mann hat Kraft für alles. Und ein Esel kann viel tragen.«
»Schäm dich, du redest wie ein cafone, und hier ist eine Signora aus einem fremden Land«, sagt Fabrizio. Und zu dem Mädchen: »Auch das ist Liebe. Die Liebe für drei soldi, die des armen Mannes, der nicht genug Geld hat, um eine Frau zu nehmen und Kinder zu machen. Die Liebe von sieben bis neun Uhr, wenn an den heißen Abenden die Männer auf den Straßen stehen und darauf warten, daß die Mädchen in den Häusern delle persiane chiuse ihr Abendbrot essen und wieder an die Arbeit gehen. Das ist die Liebe für alle und zu niemandem.« Dann wendet er sich zu Maria, die sich erhoben hat, den Kopf zurücklehnt und die vollen Lippen öffnet. »Sing etwas! Sing etwas Poetisches, damit die Signora sieht, daß wir auch anderes haben als die Liebe für drei soldi.«
Sie singt, es wird etwas poetisch Klagendes mit schluchzendem Tremolo, begleitet von dem gleichmütigen dunklen Strom der Töne aus Antonios runder Apollokehle. Von nebenan kommen die Holzfäller Mario und Anselmo, kommt eine Frau, sie bleiben in der Tür stehen, hinter ihren erhobenen Köpfen die dunkle Nachtfeuchte aus dem Wald voll des starken Holzgeruchs; und der enge Raum wird von den sanften Klängen erfüllt wie von einer düsteren Wolke aus Trauer und Herzeleid.

Als das Lied zu Ende ist, verschwinden sie; Antonio und Maria verbeugen sich stumm und ernsthaft vor der Fremden, Fabrizio reicht ihr die Hand, während er eine Decke von einer der Pritschen nimmt.
»Buona notte«, sagt er. »Ich geh' rüber zu Maria und Antonio. Und falls wir uns morgen früh nicht mehr sehen sollten – alles Gute für den Heimweg!«
»Danke«, sagt Bettine. »Aber ich fahr' nicht heim, ich geh' weiter, nach Sizilien, nach Palermo.«
Fabrizio behält die Decke auf dem Arm, setzt sich aber wieder auf die Pritsche, sieht die Frau an, lange, still – und mit einemmal ist ihr, als öffne dieser Blick eine Tür, durch die er zu ihr tritt. Sie antwortet ihm auch.
»Ich fahre zu Romeo, wir sind verabredet in Palermo.«
Da fragt er: »Warum?«
»Das ist meine Sache«, sagt Bettine, denn noch wehrt sie sich. Fabrizio entgegnet, was sie wußte:
»Nein, das ist unsere Sache – seine und unsere.«
»Unsere!« beharrt Bettine. Und noch einmal, stolz oder frech: »Das ist unsere Sache und unsere Liebe, die Liebe des armen Mannes, die Liebe für drei soldi ...«
»Nicht mal das.« Fabrizio blickt an der Frau vorbei, die ihr Herz klopfen fühlt. »Du hast ihn dir genommen, weil du ihn wegnehmen wolltest, von uns weg und von Nina weg und von dem, wozu er da ist. Aber du hast ihn nicht zu dir genommen, und du wirst ihn nicht zu dir nehmen, denn du kannst ihn nicht gebrauchen, nicht ihn und keinen von uns. Da wo du bist, ist kein Platz für ihn, nicht innen und nicht außen.«
»Warum sagen Sie ›du‹ zu mir?« fragt Bettine. »Wir kennen uns nicht so nah.«
»Ich kenne dich, wie dich dein Vater kennen sollte. Und ich kann ›du‹ zu dir sagen, denn du bist noch ein Kind, eine bambina, kein Mensch, du gehörst nicht zu den Menschen, du gehörst nur zu dir, und das ist wenig. Zuwenig für dich und zuwenig für euch beide. Verstehst du?«
»Ich verstehe«, sagt Bettine. Und plötzlich steigt der Zorn in ihr auf, der Zorn und ein Schmerz, der in ihr war ihr ganzes Leben lang und von dem sie doch ebensowenig wußte wie von der Wunde, die ihn verursachte. Vielleicht ist sie auch betrunken vom roten Wein, sanft gleich dem Regen draußen; und heiß von Zorn

und Schmerz und Trunkenheit beginnt sie zu sprechen, nein, eine Geschichte zu erzählen – die trostlose Geschichte der Einsamkeit, in der sie lebt von Kindheit an. Von sich spricht sie, von sich »innen und außen«, wie sie behauptet. Von ihrem Leben in ihrem Land und ihrer Stadt, von den großen Häusern und dem kleinen Garten, der alles war, was das Kind an Schönheit und Frieden zu sehen und zu fühlen bekam und doch nichts als ein Stückchen staubgrauen Grüns neben den Zuggeleisen unter dem schmutzigen Rauch der Lokomotiven, ein jämmerliches Viereck aus Bäumen mitten in der Großstadt, mitten im Lärm und in der Eile. »Denn niemand hatte Zeit für uns Kinder, der Vater war im Geschäft, und die Mutter hatte zu tun mit der Wohnung und dem Reinemachen und der großen Wäsche, und wenn wir spielen wollten, so war es eben da, wo zuwenig Platz war für uns Kinder, ja, innen und außen zuwenig Platz. Sie haben recht«, sagt sie wütend. »Sie haben mit allem recht, ich war kein Mensch und bin keiner geworden, denn niemals habe ich etwas anderes gesehen, als daß man Geld verdienen muß und zufrieden sein soll mit dem, was ist und was man kriegt, und froh sein, wenn man einen Mann findet und eine Wohnung hat und sich was leisten kann, ein Kleid und Müllers sonntags zu Besuch. Und dann kam der Krieg, und ich lief fort, nicht weil ich wußte, warum und wohin und weshalb, sondern dahin wollte, wo es wärmer ist und schöner und leichter als zu Hause. Und dann kam das mit Romeo, dann kam das in Padova, und plötzlich war ich drin in etwas, nicht mehr draußen, mit dabei war ich, und Furcht habe ich gehabt, aber zugleich auch so eine schreckliche, angstvolle Freude. Und Stolz, weil ich dazugehörte. Und weil mein Herz schlug, wenn ich nachts bei Verdunklung Romeo traf und ihm die Flugblätter zusteckte, und er sagte: ›Sei una brava.‹ Ja, ich war brav, und es war schön, und es war beinah wie Liebe und wie Zusammensein. Aber dann habe ich es vergessen ...«
»Warum?«
Jetzt blickt Fabrizio sie an; sie weiß mit einemmal, daß er die schönsten Augen der Welt hat und daß sie ihn liebt. Sie liebt ihn wie das nie Erreichbare, das nie zu Habende an Leben, wie das Leben selbst liebt sie ihn und wie die Erinnerung an das Leben in der Stunde des Todes, das man noch einmal zu leben wünscht, während man stirbt. Und in ihr sagt die Stimme eines unbeschreiblichen Stolzes: ›Das ist die Liebe für weniger als drei soldi.

Das ist die Liebe für nichts. Die Liebe für keine Erfüllung, für keine Hoffnung, für keine Wirklichkeit. Das ist die Liebe ohne einen Kuß, ohne eine Umarmung, ohne eine andere Berührung als die unserer Herzen in der Dunkelheit.‹

»Warum hast du es vergessen?« fragt der Mann wieder leise. Und während ihr still die Tränen über ihre Wangen laufen, sagt sie:

»Weil ich *Sie* nicht getroffen habe, Fabrizio! Weil ich dich nicht getroffen habe. Weil niemand gekommen ist, der mit mir gesprochen hat, wie du mit mir sprichst. Weil niemand da war, der mich angerufen hat und gesagt hat: Wach auf, sieh dich um, lebe, lebe für etwas!«

Der Mann steht auf, kommt zu ihr, sitzt neben ihr, hebt die Arme – ah, endlich Heimat! Sie läßt sich hineinsinken, und er streicht ihr über das nasse Gesicht, wischt ihr die Tränen ab, darunter nun langsam ein Lächeln erscheint. Beide lächeln, und sanft wiegt der Mann sie in seinen starken Armen und sagt an ihrem Ohr tröstend und zärtlich: »Bambina, bambina mia . . .«

Dann läßt er sie los, geht fort von ihr, und was ihr bleibt, ist die Stille, in der sie ausruht, und die Wärme, in der sie atmet von nun an bis in alle Ewigkeit.

Mondäne Welt

Die Zeitschrift der Dame

Berlin W
Landshuter Straße 15

Sehr geehrte Frau Bettine Schmidt!

Im Auftrage unseres Herrn Gaston Scholtis müssen wir Ihnen zu unserem Bedauern mitteilen, daß die Redaktion der »Mondänen Welt« sich gezwungen sieht, nunmehr endgültig auf Ihre uns bis dahin so erwünschte Mitarbeit zu verzichten. Und zwar auf Grund Ihrer von uns bereits des öfteren gerügten und für eine mondäne Zeitschrift äußerst unpassenden Kommentare.
Denn weder unsere Leser noch wir haben Verständnis für Ihren letzten Artikel, in dem die landschaftliche Schönheit der Bucht von Messina nur oberflächlich, dagegen ihre Wichtigkeit als strategische Position im Kriege und im Kampf um die Beherrschung der Weltmärkte betont wird und sich Sätze finden wie: »Die Via di Circonvallazione bietet nicht nur wunderbare Ausblicke auf die Meerenge und die kalabrischen Berge, sondern auch auf die Barackenviertel, die – nach dem großen Erdbeben, dem sechzigtausend Menschen zum Opfer fielen, als Notunterkünfte erbaut – noch heute bewohnt werden. Lehm- und Holzhütten, Dreck, Enge, Gestank und Kinder, dazu eine flehende Stimme: ›Erbarmen mit einem armen Obdachlosen!‹ Ja, obdachlos seit dem Jahre 1908! Und auch die neuerstandenen Straßen Messinas mit ihren zweistöckigen Jugendstil-Häuschen scheinen in ihrer bescheidenen Scheußlichkeit das Versprechen gezügelter Lebenslust und demütiger Vorsicht vor einer Macht zu bekunden, die von der weißen Höhe des Ätna herab milde zu den Nachfahren seiner Opfer hinüberlächelt.«
Des weitern können wir keinesfalls unserem Publikum Ihre Ansichten über Sizilien vermitteln, das Sie »ein bei aller leuchtenden Helle finsteres Land« oder eine »fruchtbare Wüste« nennen, deren »tragische Sonnenpracht« Sie »nur schwer mit dem gebotenen Entzücken« genießen können.
Gewiß sprechen Sie anschließend von dem Versuch, »in jenen

Traum von Glanz und Romantik des Südens zurückzukehren, in den wir Touristen uns vor der rauhen Wirklichkeit des italienischen Lebens flüchten, kommen dann aber bei der Schilderung des beliebten Reiseziels Taormina zu wahrhaft empörenden Äußerungen, wie z. B. der Erwähnung der »vielen armen jungen Männer, denen zuliebe so viele reiche Männer Taormina besuchen«. Oder die Aufzählung der Sehenswürdigkeiten (Palazzo Corvaia, Dom aus dem XIII. Jahrhundert, Torre Saracena etc.) zugleich mit der amerikanischen Bar, dem Reisebüro und den unzähligen Andenkengeschäften, »so daß es mir vorkam, als sei dieser wunderschöne Ort ein einziger Verkaufsstand für Luxus und Liebe. Und als säße hinter den Fenstern der Läden mit Taorminaer Stickereien Mutter Italia selbst, schön, bleich und arm, und sticke gebeugten Rückens die kunstvoll bunten Gewebe, die sie selbst niemals tragen wird ...«

Wir sind auch, sehr verehrte gnädige Frau, nicht Ihrer Meinung, daß es bei näherer Kenntnis des »dunklen Südens« geraten scheint, sich mit den allerorts käuflich zu erwerbenden Ansichten von Glanz und Schönheit des Landes zu begnügen und auf die Wiedergabe seiner wenig fotogenen Schattenseiten zu verzichten. »Denn die empfängt der aufmerksame Betrachter sowieso und bedauerlicherweise mit der Seele ...«

Da wir jedoch mit diesen Ihren Seelenaufnahmen nur wenig beginnen können, ist es uns leider unmöglich, Ihrem Ansuchen um einen weiteren Vorschuß zu entsprechen. Herr Scholtis bittet Sie, für diese Ablehnung ebenso Verständnis aufzubringen, wie für die Tatsache, daß er sich der persönlichen Mitteilungen enthält, um den rein geschäftlichen und sachlichen Charakter dieser Angelegenheit zu wahren.

Wir verbleiben mit den besten Empfehlungen
in vorzüglicher Hochachtung

I. A.
Sekretariat

XVI

La Tristezza di Sicilia

Während der ersten Stunden im Zug nach Palermo schläft Fabrizio, und Bettine beobachtet ihn: ein Sizilianer wie alle, weißes Wollhemd, nackte Arme, runder Hals, dunkel, verschlossen, gleichmütig das schweißfeuchte, in Hitze und traumlosen Tierschlaf versunkene Gesicht. Das bleibt auch freundlich, als er nun erwacht – vielleicht von ihrem Blick – und wiederholt, was er ihr schon bei ihrer Abfahrt aus der Sila gesagt hat:

»Sie hätten nicht mitfahren sollen! Ich hab' Ihnen abgeraten. Es ist eine Qual hier in der Hitze, und Sie sind's nicht gewohnt, und in Palermo wird's noch schlimmer, Romeo wird auch nicht da sein, und wenn . . .«

»Warum haben Sie mich mitgenommen?« Sie sitzt aufrecht, obwohl ihr das weiße Kleid an der Haut klebt und das helle Haar strähnig an der Stirn.

»Ich hab' Sie nicht mitgenommen, Sie sind mitgekommen! Und dann . . . Man kann eine Frau nicht hindern, zu einem Mann zu fahren, den sie will. Aber es ist eine Dummheit.«

»Es ist meine Pflicht. Ich habe es Romeo versprochen.«

»Wozu? Ihr Deutschen tut nichts ohne Zweck, und die Signora Bettine schon gar nicht – wenigstens noch nicht.«

Bettine schweigt, sie lauscht den Worten nach, sie denkt nach über Zweck und Ziel ihrer Reise, die auch ihr gefährlich scheint wie das Land da draußen vor dem Zugfenster, eine Wüstenlandschaft unter der erbarmungslosen Sonne des Südens.

»Noch nicht?« wiederholt sie. »Wann denn aber?«

»Wenn Sie gelernt haben werden, was Sie noch nicht kennen: dasein, bloß so dasein, ohne Zweck.« Der Mann lehnt sich zurück in die heißen roten Plüschpolster und deutet hinaus: braune Landstriche, weiße niedrige Bauernhäuser an staubigen Sandstraßen, und auf den scharf vom weißblauen Himmel begrenzten Hügeln Hirten in hohen Stiefeln und Samtjacke zu Pferd, eine Frau im schwarzen sciallone der sizilianischen Bäuerinnen, eine Herde Schafe, alles unbewegt, still, erstarrt in der besonderen Helle der Stunde vor dem jähen Fall des Abends.

Straßenbild in Sizilien

»Sehen Sie es, nehmen Sie es auf, in sich – aber nicht mit der Kamera.«

»Das ist vorbei, die Kamera und also dieser Zweck meiner romantischen Reise durch Italien, Sie wissen es doch. Und gerade *Sie* sollten nicht so reden. Denn Sie, was tun Sie denn anderes als arbeiten und – wie sagt ihr? – kämpfen für einen Zweck?«

»Für einen Sinn«, sagt der Mann. Er spricht jetzt leise, obwohl sein Nachbar zu schlafen scheint und sich die anderen im überfüllten Abteil des direttissimo laut und lärmend und lachend unterhalten. »Wie kann man hier leben, wenn man nicht einen Sinn darin fände, das Leben hier zu ändern? Sie selbst haben mich einmal gefragt, warum in diesem Lande die Menschen betteln oder stehlen müssen! Hier wo es Getreide, Früchte und Kali, Wein, Mandeln, Schwefel und Salpeter gibt und Land, endloses Land. Ich will es Ihnen erklären.«

»Nicht erklären! Erzählen! Ja, Fabrizio, erzählen Sie mir eine Geschichte aus dem schönen Sizilien. Die Geschichte von Fabrizio Cacciacane aus Camporeale in der Provincia di Trapani; die ganze Geschichte Siziliens braucht nicht drin zu sein.«

»Muß drin sein. Ist immer drin. In jedem Menschenleben ist immer zugleich die Geschichte seines Landes und seiner Zeit«, sagt Fabrizio. »Ich bin es, ich, der Landarbeiter Fabrizio Cacciacane, der den Schwefel gräbt, der das Getreide pflanzt und auf die Felder der Herren arbeiten geht. Ich heiße Salpeter und Korn und Schwefel, und wenn ich von meinen leeren Händen erzähle, so erzähle ich auch von dem Land, das sie graben, ohne genug Brot herauszuholen.«

»Das Land sehe ich«, beharrt Bettine. »Es ist ein trauriges Land, es sieht kahl aus und düster in all der Sonne, in all dem Licht. Aber ich möchte von *Ihnen* hören, Fabrizio. Und warum Sie nicht tun, was Sie mir raten: dasein, hiersein, einfach so, in diesem schönen Land. Warum Sie hier nicht leben können, ohne das Leben zu ändern, und wie es kam, daß Sie wurden, was Sie sind.«

»Ich bin Sizilianer, geboren in Camporeale, Provincia di Trapani«, beginnt Fabrizio, also genau, wie einst Romeo und später Nina von ihrem Leben und ihrem Land erzählten; dabei deutet seine Hand hinaus in die Felder. »So wie hier sieht es aus in meinem paese: niedrige Häuser, Lehmhütten, der Dom, weiß in der weißen Sonne, eine Bar, die gehört dem Don Filippo, der verkauft Schnaps, Salz, Briefmarken, Chinin und ist so geizig, daß er seine

Flöhe zählt. Wir aber sind so arm, daß mein Vater nach Amerika auswandern mußte. Jedes Jahr schickt er einen Brief mit ein paar Dollar, die steckt meine Mutter hinter den Spiegel, bevor sie der pescecane, der Wucherer des Dorfes, gegen schlechte Lire tauscht. Im Krieg fressen wir die Mauern an und das Gras und die Wurzeln, bis man beginnt, nach Palermo hinein Getreide zu schmuggeln. Einen der Schmuggler kriegen sie dabei, es ist ein junger Bursche, schön, stark, Salvatore Giuliano heißt er, Turiddu nennt man ihn in Montelepre, wo er zu Haus ist. Der tötet den Zöllner und entflieht in die Berge. ›Rache schwör' ich euch allen!‹ schreibt er auf einen Zettel, der vom Onkel Jacopo herumgetragen wird durch die Dörfer zu den Freunden, den Verwandten – verwandt sind wir alle hier, arm und vom Schicksal geschlagen. ›Mein Leben habe ich hinter meine Schulter geworfen, stehe mit dem Rücken an der Wand. Doch Turiddu ergibt sich nicht!‹

Um diese Zeit beginnt die Separatistenbewegung in Sizilien. Auf den Hauswänden erscheint das Zeichen der Separatisten: die Insel Sizilien, die sich losreißt von der Kette Italiens und sich anfügt an das Sternenbanner Amerikas. Der neunundvierzigste Staat Amerikas will Sizilien werden, teilhaben am Überfluß, ja gefressen werden, aber auch selber fressen. Nicht das Volk will es, die großen Herren sind es, die Landbesitzer, die Monarchisten, und wer die Bewegung leitet, ist die Mafia, die jahrhundertealte Verschwörung der Besitzenden in Sicilia. Über ihnen aber, über den Herren des Geldes, des Bodens und der Macht thront Mister Poletti, der amerikanische Beauftragte in Sizilien, der das Instrument der Mafia begründet: il MIS, il ›Movimento Indipendentista Siciliana‹. In Palermo, im Hause der Barone la Motta und Tasca, finden jene geheimen Sitzungen statt, mit denen ein neuer Krieg, der Krieg Siziliens gegen Italien, begonnen wird. Das Volk soll aufgeschreckt werden und sich um Schutz an Amerika wenden; geängstigt von Unruhen und Überfällen soll es um Rettung flehen, wie es schon jetzt um einen Bissen Brot bettelt.«

»Halt!« Bettine blickt Fabrizio mit gerunzelter Stirn an: »Fabrizio, Sie sind schon wieder bei der Politik! Bleiben Sie bei der Sache, bei Ihrer Sache. Denn Ihnen konnte es doch egal sein, ob Sizilien zu Italien gehört oder zu den achtundvierzig Staaten im Sternenbanner Amerikas!«

»Vielleicht war es mir egal, damals, mir und allen. Aber eines Ta-

ges begriffen wir, daß es uns was angeht – da eben alles jeden von uns angeht. Soll ich Ihnen erzählen, wie das geschah?«
Bettine nickt, und der Mann ihr gegenüber, die Zigarette in der Hand, beginnt zu erzählen. Von einem Abend des Jahres 1946, von einem Haus, hier in der Gegend von Palermo, einer Hütte mit staubigem Oleander vor der Tür, Maisstauden, Limonen. In der Küche vor dem Kamin mit dem rauchgeschwärzten Kessel sitzen die Gevatterin Filomena und ihr Sohn Pietro in der Stille der Landstraßen, die tagsüber weiß unter weißer Sonne liegen, nachts schwarz in der lichtlosen Dunkelheit. Bis ein Schritt ertönt, der von weither kommt, von Montelepre, straßauf, straßab wandert, von Hütte zu Hütte, und haltmacht vor der Tür.
»Onkel Jacopo war es«, erklärt Fabrizio, »ein Greis, gebückt, zahnlos, tritt ein, setzt sich, spricht vom Wetter, schlägt ein Kreuz, sagt zu Pietro: ›Grüße soll ich bestellen von Turiddu, und er erwartet euch morgen in der Nähe der Piazza Croci um sechs Uhr, ihr sollt pünktlich sein.‹
Am gleichen Tag in Palermo kommt ein Mann zu einem anderen Jungen, Antonio hieß er. Auf einer Bahre trugen sie ihn drei Tage später nach Hause – jetzt aber geht er spazieren in der Sonne vor der Porta Nuova in Palermo, als ihn einer anspricht: ›Turiddu erwartet euch morgen in der Nähe der Piazza Croci.‹ Zwanzig, dreißig kommen am nächsten Tag, jeder kommt, wenn er gerufen wird, die einen aus Not, sie haben vielleicht ein krankes Kind zu Hause, und der Apotheker borgt nicht mehr, die anderen, weil sie glauben, daß man das Elend beheben kann, wenn Sicilia vom amerikanischen Brot einen Brocken kriegt. Und drei Stunden später am gleichen Abend bricht es aus den Seitengassen hervor auf die piazza von Montelepre gegen die Kaserne der carabinieri, schießt es von den Pferden herab aus vierzig Gewehren auf die Soldaten, die herausstürzen und liegenbleiben vor den Mauern mit den Zeichen der Separatisten: E. V. I. S.
So geht es durch Monate. Immer neue Überfälle des ›Esercito Volontario Indipendenza Siciliana‹, immer neue Morde im Namen der Freiwilligen für die Unabhängigkeit Siziliens und für das Geld der Herren in Palermo, der Herren von der Mafia. Denen aber ging es nicht nur um la mia bella, povera Sicilia. Denn als die Wahlen kamen, sollte es sich entscheiden: Was wird aus Italien? Wird die Volksfront siegen? Kommen sie wirklich über das Land,

die bösen Kommunisten, die Teufel mit Hörnern und Bocksbeinen?
Da ritt ein Mann über die Straßen von Sicilia hinauf in die Berge hinter Montelepre zu den Höhlen, in denen Guiliano sich verbarg mit seiner Bande, dem Luogotenente Pisciotta, dem Schwager Sciortino. Ein Briefchen brachte der Bote: Freiheit verkündete es Giuliano und seinen Männern, Amnestie, Geld, Ministersessel sogar, wenn es gelänge, das Volk noch einmal zurückzutreiben in die Furcht vor dem Teufel mit dem roten Stern auf der Stirn. Einschüchtern wollte man das Volk Siziliens, das unter den roten Fahnen am ersten Mai siebenundvierzig sein Freudenfest feierte. Ein Feiertag mit Fahnen und Liedern war es – und wurde ein Blutbad.«
Fabrizio hält inne, er schließt die Augen vor dem Bild, das er heraufbeschworen hat: die roten Fahnen, flammend unter der weißen Sonne, und oben auf der Hügelkuppe die davonrasenden Pferde, dunkel unter den Blitzen der Gewehre – ein Spuk, von dem nichts bleibt als das gellende Schreien der Frauen.
»Das ganze Land schrie auf, als setze es den Schrei der Menschen fort, die sich über ihre Toten geworfen hatten. Flüche wurden daraus, Verwünschungen, die Namen der Organisatoren des Gemetzels von Portella delle Ginestre. Aber nichts geschah. Die Frauen in den Hütten – sollten sie den Sohn angeben, den Mann in den Kerker schicken? Stumm hängten sie den Kessel mit Bohnen über das Olivenholzfeuer, und stumm fluchten sie den Mördern in den palazzi von Palermo: ›Verflucht seid ihr und euer Geld, das mordet!‹«
Vor den Fenstern des Zuges ist es dunkel geworden, verschlossen liegt das Land, verschwiegen die Weite, in deren Sand die Seufzer der Erschlagenen und die Flüche ihrer Mörder erstickten. Im Abteil ist es so heiß, als hätte der Tag seine Hitze hineingeatmet; die fette Signora neben Bettine beißt in eine Limone; Fabrizio raucht und gibt Bettine eine Zigarette. Ihre Hand bebt; ihre Stimme ist rauh, wild.
»Aber die Regierung«, sagt sie. »Der Staat! Das Gesetz! Gewiß gibt es hier den gedungenen Meuchelmord, man kennt es aus der Literatur, aber, Fabrizio, Sie werden mir nicht erzählen, daß heute, im zwanzigsten Jahrhundert, die Regierung sich nicht rührt, um den Mord an Unschuldigen zu rächen! Daß man nichts getan hat!«

»Und ob man was getan hat! In der ganzen Provincia di Palermo hat man die Steine umgegraben, den Sand durchgewühlt, die Höhlen durchgekämmt, die Wüste durchgesiebt nach einer Spur der Täter. Noch zwanzig Kilometer entfernt von Portella delle Ginestre hat man die Brunnen versiegelt, und die carabinieri haben den Frauen das Wasser zugemessen für das Trinken und nicht einen Tropfen mehr, nicht einen Trunk für einen, der vielleicht verwundet unter dem Heu versteckt liegt. Vor jedem Haus hat ein carabiniere gestanden, jede Apotheke war bewacht, zwei Divisionen haben Tag und Nacht die Felder und Häuser durchforscht, in den Felsen brachen sich die poliziotti die Beine, und an den Bäumen hingen Zettel: ›Hunderttausend Lire, fünfhunderttausend Lire, eine Million für den Kopf von Giuliano.‹ Darunter aber klebte schon am nächsten Tag ein neuer Zettel, mit Blei geschrieben, in unserer Sprache: ›Drei soldi für den Kopf des Prefetto von Palermo! Ein schmutziger centesimo für die Augen eines carabiniere! Giuliano.‹ Und der? Der lief – so sagt man – mit einem Passierschein des Questore von Palermo in den Straßen der Stadt spazieren. Der ließ sich zusammen mit seinem Vater und dem amerikanischen Reporter Stern fotografieren. Der saß in Reithosen und seidenem Hemd im Salon des Mafioso Baron Tasca. Der stand auf der Hochzeit seines Luogotenente Sciortino mit Mariannina, dem Schwesterchen, als Brautführer am geweihten Altar, den die Nonnen geschmückt hatten, ging schlank und blank mit Likören und Konfetti über die Straßen von Montelepre zu den Nachbarn: ›Kommt, meine Lieben, feiert mit mir das Hochzeitsfest meiner lieben Schwester Mariannina, tanzt und seht, wie ich den Brauttanz tanze mit ihr, ich, Giuliano!‹ Und schrieb Briefe über Briefe an die Zeitungen: ›Die Tat in Portella delle Ginestre ist nicht Weizen aus meinem Sack! Nicht ich habe gewollt, was geschah! Man ist zu mir gekommen, man hat mir versprochen, daß mir verziehen werde, Ämter hat man mir versprochen, Ehre und Rettung – warum hält man es nicht?‹ Und, sehen Sie, Bettine, da begann man etwas zu tun! Um die Stimmen zu ersticken, die jetzt fragten, um den Mund zu schließen, der sich öffnete, nein, die Münder, die vielen, die unzähligen, die jetzt schrien. Auch meinen Mund mußte man stopfen. Denn ich gehörte zu denen, die schrien.«

»Aha, jetzt weiß ich, warum Sie die Geschichte erzählen. Es wird also doch die Geschichte eines jungen Italieners namens Fabrizio!

Endlich kommt er aus der Versenkung hervor: Fabrizio, der Rächer seines Volkes! Was also haben Sie gemacht?«

»Alles, was zu machen war«, erwiderte Fabrizio friedlich. »Mitgegangen, wenn wir losgingen bei Demonstrationen, mitgeschrien, wenn alle schrien, mitgestreikt, wenn ich was zu streiken hatte, mich mit den poliziotti herumgeschlagen, nein, preso le botte, ja, wir sind geübt, Lasten wie die Esel zu tragen und ebenso geduldig die Schläge. Wir haben eine hohe Schule für diese Kunst, das sind unsere Kerker. Da liegen wir zu dreißig und vierzig auf dreckigen, von Wanzen wimmelnden Holzpritschen und warten auf die Kameraden, die von den Verhören kommen, mit blutenden Füßen nach einer alten schönen Tradition: dorthin die Schläge, wo man sie nicht sieht. Ja, bei den ergastolani, den Lebenslänglichen, den zu dreißig, zu vierzig Jahren Verurteilten, in der Hohen Schule der fuorilegge – der außerhalb des Gesetzes Stehenden – lernt man es, mit Knüppeln so weich geschlagen zu werden wie ein Stück Fleisch für die Pfanne und doch nicht zu singen, auf blutenden Füßen aufrecht zu gehen und am nackten Körper eine Feile mit in die Zelle zu bringen.

Als ich wieder einmal in den Kerker nach Procida kam, hatten sie mich für längere Zeit eingedeckt. Wegen Aufreizung, Zusammenrottung, Widerstandes gegen die Staatsgewalt, Verletzung des Versammlungsverbotes – kurz, ich hatte zu Hause gesagt: ›Wartet ein bißchen, bis ihr die pasta ins Wasser tut, es wird ein paar Jahre dauern.‹ Und hatte mir von meinem Rechtsanwalt ein Gesetzbuch reinschicken lassen, falls noch ein paar neue Delikte dazukämen – auf einen geduldigen Esel geht viel rauf, sagt man in meinem paese. Eines Nachts aber kraucht doch zu mir einer auf die Pritsche, Temistocle hieß er, hatte dreißig Jahre wegen Raubmordes und die ganze Familie in den Kerkern von Sicilia, der also fragt mich: ›Du, Politischer, sag mir, ist es wahr, daß du lesen kannst? Und daß du ein Buch hast, in dem alles drin steht? Alles von den Gesetzen? Was man darf und was man nicht darf, und wieviel man kriegt für das und jenes, für Raub und Mord oder einen bescheidenen Diebstahl am hellen Tag auf der piazza? Sag mir, ich bitte dich, Bruder, wieviel gibt's für einen Ring aus purem Gold? Oder für Getreide aus den Speichern von San Vittorio am Hafen? Und wie ist es mit der Amnestie? Wann kriegen wir eine und für wieviel? Damit man sich einrichten kann!‹ Ich habe es ihm gesagt. Und daraufhin sind alle gekommen, das ganze Gefängnis, haben mit

gläubigen Augen das Buch in meinen Händen bestaunt, haben geflüstert: ›Wieviel gibt's? Bruder, Lieber, lohnt sich's für Schmuck, für Geld? Wieviel macht es, drei Jahre oder zehn oder zwanzig, wenn man vielleicht aus Versehen den Wächter ein bißchen antippt?‹ Und ich hab' ihnen gesagt, was das Gesetz verbietet und was für Pflichten sie haben. Bis immer öfter einer gefragt hat: ›Unsere Pflicht, gut, wir wissen sie jetzt: nicht rauben, nicht morden, nicht einmal betrügen. Aber nun sag uns: Was ist unser Recht? Was haben wir für Rechte?‹ – ›Keine‹, habe ich gesagt. Und hab' die Zerlumpten, die Schwärigen, die von Narben und Haß Gezeichneten die große Lehre gelehrt: ›Keine Rechte habt ihr, werdet nie Rechte haben – wenn ihr sie euch nicht selber erobert! Nichts gehört euch als euer Leib, eure Hände, eure Herzen, eure Gehirne. Lernt sie zu gebrauchen, lernt, daß ihr euch alles erkämpfen müßt. Erkämpfen das Recht auf Arbeit, auf Lohn, auf Leben! Begreift, daß ihr euch selbst euer Dasein schaffen müßt, ein besseres Dasein. Kämpft dafür, besinnt euch und kämpft!‹«
»Und? Haben sie was gelernt von der großen Lehre?« Bettine beugt sich vor, um zu verstehen im Rattern des Zuges, im Schnarchen des Mannes neben ihr, im Lärm der Stimmen.
Fabrizio zuckt die Achseln. »Jeder wie er kann. Ein Ochse gibt keine Milch. Die einen haben gelernt, wie sie ihren nächsten Einbruch in den Grenzen der Höchststrafe halten können, die anderen, daß man den Schlag auf den Kopf vermeiden soll, weil der auf die Schulter billiger wird. Einige wenige aber, daß man nicht die Pickel heilen soll, sondern die Krankheit, von der die Pickel kommen. Und dafür, für die Heilung, begann ich, als ich herauskam, wieder mit der Arbeit, der kleinen, mühsamen Arbeit, dem täglichen Kampf um ein paar centesimi mehr, ein Stück Brot mehr, einen Stein mehr an dem Haus für alle!«
»Also doch zu einem Zweck?«
»Auch zu einem Zweck. Aber zuerst und zuletzt für den Sinn des Lebens, den richtigen, wahren Sinn des Lebens.«
»Und Giuliano? Was ist aus ihm geworden?« fragt Bettine.
Fabrizio lacht. »Ihr Frauen seid doch alle gleich! Der interessiert Sie also, il cavaliere del popolo, die Sagengestalt aus der glanzvollsten Epoche des sizilianischen Banditismus! Er hat die Zeitungen der Welt mit seinem Ruhm erfüllt, er hat den reichen Palermitaner Virga gefangengenommen und dreißig Millionen Lösegeld verlangt, er hat sich hohes und höchstes Lösegeld zahlende Herr-

schaften geschnappt, am hellichten Tage auf der Landstraße, auf der die gesamte Streitmacht des italienischen Staates den Banditen Giuliano suchte. Und allein in einem Jahre elfhundertsechsundsiebzig Banditen fing – nur nicht Giuliano. Aber der hat nicht den Schaden angerichtet, den seine Auftraggeber bestellt hatten. Aus dem Separatismus ist zwar die Sammlung des kleinen Mannes, des ›Uomo qualunque‹, entstanden, aber zugleich aus unserem Kampf gegen ihn, gegen die Mafia, gegen den Faschismus das Anwachsen der kommunistischen Bewegung in Sicilia. Und Sie wissen es ja, Sie waren ja beim Prozeß in Viterbo – Giuliano ist gestorben, wie es die Mafia befahl: im Hof eines seiner Auftraggeber, das Gesicht im Schmutz und im Bauch drei Kugeln aus dem Revolver seines Luogotenente Pisciotta.«

Nun ist die Dunkelheit herabgefallen auf die felsigen Hügel, die sich um Palermo erstrecken, die braunen Ebenen, in denen weiße Häuser um den Brunnen hocken, die sandigen Wege, auf denen geheimnisvolle Reiter durch die reglose, dampfende Nacht den Bergen entgegentraben und in der Finsternis Männer mit dem Schnupftuch über der Nase und der Flinte am Rücken umgehen wie die Geister nie vergangenen Heidentums. Bettine erschauert, ihre Hand faßt die des Mannes.

»Fabrizio, mir ist ein bißchen unheimlich geworden! Was ich nicht wußte von Sizilien war schöner als das, was ich jetzt weiß. Und nun Palermo, o Gott! Ich hab' direkt Angst. Und ich weiß nicht einmal ein Hotel ...«

»Kommen Sie mit zu mir«, sagt Fabrizio und lächelt, denn Bettine setzt sich sofort zurück.

»Sie haben mich falsch verstanden, Fabrizio. Anscheinend kennen Sie mich noch nicht, noch immer nicht, leider.«

Darauf sagt der Mann nur: »Und Sie haben meine Geschichte nicht zu Ende gehört, oder ich habe sie nicht zu Ende erzählt, die Geschichte des Fabrizio! Denn eigentlich wollten Sie ja die hören und nicht die des Landes Sicilia, nicht wahr? Nun, ich habe in diesen Jahren nicht nur gekämpft, sondern auch gelebt wie alle Männer. Erinnern Sie sich an die Gevatterin Filomena und den Vetter Pietro, von denen ich zuerst sprach? Da war auch noch eine Tochter, Annunziata, und wenn sie am Webstuhl saß, sah ich immer nur ihr Gesicht, bleich, wie ein kleiner sanfter Mond zwischen den schwarzen Wolken der Haare. Bei uns gehört es sich nicht, daß die Mädchen aufblicken, wenn ein Mann in die Hütte tritt, selbst

beim Essen bleiben sie stumm hinter ihm stehen, reichen ihm die Speisen, bedienen ihn wie Mägde, die sie sind – Mägde, solange sie Mädchen sind, und Herrinnen, wenn sie Frauen und Mütter werden. Es gibt viel Schlimmes in diesem Land, das unsere sizilianischen Männer tun, aus Angst, aus Unwissenheit, aus Not, aus der Unterwerfung unter den Willen der Herren, aber es gibt auch etwas Wunderschönes in unserem Land – das ist die Liebe zu unseren Müttern. Jeder Italiener hat eine große Liebe, die mamma, la mammina bella, la dolce mammina. Und ich, dessen Mutter gestorben war, als sie mich gebar, empfand diese Liebe, wenn ich meine Kusine Annunziata im Winkel der Hütte am Webstuhl sitzen sah. Mir war, als hätte ich das Herz voller Fliegen, und wenn sie abends mit den Frauen am Brunnen stand, ging ich vorbei und sang ihr leise ein Lied, ›Ti voglio bene, tanto, tanto bene ...‹ Dann, eines Tages, war ihr Bruder Pietro verschwunden. Ich suchte ihn, und ich fand ihn im Kerker, als ich wieder einmal zu Hause sagen ließ: ›Tut die pasta noch nicht ins Wasser, es wird einige Zeit dauern, bis ich wiederkomme.‹ Also brachte ich ihnen die Nachricht. Da hob Annunziata ihre Blicke zu mir auf, und ich versank in dem schwarzen Tränenmeer dieser Augen. ›Tröstet Euch‹, sagte ich und nahm ihre Hand, ›weinet nicht, ich werde Euch nicht verlassen, ich werde Euch Bruder sein und Mann und Geliebter, wenn Ihr es wollt.‹ Und sie nahm meine Hand, legte ihre Stirn darauf und sagte: ›*Wie Ihr* es wollt, denn Ihr seid mein Herr.‹«
Jetzt lächelt auch Bettine; sie leuchtet in dem Licht, das dieser Mann in ihr entzündet hat, ihr schöner Mund öffnet sich zu einem Wort, das mehr ist als der Kuß, den sie niemals geben und niemals empfangen wird. »Das ist gut, Fabrizio«, sagt sie, »und ich bin froh! Nun ist es so, wie es immer bleiben kann, und das ist das Schönste.«
Es wird Nacht, bis sie in Palermo ankommen. Fabrizio bringt Bettine in das Albergo Roma, sie verspricht, ihn zu besuchen – ihn und seine Frau Annunziata in der Via San Salvatore 24 – und fällt in ihrem Zimmer auf das Bett, müde des Weges von Venezia nach Palermo. Vom Anfang also bis an das Ende, da doch dies hier das Ende ist. Das Ende oder der Anfang?

XVII

Treffpunkt: Palermo, Bar dal Brigante

In der Bar dal Brigante an der Piazza Garafello erscheint Bettine am nächsten Tage zweimal; morgens frisch und hell, mittags blaß, mit verdunkeltem Blick unter den matt vor der wütenden Sonne gesenkten Lidern. ›Schön wie eine Heilige und müde wie eine Hure‹, berichtet der Kellner später Romeo.
Denn morgens ist Romeo im Brigante nicht zu finden; auch nicht während der Stunden, die Bettine in und mit Palermo verbringt wie mit einem Feinde, den sie zu erkennen versucht hinter dem Überfluß an großbehauenem Stein, an Glanz und Pracht normannischer Paläste, mittelalterlicher Dome und vielstöckiger Geschäftshäuser. Die hat ein halbes Jahrhundert kaltblütig erpreßten Besitzes aus dem Boden gestampft, über den einst sarazenische Krieger ritten und jetzt die großen Wagen der sizilianischen Barone fahren. Vor den Cinemas stehen die Reklamen amerikanischer Filme und auf den Plätzen Männer, Männer an der Mauer, die Hände in den Hosentaschen, wartend – ach, diese leeren Hände in den leeren Taschen, diese leeren Blicke, diese leeren Gehäuse einer von niemand gebrauchten, von nichts und zu nichts genutzten Männlichkeit, in der weißen Sonne zu trägem Schlamm zerkocht, Schlamm aus Not und Hoffnungslosigkeit!
Behindert von stummer Frage und stummem Angebot geht Bettine zwischen den Mauern der Männer an den Mauern hindurch zur marina und kehrt dann wieder zurück in das Gewühl der Gassen am Hafen, der kleinen Plätze mit ihren Ständen voll buntbemalter, zuckergegossener Ritter aus König Artus' Tafelrunde für die Kommode daheim, den Festtisch bei der Taufe im Dorf, den Glassturz im salotto, Traum jeder sizilianischen Mutter, jedes sizilianischen Kindes. In Vitrinen und Fenstern liegen die Leckereien dieses ganz auf das nerven- und sinnespeisende Süße versessenen Landes und in den Schaufenstern unzähliger Rosticcerien auf Blechschüsseln bunte Pasten, fetttriefende Fladen, Gebratenes und Gesottenes. Die Straßen sind voller Menschen; grelle Plakate locken zu billiger Lust und billigem Rausch, dem hinter den geschlossenen Läden der Häuser delle persiane chiuse und dem im

Weihrauch der Kirchen. In deren orientalischen Prunk flüchtet Bettine, um zu ruhen, zu denken, zu erkennen, was sie nicht begreift: das Heidnisch-Verruchte, das Finster-Barbarische, das Urwelthaft-Wilde bei Neonlampen, Cinemas und Autos, die Trauer unter der Heiterkeit dieses Landes und seiner Menschen, so klug und so unwissend zugleich, so schnell im Erfassen und so zäh beim Beharren in der alten, trägen, leidenssüchtigen Unterwerfung. Sie sucht es zu verstehen, dies gute und böse, liebende und hassende Herz unter dem schmutzigen seidenen Hemd, doch was sie vernimmt, ist immer nur das Greinen der Alten, die ihr in einer Wohnhöhle entgegentritt, mit Amuletten behängt, triefenden Auges und barfuß: ›Mit Läusen sind wir geboren, mit Läusen werden wir sterben!‹

Bedrückt und verwirrt entflieht Bettine der Stadt und fährt zur Kathedrale von Monreale. Doch auch jetzt geschieht es ihr, daß sie – nichts auszulassen, nichts zu versäumen – auf dem Wege vom Corso Calatafimi nach Monreale dem Grausigen begegnet, dem Frauen-Armenhaus, dem Albergo delle povere, dem Irrenhaus, und in den unterirdischen Gängen des Convento dei Cappuccini achttausend mumifizierten Leichen. Dann aber steht sie im verblassenden Tageslicht in staunendem Entzücken vor der Kathedrale, dem Traumschloß derer, die an Gott, und derer, die an des Menschen göttliche Sendung glauben.

Da empfängt sie aus blauem Mosaik des Heilands trauriger Blick, die Vielfalt der Bilder im unvergänglichen Glanz goldblauen Emails; und während sie noch verzaubert vor soviel Pracht und Würde verharrt, ertönt draußen das schrille Pfeifen der Polizeiwagen: Den jählings zu flammendem Sternenhimmel elektrisch erhellten Dom betritt ein Kardinal in violetter Soutane.

Sie folgt ihm, zusammen mit einer Hochzeitsgesellschaft, vor der am liliengeschmückten Seitenaltar das Hochamt zelebriert wird. Und in einer Schar von Fremden, die, soeben dem Reiseomnibus entstiegen, nun kostenlos Festbeleuchtung und Kunst genießen, fährt sie nach Palermo zurück, steht eine Weile unschlüssig an der Porta Nuova, bis ihr ein Herr – klein, mager, dunkel, das Abzeichen des Reisebüros im Knopfloch – den Weg weist.

Signor Bartolomeo bleibt ihr zur Seite, ein höflich geneigter Schatten in der schattendunklen Dämmerung; er zeigt ihr – »Onoratissimo, Signorina, es ist mir eine Ehre und mein Beruf!« – Kirchen aus weißem, reichverziertem Stein, wie sie allenthalben

Die Piazza in einem sizilianischen Ort

aus dem Lehmboden sizilianischer Städtchen zum Lob eines begüterten Gottes emporragen, mittelalterliche Paläste und unweit der Promenade am Meer die Villa Igea, geschlossenes Auge, geschlossener Mund des Lasters, dahinter sich Glanz und Lust der reichen Stadt verbergen.
»O Signorina, die Nächte Palermos! Unsere Barone – große Herren sind es und wissen das Gold um sich zu streuen wie früher die Götter! Und was anderes nützt einem als Geld, was anderes will man vom Leben? Die paar tausend Lire Gehalt sind nie genug für Weib und Kinder, vier sind es, es werden auch sieben, acht, ich bin ein Mann, und die Madonna hat uns gesegnet! Dennoch, Gott hat es so gewollt. Glauben Sie mir, alle Italiener sind banditi, alle wollen den Fremden die Schuhe putzen, ja, kommen denn so viele Fremde, kommt denn ein Paar Schuhe auf jeden Sizilianer?« Im Schatten der Jesuitenkirche il Gesù faßt er Bettines Arm, flüstert heißen Atems: »Verzeiht mir, Signorina, aber ich bin Südländer, entflammt bin ich, begeistert – und die fremden Damen haben es gern, nicht wahr? Wenn Sie hierblieben, Signorina, welch ein Trost wäre es für einen einsamen Mann! Wir Siciliani – wir sind das einsamste Volk der Welt! Die Familie? Ah, Signorina, wir schleppen sie mit uns herum wie das Kreuz, das uns der Herr auferlegt hat. Wir sind müde, vielleicht, weil wir ein altes Volk sind, oder weil es so heiß ist hier ... Ach, Signorina, wenn Sie dablieben« – da ist seine Hand, leicht, geschickt, an ihrer Brust –, »wenn ich einmal eine Stunde mit Ihnen allein sein könnte, anima della mia anima ...«
Bettine macht sich los, läßt ihn stehen und wendet sich ohne Gruß, ohne Wort von dem Signor im seidenen Hemd, der stutzt, grinst, die Achseln zuckt und verschwindet.
Indes geht diese seltsame Fremde weiter, die Straße hinauf, über die piazza und dort in die Trattoria dal Brigante. Die Bar ist voll; unter den weißen Neonröhren stehen die Männer an der hohen Theke vor den Glaskästen voll bunter Kuchen und Zuckerwerk, spritzen Anis in ihren schwarzen Kaffee und betrachten mit dem dunklen Blick der Sizilianer die Frau, die geradenwegs auf einen Kerl in einer weißen, nicht mehr ganz sauberen maglia zugeht.
»Da kommt die Signora, die dich gesucht hat«, sagt der Barmann.
Und Romeo dreht den Kopf, seine Hand mit dem Glas bleibt in der Luft; er lächelt nicht.

»Ah, Bettine! Finalmente!«
»Endlich!« sagt auch Bettine. »Wie habe ich dich gesucht! Aber du bist ja nie da, wenn man dich braucht ...«
»No«, sagt Romeo still, und diese Stille im Blick seiner sonst so heftigen Augen läßt die Frau rot werden. »No, ich war nicht da, als man mich brauchte, ich war in Capri.«
Danach gibt es wohl nichts mehr zu reden als das Notwendige:
»Ich hab' den Wagen zurückgebracht nach Napoli, drei Tage zu spät, und bin rausgeflogen und wieder hierher gekommen mit einem Freund, auch einem Chauffeur, und hab' hier auf dich gewartet. Und du?«
»Ich bin nach Matera gefahren und hab' das Geld nicht gekriegt, dafür hab' ich meine Kamera verloren, und ein poliziotto ist ins Hotel gekommen, weil sie schon auf mich aufpassen, und ich hab' gemacht, daß ich wegkam und war bei Liliana und hab' auch da kein Geld gekriegt, aber ich hab' ihr den Ring gegeben.«
»Und sonst nichts? Nicht etwa, daß du dir die Beine gebrochen hast und den Papst ermordet oder den Vatikan angezündet?«
Gut, das ist zum Lachen, und beide versuchen es, während Bettine munter sagt:
»Nichts, großes Ehrenwort! Ich war nur noch bei Fabrizio und hab' ihm Bescheid gesagt ...«
»Und von uns? Hast du was von uns gesagt?«
»Nein, ich hab's nicht gesagt, und ...«
»... und du willst es auch nicht mehr tun, das, was wir wollten? Fortgehen, zusammen ...?«
Sie schweigen, eine junge Frau in Weiß, eine Fremde, si vede, blond, blau-, wenn auch ein wenig kaltäugig, und ein Junge von hier, schön, arm, ihr Liebhaber wohl oder doch der, der es werden kann, wenn er es s'arrangierà. Sie stehen da neben der zischenden Kaffeemaschine, die Arme auf die Glasplatte gestützt, unter der die vertrockneten Sardellen im wasserweißen Licht der Neonröhren schwimmen, und sehen sich an, erkennen sich, nehmen sich in die Augen. Dann plötzlich läßt die Frau den Kopf sinken, an die Schulter des Mannes, der sich nicht rührt, und ihr Gesicht zuckt, während sie stammelt:
»Amore mio! ... Liebster ... mein Armer!« Und in einer stürzenden Flut zärtlicher, wirrer Ausrufe: »Alles, was du willst! Ja, ich will alles, was du willst, nur ... Hör auf, so zu sein, wie du bist, so traurig, so allein, so ...«

»Ich bin allein«, sagt Romeo leise. Dabei legt er beide Arme um ihre Schultern, drückt sie leicht an sich, läßt sie los und schiebt sein Glas über die Theke. »Noch einen grappa für mich und einen Vermouth für die Signora.«
Sie trinken, sie nicken sich zu, Romeo fragt, und langsam erblüht sein dunkler Blick zu einem verlorenen Lächeln. »Also: addio? ... addio, amore?«
»No«, sagt Bettine. »Non addio!« Und auf deutsch: »Willkommen!«

XVIII

Die weise Frau von Palermo

Der nächste Tag ist heiß, aber vom Meer kommt ein Hauch von Frische, der die Straßen Palermos weniger südlich und weniger schmutzig erscheinen läßt, wenngleich keine Macht – auch nicht die des Himmels – zu verwehen vermag, was hier durch Jahrhunderte Mensch und Tier hinterlassen haben und neue Menschen, streunende Hunde und verhungerte Katzen wiederum an Spülicht und Abfällen niederlegen. Es sind die Gassen hinter der Quinte, hinter der Kulisse Palermos, es sind die Durchgänge zwischen seinen weißen Häusern und dieser palazzi schwärende Wunden, aus denen es übelriechend in die Gassenschläuche quillt; es sind die Via Lima und weiter draußen die Via Tiburtina, durch deren menschlichen Bodensatz sich Bettine den Weg bahnt, bis sie das Haus in der Via San Salvatore findet, einen hohen Mietsbau, beschädigt von Krieg und Armut, mit abgeblättertem Putz und gesprungenen Fenstern hinter Unterhosen auf Wäscheleinen.

Fabrizio öffnet die Tür der Parterrewohnung; seine Stimme, gleichmütig wie immer, lädt sie ein, ihm zu folgen. In der Küche ist es sauber, stehen Papierblumen auf dem Schrank, blinkt Kupfergeschirr an der gekalkten Wand, blitzen die gescheuerten Bänke um den Holztisch neben dem Herd, auf dem die minestra für das Mittagessen kocht.

»Hübsch, daß Sie kommen«, sagt Fabrizio, während er das Frühstücksgeschirr fortstellt und mit zweifelnder Miene seinen Bart in einem winzigen Spiegel an der Wand betrachtet. »Meine Frau ist noch nicht da, sie hat eine Geburt, hier in der Straße, eine ihrer Kundinnen, ich glaube, das zwölfte ist es. Aber so was dauert hier bei uns nicht lange. Setzen Sie sich doch. Wollen Sie Kaffee? Da ist Brot.«

Bettine setzt sich, sie beginnt zu sprechen, zögernd, den Blick durch das Fenster auf die Straße gewandt, die nicht aufgeräumter scheint als in der Stunde ihres Bombardements.

»Ich wollte mit Ihnen reden, Fabrizio. Ich habe Romeo getroffen, gestern abend.«

»Ich wußte es«, sagt Fabrizio, der jetzt beginnt, sich vor dem Spiegel zu rasieren. »Man findet schon, was man sucht.«
»Seien Sie nicht so unfreundlich, Fabrizio! Ich brauchte Ihnen doch gar nicht alles zu erzählen, Romeo will es auch nicht; aber Sie waren gut zu mir, Sie haben mir manches gezeigt und manches gesagt, und ich bin ein anständiger Mensch ...«
»Sie sind ein anständiger Mensch«, sagt Fabrizio, friedlich mit seinem Bart und seinem gleichmütigen Spiegelbild beschäftigt.
»Es ist nämlich so, daß es Romeo nicht gut geht. Er ist ohne Arbeit ... und ohne Freunde, er ist auch ... ohne Hoffnung, ja, ohne Hoffnung. Sie haben ihn weggeschickt, und Nina wird ihn wegschicken – das glaubt er oder weiß er sogar – wegen dieser dummen Geschichte, und er ist allein und braucht einen Menschen und ...«
»... und der Mensch sind Sie«, sagt Fabrizio schabend.
»Ja, ich bin der einzige Mensch, den er hat, und ich glaube, ich bin auch der einzige Mensch, den er braucht. Denn ich kann ihm wirklich helfen. Ich kann wirklich was für ihn tun. Sie selbst, Fabrizio, haben mir gesagt, wie ausweglos die Situation hier in Italien ist. Warum soll sie es auch für Romeo bleiben? Er ist begabt, er ist jung, und er möchte etwas lernen, er möchte etwas werden. Er möchte fortgehen von hier, vielleicht mit nach Deutschland, wo man eher Möglichkeiten hat, und dort arbeiten und ...«
»Ausgezeichnet.« Fabrizio betrachtet, zurückgelehnten Kopfes, sein langsam dem Schatten entwachsendes Kinn. »Eine großartige Idee, magnifico! Welches Glück für Romeo!«
»Es ist das, was er braucht.«
»Genau das, was er braucht – nicht das, was wir brauchen, denn wir brauchen jeden Mann. Aber wie Sie meinen: was er braucht«, sagt Fabrizio in den Spiegel. »Und um ihn handelt es sich doch, oder?«
»Um ihn, natürlich um ihn.«
Der Mann nickt in den Spiegel; zieht sich – »entschuldigen Sie, Signora« – das Hemd über den Kopf, so daß er nun in dem wollenen Leibchen dasteht, das vermutlich seine Frau gestrickt hat, wie es die italienischen Frauen zwischen Kindergebären, Kinderaufziehen und wieder Kindergebären für ihre Männer stricken. Bettine blickt von hinten auf seinen runden Hals und die breiten, schweren Schultern. Sie sagt eifrig:
»Natürlich handelt es sich um ihn und sein Leben.«

»Um seins. Und nicht vielleicht um Sie und Ihr Leben? Scusi, Signora, ich bin ein einfacher Mann, ich habe mit einfachen Dingen zu tun, Löhnen, Tarifen, Streiks, und wie man eine Wunde verbindet, die man von einem Schlag über den Kopf mit einem manganello bekommt. Aber ich bemühe mich, auch die feineren Dinge zu verstehen, da Sie mir die Ehre geben, mir davon zu erzählen. Und so erlaube ich mir, Sie zu fragen: Es handelt sich nicht vielleicht um Ihr Leben? Um ein gutes Leben, selbstverständlich, ein schönes Leben, das man vielleicht noch ein wenig schöner machen könnte mit einem importierten Italiener, einem hübschen Jungen, der Romeo heißt und auch so aussieht, Mandelaugen und blanke Zähne und ...«

»Ich hätte nicht kommen sollen, entschuldigen Sie«, sagt Bettine und erhebt sich. »Ich hätte mir denken können, daß Sie mich nicht verstehen.«

»Oh, ich verstehe Sie sehr gut. Ich habe Sie schon verstanden, als ich Sie damals traf und Sie sich ein paar Fotos mitnehmen wollten von unseren leeren Hallen da in den Reggiane, von unserem armen Streikessen und von Romeo natürlich. Zur Erinnerung – und weil ja auch das romantisch ist und interessant bei allem Elend. Ja, das, was Sie wollen, wollen alle Touristen in Italien: sich ein bißchen was mitnehmen von der Schönheit, von der Romantik, von der Kunst, von der Lust zu leben. Nur, daß Sie noch mehr wollen und auch noch mehr können als die anderen Touristen: Sie nehmen sich das Original, Romeo selbst, das Vergnügen selbst, die Romantik in natura. Brava, brava!«

Eigentlich will Bettine jetzt gehen, aber sie bleibt so stehen, wie die germanischen Gefangenen in den Triumphzügen ihrer römischen Eroberer standen: geschlagen, aber aufrecht. Und sie sagt mit Würde:

»Sie tun immer, als wenn ich stehlen wollte oder betrügen. Aber ich will geben, ich will Romeo geben, was er hier nicht kriegen kann, schon gar nicht von Ihnen. Vielleicht aber ... Ja, vielleicht will ich auch etwas für mich haben ... Können Sie sich denn gar nicht vorstellen, daß eine Frau einfach jemanden gern hat ... oder sogar liebt?«

»Ja, eine Frau wie unsere Frauen hier. Eine Frau, die geboren ist für den Mann, die Kinder, die lieben kann.«

»Ich bin doch auch eine Frau«, sagt Bettine leise. »Eine Frau wie eure hier, die für einen Mann leben und mit einem Mann glücklich

sind, einfach glücklich. Warum glauben Sie mir denn das nicht, Fabrizio?« Sie schreit auf; ja sie verliert sich, hier in dieser armseligen Küche vor dem Mann am Spiegel, der sie weniger beachtet als seinen Bart. »Ich hab' Ihnen doch nichts getan! Warum hassen Sie mich denn?«
Da wendet sich Fabrizio zu ihr, er legt seinen Rasierapparat weg, er wischt sich das Gesicht mit dem Handtuch ab, er säubert die Klinge und kommt dann auf sie zu.
Und nahe vor ihr sagt er:
»Ich hasse dich? Oh, bambina mia! Vielleicht liebe ich dich. Vielleicht liebe ich dich so, wie man das Schöne liebt, das man nicht haben kann, die Ferne, in der es leicht zu leben wäre, oder wie einen Traum, den man träumt und von dem man nicht denkt, daß er wahr werden könnte. Wie einen Engel vielleicht, obwohl ich doch weiß, daß es keine Engel gibt, und wie die Madonna in ihrem Schrein, zu der ich betete, als ich noch ein Kind war, und an die ich heute nicht mehr glaube. Vielleicht liebe ich dich, wie man die Romantik liebt. *Du* nimmst sie dir mit nach Hause, aber ich, ich bleibe hier, denn ich habe hier was zu tun. Und meine Romantik ist, daß ich manchmal aus einem Gefängnis oder von einer Arbeit oder einem Streik hierherkomme in mein Haus und mich in Ruhe rasiere und an dem Tisch da mit meiner Frau und meinen Kinder spaghetti esse, hier wo neben dem Spiegel dein Bild hängt. Möchtest du mir eine Fotografie schenken, bevor du fortgehst – mit Romeo natürlich?«
»Ja, ich will dir eine Fotografie schenken«, sagt Bettine; sie sagt es ohne Atem. Schafft es aber, dann zu lächeln und sich zu bedanken. »Für alles, ja, für alles. Und jetzt geh' ich.«
»Wohin?«
»Zu Romeo. Wir sind verabredet, um zwei.«
»Noch viel Zeit«, sagt Fabrizio. »Setz dich hübsch wieder hin und warte. Ich hab' was zu besorgen, hier in der Nähe, nachher komm' ich mit dir. Du sollst auch die Signora kennenlernen – damit du mal siehst, was eine Frau ist.«
Annunziata Cacciacane kommt eine Viertelstunde später, bepackt mit einem Korb voll Gemüse, der Hebammentasche, einem Stoß Wäsche und Blumen vom Markt. Sie ist klein, breithüftig, mit graden Schultern, stolz getragener Brust, einem großäugigen Gesicht und einer Spur von Lippenrot auf dem geschwungenen Mund, der einmal sprach: ›Wie du es willst, denn du bist der Herr.‹

Jetzt begrüßt sie freundlich, mit tiefer, sanfter Stimme, die Fremde:
»Onoratissima, Signora! Seien Sie willkommen!«
Bettine bleibt also und sieht zu, wie die Frau das Mehl für die pasta auf die weiße Holzplatte streut und die Zwiebeln bräunt und die pomodori aus dem großen Steintopf nimmt, in dem sie während des Sommers auf dem Fensterbrett in der Sonne gekocht haben. Und wie sie Rosmarin und Petersilie von den Töpfen vor dem Fenster holt und später in der kleinen Wohnung Ordnung macht – eine Wohnung aus Gummi, einem Wunderwerk des menschlichen Geistes, der es vermag, nicht nur Berge, sondern auch Wände zu versetzen, wenn es gilt, für eine Anzahl schlafbedürftiger Freunde Platz zu schaffen. Des Sohnes Lagerstatt hinter dem Kleiderschrank im Schlafzimmer scheint sich beliebig ausdehnen zu können, der Herd kocht nötigenfalls nicht nur Essen, sondern auch Flugblätter, deren Papier in Rauch aufgeht, während ihr Inhalt auf zauberhafte Weise erhalten bleibt; und selbst Bettine findet in einem Korbsessel am Fenster die Ruhe, die von der kleinen Frau auszugehen scheint. Die sauberen, weichgewaschenen Hände – Bettine ist es, als berührten sie ihr Herz, so mütterlich sind sie, so sanft.
»Hebammenhände«, sagt die Frau, »die müssen kräftig sein für die Arbeit. Und ich hab' Kraft. Darum hab' ich's auch gelernt, damals als Fabrizio zum erstenmal im Gefängnis war. Was sollte ich machen? Ich hatte nichts, nichts als einen Gruß von ihm, den mir die Freunde brachten. Und eine Botschaft ...«
»Ich weiß.« Bettine ist stolz auf dies Wenige, das sie mit der Frau teilt. »Fabrizio hat es mir erzählt. ›Tu die pasta noch nicht ins Wasser, es wird noch ein paar Jahre dauern!‹«
»Es hat ein paar Jahre gedauert«, lächelt die Frau – welch kluges Lächeln, welch ruhiger Blick der samtschwarzen Augen unter dem glatten Haar, welch unzerstörbare Jugend in dem guten Gesicht! »Ich war allein mit zwei kleinen Kindern, ich hatte nichts, und die Frauen um mich herum hatten auch nichts, nicht mal einen Arzt, nur die nonna oder eine Nachbarin, die ihnen die Wehen besprach. Da hab' ich gelernt, ihnen zu helfen – ihnen und mir. Nun bin ich seit fünfzehn Jahren levatrice hier in der Via San Salvatore, und Nacht für Nacht sitze ich an einem Bett – ach, was sag' ich: ein Bett! ein Stück Holz mit dreckigem Stroh drauf. Viele sind mir schon drei, vier Kinder schuldig, die Armen, wie könnten sie da

den Arzt holen oder die Hebamme aus der Stadt? Nur wer ein Arbeitsbuch hat, kann ins Krankenhaus gehen, zu Haus aber sind die Kinder – wie können sie sie allein lassen, die Kleinen, wer soll ihnen was kochen? Da bleibt die Frau eben in der Hütte auf dem Stroh und legt sich gekaute Wurzeln auf den Leib und das Bild der Madonna und betet und schreit zusammen mit den Weibern, die drum herumstehen und noch lauter schreien. Und ich nehme ein Stück Fetzen, ein Laken, ein Hemd und lauf' rüber und sitze daneben und sage: ›Schrei nicht, Maria, hab Geduld, sei ruhig. Und halt still, damals hast du auch stillgehalten.‹ Und dann erzähle ich ihnen was, damit sie die Schmerzen vergessen. Keine Märchen.«
Sie lacht, es ist ein Lachen, das eine Hütte voll Elend zu erhellen vermag; es ist Wärme genug für eine Stube ohne Ofen, darin eine Frau in Schmerzen liegt, während eine starke, sanfte Stimme spricht: »›Nun, Maria, denk nach, was aus dem Kind werden soll, das du gebärst. Eine Arme wie du, ein Arbeiter wie Carlo, dein Mann, soll es das werden? Soll es hungern wie ihr? Nicht einmal ein Hemd hast du für dein Kind, nicht eine Windel, nichts! Willst du nicht sorgen, daß es anders wird, daß es für alle Kinder Hemden gibt und Windeln und Milch? Denk darüber nach, dann fühlst du die Schmerzen nicht so.‹ Und wirklich, es hilft ihnen. Sie hören mir zu, sie leiden und lernen. Und das ist es, was wir Frauen hier in Italien müssen: lernen und leiden.«
Lernen und leiden, denkt Bettine, nein, leiden und lernen, erst das eine und dann das andere, und vielleicht leben und sogar lieben, nicht nur den eigenen Leib und die Kinder darin. Laut sagt sie: »Schwer, ach wie schwer ist das!«
»Nein, es wird uns schwer gemacht. Wir sollen so bleiben, wie wir sind, unwissend und abergläubisch und angstvoll. Denn wenn so eine Hütte auch nicht einmal ein Bett hat – eine Madonna hat sie und die Heiligenbilder an der Wand und ein Auge aus blauem Glas gegen das malocchio. Und der Pater, ja, Don Alonzo von der Kirche der Gnadenbringenden Mutter, hat den Frauen gesagt: ›Ich werde eure Kinder nicht taufen, wenn ihr sie von der levatrice Annunziata holen laßt! Geht nicht zu der Hebamme, der roten, sie verzaubert eure Kinder, sie verflucht sie im Mutterleib!‹ Da bin ich in die Kirche gegangen am heiligen Ostersonntag, hab' zwischen all den Frauen gestanden, und der Prete hat von der Kanzel herab mit Fingern auf mich gezeigt: ›Da ist sie, die Dienerin des Teufels!‹ ›Was wollt Ihr von mir?‹ hab' ich gefragt. ›Du bist eine Rote!‹ hat

der Prete gesagt, und ich habe gesagt: ›Ja.‹ Und er hat gerufen: ›Dann schere dich hinaus aus der Kirche, denn das ist eine Todsünde.‹ Darauf habe ich gesagt: ›Das steht nicht in den zehn Geboten.‹ Und habe die zehn Gebote aufgesagt. Es war aber nichts drin davon, daß es eine Todsünde ist, rot zu sein. Und ich habe gesagt: ›Das sind die zehn Gebote, und wenn es stimmt, was Ihr sagt, so gibt es elf Gebote. Die zehn Gebote aber sind von Gott, und das elfte Gebot habt Ihr gemacht, das ist von Euch. Und das brauchen wir nicht zu halten!‹ Seitdem darf ich nicht mehr zur Beichte kommen; nur an den Festtagen stehe ich in der Kirche zwischen den Frauen ganz vorne, denn ich habe ein Recht, da zu sein. Ich halte die Gebote, ich diene meinem Gott – warum darf ich nicht auch den Menschen dienen?«
Das Wasser für die spaghetti in dem großen Kessel fängt an zu sieden, die Frau macht den sugo fertig und schneidet das Fleisch für den zweiten piatto in messerdünne Scheiben. Der Sohn kommt eine Viertelstunde später, ein schöner, schweigsamer Bursche, und begrüßt die Signora mit der Zärtlichkeit italienischer Kinder, die lebenslänglich bleiben, was sie waren: Herz vom Herzen der Mutter, Leib von dem Leib, der ihnen das Leben und durch Jahre Wärme und Nähe in dem gemeinsamen Bett gab. Die spaghetti wirft die Frau erst in das Wasser, als Fabrizio kommt; er hat Wein mitgebracht, setzt sich neben Bettine auf die Holzbank am Tisch, bricht das weiße Brot und sagt: »Auf Ihr Wohl, Bettine!« Und mit listigem Funkeln des Auges, während er das Glas mit Wein und Wasser hebt: »Und auguri! Ich vergaß vorhin, Ihnen zu gratulieren; nun holen wir es nach – mit Wein, wie es sich gehört!«
Es wird einen Augenblick lang still. Dann hat sich Bettine gefaßt; sie lächelt sogar und – wie sie sehr wohl weiß – über sich selbst, während sie einer Hebamme in einer Küche in Palermo zu erklären versucht, daß sie, Frau Bettine Schmidt aus Berlin-Wilmersdorf, die Braut des Chauffeurs Romeo Padala aus Bologna ist.
»Die neue Braut«, berichtigt Fabrizio. »Ja, die Deutschen sind tüchtig. Und schnell.«
»Schweig«, sagt die Signora Annunziata streng. »Es schickt sich nicht, über diese Dinge zu reden. Sie wird schon wissen, was sie macht. Sie ist eine gute Frau, sie tut nichts Böses.«
Bettine errötet – vielleicht von der Hitze des Herdes oder der Sonne auf den Küchenfenstern über den Rosmarintöpfen. Oder auch vor Scham.

XIX

Palermo, im Männerland

Pünktlich um zwei Uhr betreten Bettine und Fabrizio die Bar dal Brigante, die um diese Stunde der Siesta leer ist. Der Wirt schläft, den Kopf hintenüber an die kühle Kachelwand gelehnt, die nackten Füße auf dem nassen, soeben mit Wasser begossenen Steinfußboden, und Romeo steht an der Theke vor seinem espresso, die Zigarette im Mund. Er nimmt sie auch nicht aus den Lippen, als er Fabrizio sieht. Denn nur den sieht er, nicht Bettine, die hinter Fabrizio stehenbleibt und mit dünner Stimme grüßt.

»Ciao«, sagt Romeo zu Fabrizio.

»Ciao, Romeo, ich bin mitgekommen; ich wollte dir buongiorno sagen. Nein, addio, denn du fährst ja fort.«

»Woher weißt du das?« Auch Romeo spricht höflich: »Ah, sie hat es dir gesagt, du bist ihr Beichtvater?«

»Ja«, antwortet Fabrizio. »Ich bin ihr Beichtvater. Sie hat mir gesagt, daß du mit ihr gehen willst.«

»Und du, was hast du gesagt?«

»Was kann ich dazu sagen? Ich gratuliere! Dir – nicht ihr.«

»Grazie, grazie infinitamente!« Romeo lächelt mit blitzenden Zähnen und blanken Augen, vor denen Bettine die Lider senkt. Dennoch gewahrt sie das Schauspiel, das die beiden Männer in der Arena ihres männlichen Stolzes vor Männern und für Männer aufführen, lässig, leicht, Hände in den Hosentaschen, Zigarette im Mundwinkel. Romeo fängt an; er sagt:

»Nett von dir, daß du nichts dagegen hast, wenn ich weggehe. Warum sollte ich auch nicht? Hier braucht niemand einen lazzarone wie mich.«

»Keine Stellung?« fragt Fabrizio.

»Natürlich keine.« Romeo zuckt die Schultern. »Das ist es nicht. Aber ... es kennt mich ja keiner mehr. Es sieht mich ja keiner mehr an. Du hast gute Arbeit gemacht, Fabrizio.«

»Hab' ich.«

»Na also, warum fragst du? Ich lauf' hier rum wie ein Hund.«

»Na und draußen? In Lercara beim Streik? Du hast ihnen doch die Lebensmittel gebracht.«

»Ja, aber wie und wann? Sie wußten schon alles. Ich war jeden Tag draußen, aber was soll ich da? Die Jungen sind immer noch drin, drei Wochen bei fünfzig Grad Hitze, und oben stehen die Weiber und warten – soll ich mich dazustellen? Gestern haben sie Rosario ins Krankenhaus gebracht, einen Mann von vierzig mit sechs Kindern, einen caruso!« Er spricht zu Bettine nach einem Blick in ihr fragendes Gesicht: »Carusi sind die Jungen, die unten in den Minen arbeiten, billig, weil sie erst dreizehn oder vierzehn Jahre alt sind. Aber wer caruso ist, bestimmen die gabellotti, die Pächter. Jawohl, hier in Italien wird auch die Erde unter der Erde verpachtet, wenn Schwefel drin ist; dann machen sie Napalm, Giftgas statt Düngemittel und kriegen ganz schön! Die Baronin Perrier vom Bergwerk ›Cozzodisi‹ per esempio bis zu neunzehn Millionen Lire im Monat! Da sind siebenhundert Bergleute unten; weißt du, was die kriegen? Die kriegen elfhundert Lire am Tag, wo ein Kilo Brot hundertzwanzig Lire kostet, ein Kilo Fleisch zwölfhundert. Und der Streik geht um einhundertfünfzig Lire mehr Lohn täglich.«
»No«, sagt Fabrizio. »Der Streik geht in Wirklichkeit um die fünfzehn Toten bei dem letzten Unglück im Schwefel. Dabei waren es noch fünf zu wenig. Ja, die Herren von der Direktion haben erklärt, daß sie mit zwanzig Toten gerechnet hätten. Man hat eben eine feste Ziffer für Unfälle beim Schwefelabbau, ich glaube drei Prozent – denn es gibt keine Sicherungen da unten und keine sanitären Einrichtungen. Aber den Tod als Zugabe und die Schwefelkrankheit. Zolfatari leben schlecht, dafür jedoch nicht lange, Gott ist gnädig! Romeo, du hast doch die Geschichte vom Salvatore Valli gehört? Den hat ein Schwefeleinbruch ersäuft, wie eine Katze im Wasser ist er verreckt, eine Stunde vor Arbeitsschluß, also bevor er seine zwölf Stunden rum hatte. Und da hat man der Witwe, der Rosaria Valli, nur den Lohn für elf Stunden bezahlt!«
Romeo nickt, auch er weiß Bescheid. Da er nirgends mehr zu Hause ist, ist er seit Tagen zu Besuch draußen in Lercara bei den calcheroni, die erloschen sind, seit die zolfatari unten in den Gruben sitzen und warten. Auf den Sieg oder auf das Ende. Das aber ist nahe ...
Die beiden Männer hier in der Bar dal Brigante wissen es und sprechen nun flüsternd von Dingen, die Bettine wohl nicht zu hören braucht, auch – im Dialekt gesprochen – nicht versteht. Sie sitzt also an dem runden Eisentisch vor ihrem cappucino und sieht den Blicken zu, die so schnell von List zu Ernst, von Lächeln zu

Zorn wechseln, dem beweglichen Spiel der in der Luft geschüttelten, an den Fingerspitzen zusammengefaßten Hand, dem Geschehen, das unter den Worten abläuft wie ein Film. Ein Film, der in einem anderen Land spielt, im Männerland eben, auf den Marktplätzen kleiner Städte, wo sonntagabends die Männer auf die Toto-Resultate warten, oder bei einem Streik vor dem geschlossenen Gitter einer Grube nebeneinander den Polizisten entgegengehen und in Bars sitzen wie dieser »dal Brigante«, in vielen Bars und doch immer in der gleichen und immer gleich: zwei Männer, die zusammen reden in ihrer Männersprache und schweigen in ihrer Männersprache und grinsen und rauchen und das Glas heben.

»Noch einen, Romeo? Auf dein Wohl! Und alles Gute ... für die Zukunft! Du wirst uns fehlen, ein Junge wie du, ein Bursche in gamba. Du hast einiges geleistet, die Sache mit den Lebensmitteln für die Reggiane damals ...«

»... und die Sache mit den Lebensmitteln für Lercara«, packt Romeo den Stier bei den Hörnern. Der aber dreht sich geschickt aus dem roten Tuch.

»Nun ja, so was passiert mal, ist ja auch schon erledigt.«

»Wieso erledigt?« Romeo hebt den Kopf, und auch Bettine horcht auf, denn jetzt sagt Fabrizio leicht: »Ich war in Napoli, ich habe mit ihm gesprochen, mit deinem Commendatore Vidali in der Via Roma neunundzwanzig. ›Commendatore‹, habe ich gesagt, ›unser Freund Romeo hat da ein paar Sachen genommen ...‹«

»›Freund‹ hast du gesagt? Von mir? Grazie, tante grazie! Aber ›ein paar Sachen‹ ist gut – für einen Lastwagen voll Lebensmittel!«

»Bezahlen wollen wir, habe ich gesagt ...«

»Ah, bezahlen wollt ihr! Wahrhaftig großzügig, generoso!«

»Was hast du gedacht? Sind wir Räuber? ›Aber wann?‹ hab' ich gefragt. ›Gleich‹, hat er gesagt. ›Sofort! Noch heute!‹ Und einige unfeine Worte, die sich nicht schicken für eine Kundschaft wie wir. Ich hab's ihm verwiesen, so vornehm, wie es sich gehört im Büro eines Commendatore, der sich seinen Titel und seine Millionen im letzten Krieg mit Lieferungen von verfaulten Lebensmitteln erschoben hat. Und hab' ihm vorgeschlagen: Wechsel auf drei Jahre, langsam abzuzahlen – worauf er wieder unflätig wurde. Kein feiner Mann! Ein lazzarone mit einem Platinberg von Zigarettendose, aus der er mir auch nicht eine angeboten hat!«

»Du hättest ja auch keine genommen«, sagt Romeo, und beide grinsen, zwei Männer, die nebeneinander auf dem sandigen Marktplatz ihres sizilianischen Dorfes stehen und sich gemeinsam gegen den einen, den immer gleichen Feind, den Hofhund des Besitzers, verteidigen.
»Wo werd' ich denn«, sagt der eine der beiden Männer, schwarzschimmernde Kampfeslust im Blick. »Ich hab' meine nazionale geraucht und hab' ihm die Bude damit verstänkert, denn ich weiß, was sich schickt. Und dann habe ich ganz friedlich gesagt – denn wir sind friedliche Menschen, nicht wahr, Romeo? –: ›Gut, Commendatore, wenn es denn sein muß, werden wir bezahlen, wann Sie befehlen, Sie haben zu befehlen, es ist so hier bei uns in Italien, der, der hat, kann befehlen. Obwohl Sie vielleicht ein wenig gnädiger sein dürften, ein wenig freundlicher, denn auch wir sind freundlich mit Ihnen, Commendatore.‹ – ›Freundlich?‹ hat er gesagt und hat losgebrüllt. Oh, Romeo, schade, daß du es nicht hören konntest! Er hat so hübsche Dinge gesagt, so süße Worte!«
»Ich kenne sie«, sagt Romeo genießerisch, »›lazzarone, Räuber, Bastard, sizilianischer Straßendreck!‹ ...«
»Ja, er hat uns alles genannt, was man arme, verseuchte, verrotzte Sizilianer nennen kann. Und ich habe geflötet wie ein Vöglein: ›Oh, Commendatore, nicht doch, Commendatore!‹ Und dann habe ich ihm die Hand hingestreckt und gesagt: ›Verzeihen Sie uns, seien Sie uns ein Vater! Und Sie werden sehen, wir erkennen es an, wenn jemand für uns etwas tut – für uns und für die Sache. Sie werden es lesen in unseren Zeitungen, in allen Zeitungen, schwarz auf weiß: ›Der Commendatore Vidali, Inhaber der Lebensmittelgroßhandlung Vidali, Napoli, Via Roma neunundzwanzig, hat in großzügiger Weise seine Sympathien für die streikenden Schwefelarbeiter bekundet, indem er einen Waggon mit Lebensmitteln nach Lercara geschickt hat‹ ...«
Fabrizio kann nicht weitersprechen, denn Romeo schreit vor Entzücken. »Wie schön! Oh, amico mio, che bellezza!«
»Ja, es war schön«, sagt Fabrizio glücklich. »Ach, daß du ihn nicht gesehen hast! Zuerst war er einfach sprachlos, dann sind ihm die Augen aus dem Kopf gequollen, und er hat geröchelt: ›Ladri, Räuber, Mörder!‹ Und ich hab' gesagt, ganz unschuldig: ›Wieso ladri? Wir sind anständige Leute. Wir lassen uns nichts schenken, ohne uns zu bedanken. Und wir werden uns bedanken!‹ Da hat er den Braten gerochen, und er roch ihm nicht gut. Denn er hat angefan-

gen zu jammern: ›Erbarmen, per carità, ein ruinierter Mann bin ich, erledigt bin ich, vernichtet‹, und hat mir was vorgeweint von seinen Regierungsaufträgen, die er verlieren würde, wenn ... ›Ihr werdet es doch nicht tun, versprecht es mir, schwört mir beim Blute Christi, daß ihr meinen Namen nicht nennt! Per carità!‹ – ›Gut, nicht Ihren Namen!‹ hab' ich gesagt, aber wenigstens: ›Eine bekannte Lebensmittelgroßhandlung in der Via Roma hat ihre Sympathien für die streikenden Schwefelarbeiter bekundet, indem sie ...‹«

»Hör auf«, flüstert Romeo erschöpft. »Ich kann nicht mehr lachen! Es ist das Schönste, was ich je gehört habe.«

»Und es war das einzige, was wir tun konnten. Er hätte uns ausgenommen wie ein Lamm, wenn wir uns nicht gewehrt hätten. Aber wir haben uns gewehrt. Auf unsere Art, auf italienisch«, erklärt Fabrizio Bettine, die wieder einmal das Leben leicht findet – das italienische Leben. »Auf die Art von armen Leuten, die etwas im Hirn haben müssen, weil sie nichts in der Tasche haben. Es genügt eben nicht, den Kopf hinzuhalten, man muß ihn auch benutzen, nicht nur zum Träumen, auch zum Denken. Sogar unsere armen Siciliani hier – sie kämpfen, aber auf ihre Weise. Wenn in Palermo die Straßenfeger streiken, so werfen die den Schmutz auf die Straße, die Polizei holt ihn ab, und die spazzini machen am nächsten Tag die Straße wieder dreckig statt sauber. Ja, erfinderisch muß man sein! Ich war es bei unserem Commendatore. Er wird nichts mehr verlangen, und wir werden zahlen, wann es uns paßt und wann wir können. Zum Schluß hat er sich bedankt dafür, daß wir uns nicht bedanken. Und ich war sehr höflich, warum auch nicht? Schließlich haben die Streikenden ihre Lebensmittel gekriegt, dafür hat er schon Milde und Nachsicht verdient, per carità!«

»Und ich?« fragt Romeo. »Was hab' ich verdient? Denn ich hab' sie geholt, die Lebensmittel!«

»Ohrfeigen«, sagt Fabrizio. »Immer noch Ohrfeigen.«

Romeo lächelt sein Straßenjungenlächeln. »Ich hab' sie gekriegt, amico mio, glaub es mir! Diese letzten Tage – ich bin mir vorgekommen wie ein Aussätziger. Ich hab' manchmal gestanden, irgendwo in einer Ecke, und hab' gedacht, jetzt möchte ich hier stehenbleiben und heulen!«

»Und was möchtest du sonst tun?«

Der Junge hält den Atem an; Bettine fühlt es, und Neid ergreift sie

auf ein Herz, das so hingegeben zu lieben und zu leiden weiß. Gesenkten Blickes sagt er:
»Das kommt darauf an, was ihr wollt, das ich tue.«
Fabrizio schweigt; dies ist der letzte Teil der Strafe, er genießt sie, wie der andere sie erduldet. Den Kopf zurückgelehnt, die Augen halb geschlossen, blickt er an Romeo vorbei Bettine an. Und zu ihr spricht er:
»Ich muß nach Lercara, es sieht schlimm aus. Man hat zu viel Polizei hinausgeschickt, und Sie wissen, bei uns ist man gegen die poliziotti; ja, wenn die Polizei verbieten würde, Blumen zu pflükken, so würden alle Blumen pflücken, armvoll. Und heute«, sagt er nun wieder zu Romeo, der nicht lächelt, sondern wartet, »heute kommt die Delegation aus Rom zurück. Sie hat nichts erreicht – fast nichts. Man wird noch verhandeln, aber wenn die zolfatari raus müssen aus der Grube, wird man aufpassen müssen, daß nichts geschieht. Man braucht ein paar vernünftige Leute da draußen ...«
»Und ...?« fragt Romeo. Er hebt das leere Glas an die Lippen, seine Hand zittert.
»...und wenn du willst, kannst du mitkommen.«
»Ja«, sagt Romeo, nicht mehr. Aber er hat blanke Augen und eine rauhe, vor Rührung überkippende Stimme: »Grazie, Fabrizio, grazie! Andiamo! Los, gehen wir!«
»Ja«, sagt Bettine, »geht.«
Denn sie ist aufgestanden, als erste. Sie steht schon an der Tür, während Fabrizio zahlt und Romeo auf die Frau zukommt, schnell und doch nicht schnell genug, um sie noch zu erreichen, die mit einem letzten Rest von Haltung zurücktritt und nun dasteht, wieder im Leeren.
Jedoch sie lächelt. »Lauf, Romeo«, sagt sie. »Und alles Gute! Du weißt ja, wo ich wohne, Hotel Roma. Und falls wir uns nicht mehr sehen sollten ...« Das ist der Abschied, das also: in der Tür einer Bar stehen und eine Hand fühlen, die einmal ihr gehörte gleich ihrer eigenen, einen Blick, in dem sich ihr Lachen und ihr Weinen spiegelten wie Schatten und Sonne, die Sonne eines fremden, feindlichen, nicht gewonnenen Landes. »Leb wohl, Romeo.«
»Ich komm' doch wieder«, sagt Romeo, »ich komme doch« – ach, welche Scham in seiner Stimme, welche Zärtlichkeit und welche Eile! »Ich komme zu dir ins Hotel, morgen, morgen bestimmt!«

»Ciao, Bettine, ci vediamo!« Fabrizio gibt ihr die Hand, sie blicken sich an, in die Augen, Bettine lächelt:
»Gewiß sehen wir uns noch, ciao, Fabrizio!«
Aber als sie nachher in ihr Hotel zurückkehrt, in den palazzo, der einst den Herren Palermos zu zeitweiligem Aufenthalt in kühlen, mit Plüsch und Marmorstatuen geschmückten Räumen diente und nun mittels Neonröhren und Pappwänden zur Absteige für minderbemittelte Touristen wurde, wie sie da in dem weißgekalkten sargähnlichen Kasten, im Lärm der Schritte von den Fluren und aus den anderen weißgekalkten Särgen liegt – da fühlt sie sich bis zur Verzweiflung verloren und verlassen. Sie versucht einzuschlafen. Und nimmt dann doch – Stunden später – den Hörer vom Telefon; ihre Stimme klingt, als riefe sie um Hilfe.
Der Empfangschef unten in der Rezeption gibt Antwort, gibt Auskunft, hängt ab, wendet sich zu dem Kollegen, sagt:
»Die Tedesca von achtundzwanzig. Sie will zum griechischen Tempel nach Segeste morgen früh. Will wissen, wann der Zug geht, *jetzt* will sie es wissen. Und sprechen tut sie! Als wenn sie weint ... Disgraziati, die Deutschen!«
»Geh doch mal rauf«, sagt der andere, auch er hat blankes Haar, melancholische Augen, Bärtchen, blauschwarz umwuchertes Kinn, es ist nachts halb zwei. »Vielleicht braucht sie was.«
»Natürlich braucht sie was, alle deutschen Signorine brauchen was«, sagt Signor Camillo und steckt den langen Nagel des kleinen Fingers der Rechten in die Nase. »Warum kämen sie sonst her.«
Eine halbe Stunde später ruft das Telefon wieder. Diesmal gibt Signor Ugo Auskunft.
»Jetzt will sie wissen, wie man von Segeste nach Lercara kommt. Liegt auf dem Weg, hab' ich ihr gesagt. Was will die in Lercara?«
»Das wird sie dir nicht erzählen«, Signor Camillo steckt den langen Nagel der linken Hand in die Nase. »Sind alle Spioninnen, die deutschen Signorine.«
»Alle?«
»Die blonden alle«, sagt Signor Camillo.

XX
Addio Italia!

Als Bettine in Lercara aus dem Zug steigt, wartet schon der Abend hinter dem Tag und hinter der runden, rotverglühenden Sonnenscheibe das Dunkel. Über allem aber die Stille …

Und in der Stille scheint der kleine Ort vor den Schwefelgruben, scheinen die Häuser mit ihren offenen Fenstern und hohlen Türen wie mit weitgeöffneten Augen, zum Schreien aufgerissenen Mäulern, erstarrt in dumpfer Spannung, obwohl Gruppen von Männern auf der piazza stehen, Gruppen von carabinieri vor dem Dom, Gruppen von Frauen an den Hauswänden, stumm. An ihnen vorbei, zwischen ihren Blicken hindurch, vorüber an Apotheke, Kirchen, Aborten, geht Bettine bis auf die piazza, bis vor die Bar, durch deren Perlvorhang Licht fällt und das Geräusch heftiger, lauter, schnell und wild sprechender Stimmen: Drinnen stehen Männer, und der Schatten ihrer gereckten Arme bewegt sich tanzend über die gekalkten Wände.

Hier verharrt Bettine, blickt, ohne zu erkennen, lauscht, ohne mehr zu hören als den eigenen beengten Atem, und will schon zurück, wenngleich sie im Kreis der Männer Fabrizio zu sehen glaubt. Sie wagt aber nicht, ihn anzurufen, sondern geht weiter, stolpernd vor Verwirrung und Unentschlossenheit, während sie in ihrem Rücken laut auf dem Lehmboden und schnell auf dem gleitenden Band der Stille Schritte hört, Romeos Schritte.

»Warum bist du gekommen?« fragt er hastig. »Du hättest nicht kommen sollen, es ist nicht gut hier, der Streik wird abgeblasen, und die Leute sind unruhig …«

»Ich mußte«, sagt Bettine ebenso rasch und leise. »Ich wollte dich sprechen, noch einmal …« Die Augen quellen ihr über, das Herz springt ihr. »Ich bin gekommen, weil ich dachte, du brauchst mich, ich habe Angst um dich.«

»Geh«, sagt der Junge. »Geh schnell weg, hier ist es nicht gut jetzt.«

Aber Bettine kommt nicht mehr dazu, woanders hinzugehen als dahin, wohin sich jetzt der Boden unter ihr zu bewegen scheint. Denn jetzt treten hinter ihr aus der Bar die Männer, zugleich aber

wie auf ein geheimes Zeichen aus den Häusern Frauen in schwarzen Tüchern, Kinder, Alte und – hinter dem Dom hervor – carabinieri mit lose getragenen, in den Händen schaukelnden Gewehren. Ruhig gehen sie, stetig, der Menge nach, die von einer unsichtbaren Gewalt dem Ausgang des Dorfes entgegengetragen wird, und weiter zu den Schwefelgruben.
Während dieses Weges durch die Mondlandschaft um die Hügel der calcheroni bleibt alles still, gleichsam wartend. Vielleicht auf ein Wunder. Oder auf einen Schrei. Auf ein Gelächter vielleicht. Auf ein Wort der Güte und des Erbarmens ...
Das aber kommt nicht. Es geschieht nichts. Oder so wenig, so Unmerkbares, daß Bettine – mitgenommen von den Laufenden – ihren Atem wiederkehren fühlt. Sie blickt sich auch um, nach Romeo, nach Fabrizio, sieht sie sogar, dort vorn, ja schon am Eingang der Grube, an der nun Bewegung entsteht, und wird ruhig. Sie wartet also mit den andern; und nur ihr Erbeben verrät ihr, was sie erwartet. Und was dann auch geschieht, später, nach einer letzten Frist des Blickens und Lauschens, nach einer kurzen Unendlichkeit an Qual. Die nämlich fühlt sie, als fühle sie, zugleich mit ihrem hämmernden Herzschlag, den der Frauen neben ihr, den der Männer, den der Kinder, die noch nicht weinen.
Und so – mit allen fühlend, mit aller Schmerzen und aller Angst und Verzweiflung und Hoffnungslosigkeit – sieht sie die zolfatari aus der Grube kommen. Nach dreißig Tagen in Finsternis, in Schlamm, in Schweiß, in Glut, in der Hölle und der Verdammnis und der einen irrsinnigen Hoffnung kommen sie, einer nach dem anderen, herauf und heraus aus dem Dunkel in das Dunkel, da ja die Nacht herabgefallen ist – die ewige Nacht ihrer zwölfstündigen Arbeit vom Morgengrauen bis zum Abendschatten. Gebückt kommen sie, die Köpfe gesenkt gehen sie, ein langer Trauerzug, der Niederlage entgegen, die sie empfängt auf den Lippen ihrer Kameraden, auf den bleichen Gesichtern ihrer Frauen und mit dem Blinken des gelben Lampenlichtes auf den Gewehren der carabinieri. In einer Reihe gehen sie, leise gehen sie, doch im Klang ihrer Schritte ist schon – wie das Rauschen aufsteigenden Windes – Gefahr, Bewegung, die jetzt schneller wird, da einige zu laufen beginnen. Es sind Fabrizio und seine Leute, und es wird die Menge selbst, eine Flut geduckter Köpfe, stöhnender Münder, drängender Leiber, eine sich überstürzende Woge aus Haß und Angst und Wut. In der rennt Bettine mit, hochgereckt, so daß sie da vorn

Romeo sieht, hinter ihm Fabrizio, der sich – offenen, schreienden Mundes – durchstößt zu den carabinieri.
Die stehen jetzt Brust an Brust mit den Schwefelarbeitern. Und plötzlich hört Bettine sehr deutlich in der Stille eine Stimme, hell und grell:
»Avanti! Basta! Weg hier! Via!«
Da schreit einer. Nur einer. Und einer der carabinieri hebt die Hand.
Es ist auch dies nur die Bewegung *einer* Hand, in der – nachher behaupten es alle – das Blinken einer Waffe aufscheint. Doch sie genügt, um die Luft zu entzünden. Denn die ist voll von Haß wie von hochexplosivem Gas, das die Menge hebt und sie den carabinieri entgegenwirft. Der Sergente Montario bekommt Angst und Romeo den ersten Schlag, noch stehend, bis er zusammensackt und über ihm die Woge wegfegt im Schrillen der Polizeipfeifen, im Kreischen der Frauen, im Wutschrei der Menge, über den jetzt klar und schön vom Mond erhellten Platz. In seinem Licht sieht Bettine, was geschieht und ihr doch fern und fremd scheint wie ein Traum, in dem sie sich selbst erblickt, schreiend, um sich schlagend und dann laufend, stürzend, strauchelnd, in rasender Flucht der Masse nach.
»Romeo!« schreit sie. »Romeo! Romeo!« Schreit, schreit, bis eine Hand ihren Arm faßt und sie vorwärtsstößt in ein Knäuel von Menschen, das sie mit sich nimmt, die Straße hinab ...
Das Kommissariat ist ein großer Raum mit schmutzigen Wänden, braunen Holzbänken, rötlichem Licht aus nackten Birnen über den Tischen. Dahinter der Tenente, Polizisten, Agenten, an der verschmierten Mauer Männer, immer mehr, immer neue, schweißnaß die Gesichter, blutig, auf nackten Füßen stehend, mit geschlossenen Augen auf der Erde liegend, stöhnend: »Mamma mia! Mammina mia!«
Als Bettine sich durch den Haufen schreiender Weiber am Eingang stößt, ist sie es, die am lautesten schreit, Bettine Schmidt aus Berlin-Wilmersdorf, Amazone auf dem Kriegspfad, nein, eine, irgendeine der schimpfenden, tobenden, rasenden italienischen Frauen, die hier um ihre Männer kämpfen. Denn der, der da liegt, auf dem Boden, in diesem süßlich nach Blut und Schweiß stinkenden Menschenknäuel, ist ihr Mann und sein zerschlagenes, verquollenes Gesicht, das Gesicht, das sie küßt und nun an ihre Brust reißt.

»Romeo«, schreit sie, »mach die Augen auf! Was haben sie dir getan, die Schweine!« Und lauter, gellender: »Ihr Schweine! Ihr Mörder! Ladri! Razza di mascalzoni!«
»Sei ruhig, verflucht noch mal!« sagt Fabrizio an ihrem Ohr, denn jetzt beugt er, den sie wohl gesehen, wenn auch nicht wahrgenommen hat, sich zu ihr. »Porca Madonna, benimm dich! Sag, wer du bist, los, rede!«
Ihre Knie wanken, aber sie tritt doch gehorsam zwischen den Männern hindurch an den Tisch, hinter dem der Leutnant steht – ein junger Mann, hübsch, mit einem bösen Mund voller Verachtung.
»Sie haben kein Recht dazu ...« Sie stammelt. »Ich werde mich beschweren! Ich werde das erzählen ..., daß Sie die Leute schlagen ...«
»Via!« sagt der Tenente. »Halten Sie den Mund! Wer sind Sie überhaupt, was machen Sie hier? Ihre Dokumente ...«
»Sie haben kein Recht«, schreit Bettine wieder. »Ich bin Touristin, ich reise herum ...«
»... zu Ihrem Vergnügen, was?« fragt der Leutnant, während er auf Romeo deutet. Gelächter steigt auf, ja sie lachen mit ihren zerschlagenen Mündern, mit ihren verschwollenen Gesichtern, aus ihren von Blut und Tränen verklebten Augen. Und Fabrizio zieht Bettine schnell, geschickt aus Blicken und Gelächter zurück an die Wand, wo sie stehenbleibt, neben ihm. An ihrem Ohr hört sie ihn sprechen, leise.
»Sei vernünftig, es ist nichts Besonderes, du kennst es nur noch nicht. Sie werden dich nach Palermo bringen in die Questura, erzähle ihnen nichts, nur daß du einen gültigen Paß hast und tutto in regola ist, nichts weiter.«
»Ich will bei euch bleiben!«
»Nein, du kannst nicht hier bleiben, nicht hier, nicht bei uns.«
»Ich bin ja bei euch«, sagt die Frau da in jähem, sich plötzlich hell in ihr ausbreitendem Glück. »Nicht wahr, Fabrizio, du weißt es: Jetzt bin ich bei euch, jetzt bin ich da.«
Der Mann drückt ihren Arm; es geschieht nicht mehr, als daß sie seine Hand spürt, die sie hält, während sie zusieht, wie die Polizisten Romeo auf einen Stuhl setzen und ihm Wasser in das Gesicht spritzen. Die Tropfen bleiben auf der bleichen Haut stehen, und langsam öffnet er die Augen: Er lächelt.
Da kommen ihr endlich die Tränen, die ihr Herz auftauen, und was

sie fühlt, ist nicht mehr Haß, es ist Liebe, Liebe für den, der da liegt und leidet und lächelt, und Liebe für die neben ihr, die Geschlagenen und Verfolgten, die Armen und Schmutzigen, die Männer mit den Narben von der Last auf dem Rücken und selbst die dort in der Uniform mit der Last auf der Seele. Sie lehnt den Kopf an die Wand, auf ihrem Gesicht erscheint das Licht unbeschreiblicher Freude. ›Ich liebe‹, denkt sie, erzitternd von der Gewalt des Lebens, das sich in ihr erhebt, siegreich über Tod und Vergehen. ›Ich lebe.‹

Sie steht eine Stunde lang dort an der Wand, müde zum Umfallen, aber aufrecht; dann faßt einer der Agenten ihren Arm.

»Venga, Signora!«

»Wohin?«

»Nach Palermo.«

»Va bene.«

Sie nickt Fabrizio zu, macht einen Schritt nach vorn, ruft:

»Romeo!«

Der röchelt, öffnet mühsam die Augen, die blutlos, farblos zu suchen und endlich die Frau zu erkennen scheinen. Und sie geht auf ihn zu wie damals, als er, ein leichtfüßiger, blutbespritzter Gott, aus dem Dunkel einer Straße in Padova in das Mondlicht trat, um sie in seine Arme zu nehmen, stürmisch und zärtlich. Ihre Stimme klingt laut:

»Romeo, hörst du mich? Ich will dir sagen: Ich muß jetzt fort. Aber ich komme wieder! Vergiß das nicht, ich komme wieder. Addio! Addio, amore mio! ...«

Der Beamte auf der Questura in Palermo ist grob und versucht Bettine zu duzen wie die Prostituierten, mit denen die carabinieri in einer Ecke des kahlen Raumes schäkern. Zuerst verschlafen, wird er sehr wach, nachdem er gehört hat, um was und um wen es sich handelt: Fotoreporterin ... Reise durch Italien ... Venezia ... Roma ... Salerno ... Matera ... Palermo ... Lercara ...

»... und Segesta«, versucht Bettine zu erklären. »Ich bin nur in Lercara ausgestiegen, als ich von Segesta kam. Ich habe den Tempel besichtigt, fotografiert ...«

»Ohne Kamera?«

»Ah, Sie wissen?«

»Wir wissen alles.«

»Ich auch. Alles über Italien. Alles, was ich wissen wollte, alles, was ich sehen wollte.«

»Auguri! Ich gratuliere! Denn Sie werden nie wieder Gelegenheit dazu haben.«
Den Rest der Nacht verbringt Bettine Schmidt aus Berlin-Wilmersdorf in einer Zelle der Questura von Palermo – um wirklich ganz Italien, Italien außen und innen, kennenzulernen, wie der Beamte freundlich sagt.
Und sie lernt es kennen in dieser Nacht, das Land ihrer romantischen Reise; sie lernt es erkennen in dieser Zelle, das Land der Gegensätze, des Glanzes und des Elends, der Sonne und des Schattens; sie lernt es lieben in diesen vier Wänden mit ihren Inschriften, die sie mehr als das Erfahrene begreifen lassen von Italien und seinem Menschen, seinem leichten Herzen und schnellen Verstand, seiner mutigen Seele und seinem gierigen Körper, seinem Leid und seiner Lust – seiner tiefen, gierigen Lust an aller Menschen Leid und Lust. Auf der Pritsche kniend, den Kopf zurückgelegt, liest sie, was die ihr hinterließen, die vor ihr hier lagen; das Lachen kommt sie an vor den unflätigen Beschimpfungen und munteren Schmutzereien, und das Weinen, da sich in Ausrufen voller Zorn und Zärtlichkeit die gleiche Liebe verrät, die sie leben und leiden läßt.
»Ti voglio bene, Italia!« steht da. »Ich liebe dich, Italien!« Und darunter – vielleicht in einer Nacht wie dieser im schwachen Schein der dürftigen Lampe über der Eisentür mit Dreck oder Blei oder Blut geschrieben: »Italia – luce sopra l'abisso dell'oscurità.«
»Italien – Licht über einem Abgrund von Finsternis«, liest sie, legt sich zurück auf die stinkende, befleckte Seegrasmatratze, auf der so viele gelegen haben, ohne zu ruhen, spricht es leise vor sich hin, das schöne, das schwere Wort, mit dem sie in Begeisterung, in Rührung, in Demut, die gleich ihr in einer solchen Zelle auf den Morgen Wartenden grüßt: Romeo, Fabrizio, ihr alle, die ihr das Licht bringt, die ihr das Licht seid – Licht über einem Abgrund von Finsternis!
Am nächsten Morgen gelingt es Bettine Schmidt, aus der Questura von Palermo den Marchese della Cioppa in Rom anzurufen. Der Beamte hört zu, wie sie – guarda, eine Dame der großen Welt! – mit einem Herrn deutsch spricht, der im seidenen Schlafanzug im salotto des Palazzo della Cioppa steht und zwei Onkel im Vatikan hat.
»C'è il Colonello Marchese della Cioppa? ... Ah, Gigi, bellissimo,

hör zu, caro, du mußt für mich bürgen! Natürlich wirst du das tun! Du willst doch nicht, daß ich per Schub zwischen zwei Gendarmen dein schönes Land verlasse? Du liebst mich doch? Und dann: Liliana hat den Ring wieder, den Brillanten! Und sie weiß nicht, was ich weiß. Bist du mir dankbar? Na also ...« Und während sie dem Beamten den Hörer reicht: »Der Marchese della Cioppa möchte Sie sprechen.«

Als Bettine – eine Stunde später – durch die Via Lima zur Via San Salvatore geht, hebt sich die Helle eines neuen Tages aus der Nacht; in den schmalen Straßenschluchten zwischen den hohen Häusern findet sie die Luft über den Abfallhaufen frisch vom Meerwind, vom Atem der Limonenhaine und ferner, nächtig süß und stark duftender Blumen. Vor dem Haus Nummer 24 klopft sie an das Parterrefenster; die Frau öffnet sofort, ihr Gesicht erscheint bleich auf dem blauen Tuch der Frühe.

»Ich weiß«, flüstert sie. »Ich habe es gefühlt, die Nacht über. Was sagt er?«

»Er schickt dir einen Gruß und ... du brauchst die pasta noch nicht ins Wasser zu tun ...«

»... es wird ein paar Jahre dauern.«

»Nein, ein paar Wochen, ein paar Monate. Sie nicht traurig, er kommt ja wieder. Leb wohl, Annunziata! Und grüß die anderen, grüß Nina, vergiß es nicht! Addio!«

»Addio!«

Das Fenster schließt sich, und Bettine Schmidt hört wieder den Klang ihrer Schritte auf den Straßen Palermos, laut, hallend in der Stille. Sie geht langsam, ein Mensch allein, doch nicht einsam, und sie sieht:

Die Helligkeit hinter den Wolken und das Nahen der Sonne, heißer und unbarmherziger als alle anderen Sonnen; den Schmutz auf dem Pflaster, älter, gewohnter und daher gefährlicher als aller Dreck der Erde; die Schönheit der Mauern und der Steine, kälter und härter und dauerhafter als der Reichtum, der sie erbaute, und den Aussatz der Armut auf dem Gesicht der Stadt, die zu lächeln beginnt, nun, da es tagt, da das Leben erwacht und allenthalben die zähesten Lebewesen dieses Landes aus den Häusern kommen.

Nacktbäuchig, nacktfüßig, in Lumpen und schwäriger Haut quellen die Kinder aus den Torbögen, Höhlen und Kellern jahrhundertealter, von Herrlichkeit und Not gezeichneter Steine; schwarze, blanke Augen voll des Glanzes und der ewigen untilgbaren Traurigkeit des Südens blicken zu ihr empor, und schmutzige, bettelnde Hände strecken sich aus nach den Münzen, die Bettine in die mageren Finger legt.

»Addio«, sagt sie dabei, »addio.« Und lächelnd, weinend, aus der Tiefe ihres Herzens dem Tag, der Sonne, dem Licht entgegen: *»addio amore …«*

Die hier berichteten Geschehen entprechen eigenen Erlebnissen, historischen Ereignissen und authentischen Berichten, ergänzt durch Reportagen und Fotomaterial der italienischen Presse, Bildbeigaben der »ENIT«, der Lux-Film und der Fotografen Will Roettges (Zürich) und Kurt Schraudenbach (München).
Ihnen habe ich zu danken, ebenso wie den Abgeordneten l'Onorevola Maddalena Rossi und l'On. Pesenti, der Senatrice Adele Bei, den Mitarbeitern des »CGIL« und der »Udi«, den Professoren Ranuccio Bianchi-Bandinelli und Ernesto de Martino von der Università di Roma, dem Maler Renato Guttuso, dem Zeichner Camerini, dem Filmregisseur Carlo Lizzani und den unzähligen Italienern, die mir vom Leben der italienischen Menschen, von ihren Leiden und ihren Hoffnungen, von Glanz und Elend, Kampf und Größe ihres Landes erzählten.

Luise Rinser

Mitte des Lebens
Roman. Band 256

Die gläsernen Ringe
Erzählung. Band 393

Der Sündenbock
Roman. Band 469

Hochebene
Roman. Band 532

Abenteuer der Tugend
Roman. Band 1027

Daniela
Roman. Band 1116

Die vollkommene Freude
Roman. Band 1235

Ich bin Tobias
Roman. Band 1551

Ein Bündel weißer Narzissen
Erzählungen. Band 1612

Septembertag
Erzählung. Band 1695

Der schwarze Esel
Roman. Band 1741

Bruder Feuer
Roman. Band 2124

Jan Lobel aus Warschau
Erzählung. Band 5134

Baustelle
Band 1820

Gefängnistagebuch
Band 1327

Grenzübergänge
Tagebuch-Notizen
Band 2043

Kriegsspielzeug
Tagebuch 1972–1978
Band 2247

Winterfrühling
Aufzeichnungen
1979–1982. Band 5342

Nordkoreanisches Reisetagebuch
Informationen zur Zeit
Band 4233

Den Wolf umarmen
Band 5866

Mit wem reden
Band 5379

Mein Lesebuch
Band 2207

Fischer Taschenbuch Verlag

fi 132/3